rororo

Zu diesem Buch

Die Welt der Judith Herzberg ist so bunt wie ein Jimi-Hendrix-Samtanzug und so knusprig wie eine Dose selbst gebackene Kekse. In ihr gibt es schwule Schalke-Fans, verhaltensgestörte Pfälzer und Frauen, die mehr Wein trinken, als manche Menschen in ihrem Leben überhaupt zu sehen bekommen.

Genau beobachtet, manchmal ein My übertrieben und immer zum Brüllen komisch, bewegt sich Judith zwischen Nachtarbeit und Tagesfreizeit, zwischen gewolltem Singledasein und ungewolltem One-Night-Stand-Wiedersehen.

Die Autorin

Jenni Zylka ist schon seit ewigen Zeiten freie Journalistin in Berlin und hofft, mit ihrem ersten Roman endlich so viel Geld zu verdienen, dass sie bald zusammen mit einem überkandidelten Millionär auf den Mars fliegen kann. In ihrer Freizeit arbeitet die jung gebliebene Endneunzigerin als Geheimagentin.

Dieses Buch gehört

1. Kapitel. *In dem Judith sich vorstellt, ihre Wohnung kurzzeitig für einen Tatort hält, einen Liebhaber fast vergessen hat, über ihren Job lästert und zusammen mit ihrem Lieblingsmoderator bei einem Beach-Boys-Stück mitsingt*

Au Backe. Bei mir wurde eingebrochen. Als ich heute Nachmittag nach Hause kam, war die Wohnung leer geraubt: Anstatt der Schneisen, die man normalerweise zwischen die Papier- und Textilberge, die Gläser, Keksdosen und den Plastiknippes schlagen muss, um zum Beispiel zum Bett oder zum Schreibtisch zu gelangen, ist der Teppich freigeräumt. Er ist blau, der Teppich, das hatte ich schon ganz vergessen. Doch wo sind meine Sachen? Keine Berge, keine Endmoränen, keine Schneisen, nur Schränke, Bilder, leere Stühle. Ich überlege kurz, gucke in die Büroecke, wo der fiepende Computer hockt, registriere die ordentlich auf Regalen abgelegten Papierstapel, schaue in die Schränke, die mit von Zauberhand zusammengefalteten Pullovern, Pullundern, T-Shirts und Röcken gefüllt sind, und entscheide: doch kein Einbruch.

Da fällt es mir wieder ein. Ich habe die Wohnung am Morgen mit einem Mann drin verlassen. Einem netten, am Abend vorher aufgelesenen, um die Mitte herum behaarten Mann in meinem Alter. Ich hatte ihm erlaubt, nach meinem Aufbruch noch etwas zu bleiben, normalerweise vertraue ich Menschen, mit denen ich eine leidlich heiße Nacht verbracht habe. Zumindest kann ich mir nicht vorstellen, dass ausgerechnet ich den einzigen Damenhöschendieb meiner Generation kennen lerne. Aber wer kann schon ahnen, dass so einer einen amtlichen Putzfimmel hat? Und einfach bei mir aufräumt, ohne dass ich ihn dafür bezahle?!

Ich gucke schnell in der Küche nach – der Mann hat auch

abgespült. Er hat sogar diese Wundertücher gefunden, die mir lieber Besuch aus Hamburg neulich geschickt hat, nachdem er wieder zu Hause war: Mit dem Wundertuch in der ausgestreckten Hand stellt man sich laut Gebrauchsanweisung einfach in die Mitte eines staubigen Zimmers, und dann kommt der Staub von selbst angeflogen und setzt sich auf den Lappen. Man nennt das «antistatische Staubanziehung» oder so ähnlich. Ich hab's nie ausprobiert, bei dem Mann von letzter Nacht schien es aber funktioniert zu haben – die Wohnung ist staubfrei. Gleichsam asthmatikergeeignet.

Wie soll man auf so etwas reagieren? Soll man beleidigt sein oder erfreut? Ich entscheide mich (auch wegen der nicht unangenehmen körperlichen Vorfälle der Nacht) für eine positive Rezeption und freue mich darüber, mal wieder eine Wohnung mit so vielen Sitzmöglichkeiten zu haben. Dass meine Wohnungen immer so unaufgeräumt sind, liegt vor allem an meinem Sammeltrieb. Den habe ich von meiner verstorbenen Oma geerbt, einem gutmütigen und rüstigen pommerschen Kriegsflüchtling. Meine Oma pflegte alles, was nach dem Mittagessen auf der Tischdecke übrig blieb, Krümel, Flusen, abgeschnittene Fingernägel und so weiter, in einer Blechdose mit der Aufschrift «Paniermehl» zu sammeln. Eine Angewohnheit, deren subtile Sparsamkeit, gepaart mit anarchistischer Geschmacksverachtung, mir erst in späteren Jahren bewusst wurde und dazu führte, dass ich mich weigerte, bei ihr irgendetwas anderes als Hefeklöße zu essen. Die Dinge, die ich heute sammle, unterscheiden sich natürlich von dem Paniermehl meiner Oma: Bücher, Schallplatten, CDs, Videofilme (ich archiviere alle Spielfilme, in denen Kontaktlinsen oder Brillen eine Rolle spielen), ganz bestimmten Nippes und Atomiumbilder und -modelle. Das größte ist 45 Zentimeter hoch und aus Aluminium, ein Prachtexemplar. Ich hatte es schon länger nicht mehr gesehen, aber nun steht es wieder in der Ecke neben dem Plattenregal und glänzt. Und während ich mich darüber freue, überlege ich, ob der Putzmann und ich eigentlich Telefonnummern ausgetauscht haben. Man könnte ihn ja noch mal anrufen, wenn es wieder dreckig ist ... Ich kann mich aber nicht mehr erinnern.

Wir hatten uns am Abend vorher bei einer Privatparty in Friedrichshain kennen gelernt, ich gehe manchmal einfach hinter angetrunkenen Menschengruppen her, die nach Fete aussehen, und bin auf diese Art schon in den lustigsten Hinterhauswohnungen gelandet. Man muss sich nur im richtigen Augenblick in das Gespräch einschalten. Meistens glaubt dann jeder, man kenne einen der Beteiligten. Auf dem Fest selbst begegnet man eventuellen fragenden Blicken mit einem «Christian/Markus/Klaus/Stefan hat mich eingeladen!», und normalerweise sind alle zu lieb, um einen wieder rauszuschmeißen. Als ich neu in Berlin war, habe ich mich hin und wieder sogar in WGs zum Zimmerangucken einladen lassen, nur weil es dort meistens Kuchen oder Kekse gab. Man schaute kurz in irgend so ein 16-qm-Zimmer mit Kohleofen und durfte sich dann an den großen Küchentisch setzen und Danish Buttercookies oder Christstollen stopfen, während die WG versuchte, einen «besser kennen zu lernen». Nie hätte ich wirklich daran gedacht, dort einzuziehen. Ich mag das Zusammenwohnen mit anderen Menschen überhaupt nicht.

Die Party gestern, auf der ich den Putzmann traf, war eindeutig eine WG-Party, allerdings eine nette, mit Lichterketten im Flur, Bierflaschen in der Badewanne und einem echten, schon sehr zerrupften Käseigel in der Küche. Der Putzmann und ich hatten uns um die beiden letzten Spießchen mit dunklen Weintrauben gestritten und waren nach kurzem Vorgeflirte schnurstracks erst in den Schmuseraum und dann zu mir nach Hause marschiert. Ich bin 45, ich habe nicht die ganze Nacht Zeit, das sind meine Argumente in solchen Fällen. Eigentlich bin ich zwar erst 35, aber so kommt man meistens billig an ein paar Komplimente: «45? Du siehst aber wirklich jung aus!» Viel einfacher, als es anders herum und sich jünger zu machen und dann wie eine weise, greisenhafte 25-Jährige zu wirken. In Sexdingen lange fackeln kann man sich jedenfalls bei einer jeden Augenblick ans Aufhören denkenden Libido nicht mehr leisten. Wer weiß, wie lange man überhaupt noch ready, willing and able ist. Heutzutage gucke ich schließlich manchmal morgens in den Spiegel und sehe aus wie eine drogenabhängige Japanerin. Quasi Yoko Ono.

Eigentlich sehe ich überhaupt nicht japanisch aus, sondern recht nordeuropäisch: Die Augen muss ich nachstricheln, damit man weiß, wohin man im Gesicht gucken soll. Den Mund glücklicherweise nicht, der ist groß genug und sieht mit etwas Phantasie ungefähr aus wie der Mund auf dem Wrigley's-Piktogramm-Papierchen, das man früher immer nach Amerika schicken musste, damit ein armes Kind einen Rollstuhl bekommt. Meine Haare sind das Gegenteil von amerikanischem «big hair»: papierdünn und kinnkurz und braun mit Rotstich. Sozusagen «very small hair». Nur um meine Hautfarbe beneiden mich bestimmt die Yoko Onos dieser Welt: Die entsprechende Make-up-Nuance heißt «Sheep». Schafsweiß. Aber auch das hat sein Gutes. Man kann immer behaupten, einem sei schlecht und man müsse nach Hause.

Dem Putzmann aus der Nacht gefiel's. Wir waren natürlich recht angetrunken, als das Taxi vor meinem hässlichen Haus mit dem schönen Ausblick hielt. Nachdem ich ihn nach oben dirigiert hatte, schüttete ich ein paar Wodkareste zusammen und nahm seine semilustigen Bemerkungen über meine voll gestellte Fan-Man-Wohnung (Bist du gerade eingezogen, hat deine Putzfrau Urlaub?) nicht weiter ernst. Und jetzt steh ich hier, und alles glänzt. Na ja, hätte schlimmer kommen können.

Eigentlich passt es mir sogar ganz gut, mit einer sauberen

Wohnung im Rücken in die neue Arbeits-Fortnight zu starten. Ich arbeite zwei Wochen im Monat am Stück für eine Fernseh-Frühstückssendung. Sie ist der Hit für Hausfrauen, läuft in einem Privatsender und in direkter Konkurrenz zu richtigen Sendungen mit richtigen Inhalten. Die Show heißt «Morgenstund», und ich bin die Textredakteurin. Das klingt, wenn ich es in einer Clique medieninteressierter Heißsporn-Studis sage, immer ganz imposant, ist aber leider in Wahrheit ein Schweinejob. Ich bin dafür verantwortlich, dass alles, was in der Sendung gesagt, vor- und abgelesen oder auswendig dahergeleiert wird, in Ordnung geht. So eine Art Wort-Instanz. Da unsere beiden Moderatorinnen Gina und Ina weder sprachlich noch sonst besonders gewandt sind, habe ich eine Menge zu tun. Immerhin habe ich bei der Arbeit meinen besten Freund kennen gelernt: Franz ist bei der «Morgenstund» der Chief Technical Engineer Boss Hoss oder wie man das heutzutage nennt, er muss sich um alles kümmern, was an technischem Schnickschnack falsch laufen kann. Abgesehen davon ist er ein leidenschaftlicher Fußballfan. Er setzt sich ab und an sogar trotz seiner 40 Jahre mit einem blau-weißen Schalke-Fähnchen und seinem Schalke-Schal um den dünnen Hals vor das Radio, wenn seine Mannschaft mal wieder verliert, und feuert sie mit Einmannskandierungen an: «Wir sind die schönsten Jungs aus dem Ruhrgebiet!» oder «Wir sind Schalker! Und ihr ni-hicht!». Abgesehen davon ist er schwul und steht auf heterosexuelle Fußballer. Und abgesehen davon ist er eben mein engster Freund und vor einiger Zeit ins Hochparterre meines hässlichen 60er-Jahre-Neubaus gezogen, und nun machen wir manchmal «Battle of the Hifi-Anlagen» über die geöffneten Fenster. Wir haben einen ähnlichen Musikgeschmack. Auch darüber, wie eine Wohnung als solche auszusehen hat, stimmen wir überein. Wir mögen es schmuck- und vor allem stucklos. So wie unser Haus: Das hat so gar keinen Gründerzeitcharme wie viele Häuser in Berlin-Kreuzberg, sondern ist purer Frühe-60er-Billig-Neubau. Wenn ich Stuck will, dann gehe ich in eine der zahllosen Kneipen der Gegend, die das Zeug täglich mit einer weichen Babyzahnbürste kosen. Ich brauche so etwas nicht und schüttele stets den Kopf über meine Freunde, die Umzugsberichte mit «Eine soo tolle Wohnung! Altbau, Stuck, Parkett!» beginnen. Auch mit Parkett kann man mich jagen, ich hab's gerne fußwarm.

Und jetzt kann ich wieder über meinen blauen, fußwarmen Teppich schlurfen, den der ordentliche Eine-Nacht-Steher so schön gesaugt hat. Es ist der Samstag vor den nächsten 14 Arbeitstagen. Das heißt, heute Abend muss ich mich zusammenreißen und ein paar Brillenfilme sortieren oder endlich meine Mao-Biographie zu Ende lesen. Sie ist von Tilemann Grimm, und mit einem solchen Namen kann man eigentlich nichts falsch machen, dachte ich. Allerdings vermisse ich bis jetzt den Hinweis darauf, dass Mao sich nie die Zähne putzte, sondern stattdessen irgendwelche ekligen Wurzeln gekaut haben soll, sodass sein Gebiss stets von einer unappetitlichen grünen Schmiere bedeckt war. Ich gebe zu, dass das bei weitem nicht die wichtigste Information über einen großen Kommunistenführer ist. Aber immerhin bin ich schon auf Seite 149, und nun wird es langsam Zeit. Ich beschließe, morgen aus der Redaktion eine Mail an den Verlag zu schreiben und mich über Tilemann zu beschweren. Leider fängt mein Job nämlich immer schon sonntags morgens an, wenn alle anderen ihren Wochenendkater auskurieren, wenn Pärchen verliebt auf den Flohmarkt schlendern, langjährige Beziehungen sich mal wieder ein Klassikkonzert auf dem Gendarmenmarkt anhören und junge Familien mit dem plärrenden Nachwuchs zu ihren Eltern fahren. Um 10 Uhr muss ich in das Redaktionsbüro, um die Texte für die nächsten beiden Wochen vorzubereiten. Danach habe ich eine 14-Tage-Schicht von 23 Uhr bis 6 Uhr morgens, außer am Wochenende.

Ich schmeiße mich also in meinen Sessel, lege die Füße auf

die blitzblanke rechte Außenkugel des Aluminium-Atomiums und lese zehn Seiten Mao-Bio. Dann rufe ich meine Freundin Reintraut an, um mit ihr die letzten veröffentlichten Gedichte Maos über die Schmeißfliegen als Gewürm des modernen Revisionismus zu diskutieren und um ihr von dem Putzmann zu erzählen.

Reintraut hat für beide Themen immer ein offenes Ohr. Sie ist erst 31, kann mit auf dem Rücken festgebundenen Armen und sieben Promille im Blut immer noch jedes Computerproblem lösen, ist lustig wie eine Tex-Avery-Figur, doch hin und wieder auch verzweifelt wie eine texanische Todeskandidatin. Sie findet nämlich keinen Mann, jedenfalls keinen, den sie behalten will, hätte aber gern einen, und manchmal fängt sie aus heiterem Himmel an, darüber zu lamentieren. Worauf ich normalerweise mit dummen Sprüchen über ihren Namen antworte. Reintraut. Wer sich da rein traut. Ha. Jetzt höre ich am Telefon, wie sie sich die Haare rauft (sie hat wilde Locken): Wie machst du das?, fragt sie. Das ist doch wie sechs Richtige: ein netter Mann, der aufräumt! Na ja, sage ich, nett sind sie alle. Und das mit dem Aufräumen ist mir irgendwie doch ein bisschen peinlich. Du Pute, sagt Reintraut, ich wäre so froh, wenn ich überhaupt mal wieder jemanden nach oben locken könnte! Reintraut ist eigentlich eine extrem scharfe Person; wenn man neben ihr geht (sie ist 1,86 Meter), sieht man immer aus wie eine angemietete Schleppenträgerin. Aber sie will nichts lieber als jemanden, der ihr jeden Abend das Bett anwärmt. Und ich vermute, dass die Männer, denen sie mit ihren Locken den Kopf verdrehen möchte, einfach zufällig die falschen sind, die, die das Bett lieber nicht anwärmen, sondern nach dem Akt verlassen. Um sie abzulenken, erzähle ich von den Mao-Gedichten und den Schmeißfliegen. Ich habe gerade ein Computerspiel programmiert, sagt Reintraut aufgeregt, nur mit Insekten! Eine ganze virtuelle Welt voller Kakerlaken, Ameisen und Käfern! Und man muss mit ihnen Armeen bilden, die gegeneinander kämpfen! Die Ameisen sind natürlich am schlauesten. Reintraut ist ganz begeistert und will gar nicht auf meine Anmerkungen zur Kulturrevolution, für die die Ameisen bei Mao stehen, reagieren. Auf der letzten Ebene, erklärt Reintraut, kann man mit den Käfern Familien bilden, die dann kleine Käferkinder kriegen, und damit Punkte sammeln ... ach, seufzt sie. Und will wieder über die Einsamkeit einer schönen Käfercomputerspielprogrammiererin reden. Ich aber nicht mehr, ich täusche darum Blasendruck vor und lege auf. Außerdem ist es schon 22 Uhr, da fängt meine Lieblings-Musiksendung im Radio an: «Musik für Nörgler», mit Doktor Bob. Doktor Bob ist der Moderator, ich höre seine Nachtsendung schon seit ein paar Jahren (immer wenn ich meine Arbeitswochen habe) und bin Fan von ihm. Er hat eine tiefe Stimme, legt nur Hits auf, ist bestimmt sehr groß und sieht toll aus. Kein anderer würde zum Beispiel die nur als Maxisingle veröffentlichte Extended Version von «What I Like Most About You Is Your Girlfriend» von The Special A.K.A. spielen. Nur der aufregende Doktor Bob. Er kommt aus Niedersachsen oder Schleswig-Holstein, hundertprozentig kann ich das nicht sagen, aber ich höre in seiner Tonlage etwas sehr Norddeutsch-Bodenständiges, einen Schalk, aber auch viel gezügelten Sexappeal. Der Mann ist ein Vulkan, das weiß ich genau. Man muss ihn nur wecken. Irgendwann tu ich das auch mal. Klemme mir ein paar Lieblingsplatten unter den Arm, um ein Gesprächsthema zu haben, fahre einfach ins Radiostudio und werde vorstellig. Aber heute Nacht noch nicht, heute spielt er, während ich mich bettfertig mache, die gesamte B-Seite der Beach-Boys-Platte «Pet Sounds». Okay, natürlich habe ich die, aber es ist trotzdem nett, wie Doktor Bob und ich zusammen «I Know There's an Answer» mitsingen. Das heißt, ich bin mir sicher, dass er auch mitsingt.

2. Kapitel. *In dem Judith nachts wach bleiben und dummes Zeug schreiben muss, Halluzinationen hat, sich über Schalke 04 ärgert, mit ihrem besten Freund zu einer Vernissage geht und Adelige veräppelt, die es verdient haben*

Natürlich bin ich am nächsten Morgen die Erste in der Redaktion. Das macht die katholische Erziehung mit der Angst vor der Hölle, in der Zuspätkommer ewig brodeln müssen. Um nicht so früh mit schwierigem Nachdenken anzufangen, vertreibe ich mir die Zeit bis zum Mittag damit, mir Reime auszudenken und sie auf einem «Crawl» durchs Bild zu schicken. So ein «Crawl» (Franz' Kollege André, der aus Leipzig kommt, sagt immer «Kraul») kann als voll getextetes Band über die untere Hälfte des Bildschirms laufen, ähnlich dem Börsenticker bei Informationssendern. In der «Morgenstund» stehen auf dem Crawl allerdings eher Dinge wie «Rufen Sie jetzt an, wenn Sie ein Wochenende in den Center Parks gewinnen wollen: 0180/99 66 33» oder «Nach der Werbung bekommen Sie tolle Tipps fürs Marmeladeeinmachen». Es ist wirklich zum Heulen. Auch junge Frauen wollen heutzutage wieder Marmelade einmachen. Natürlich schmeckt so eine selbst gekochte Erdbeer-Stachelbeer-Marmelade ganz hervorragend, aber ich bin einfach zu altmodisch für die neue, freiwillig konservative Weiblichkeit. Nur weil man auch zum Bund gehen und die Lizenz zum Leute ermorden erwerben darf, muss man doch noch lange nicht aufhören, gegen lästige 50er-Jahre-Angewohnheiten anzugehen.

Also schicke ich Sätze wie «Wer das liest ist doof» oder «Die schönsten Jungens auf der Welt / gibt's in Berlin und Bielefeld» durch das Fernsehbild vom leeren Studio, bis der Rest der Redaktion eintrudelt. Dann speichere ich alles in meine «Judith Herzberg – Privat! Auf keinen Fall angucken!»-Datei und ärgere mich zum hundertsten Mal darüber, dass ich hier sitze und das System stabilisiere, anstatt irgendwo anders anständig umstürzlerisch tätig zu werden.

Und in meiner Freizeit kann ich mich nicht mal richtig ablenken. In den beiden Arbeitswochen saaage iiiich Gut Nacht, um mit Tony Marshall zu sprechen, wenn die anderen zur Arbeit gehen. Um 6 Uhr kommt die Sendecrew, die Redakteure und Redakteurinnen, die bei der Sendung selbst dabei sein müssen, und ich wanke nach Haus. Die ganze Nacht über wach zu bleiben, ohne dabei durch Drogen oder streichelnde Hände unterstützt zu werden, ist eine echte Herausforderung. Als ich morgens noch mit der U-Bahn heimfuhr, hatte ich manchmal Übermüdungshalluzinationen: Einmal habe ich ein klitzekleines, noch sprachunfähiges Mädchenbaby neben mir ganz deutlich «Verkehrsknotenpunkt» sagen hören. Und das Beste: Wir befanden uns auch gerade an einem Verkehrsknotenpunkt, am Alexanderplatz nämlich.

Nach sechs Tagen habe ich meinen Rhythmus so weit umgestellt, dass ich an dem Wochenende zwischen den beiden Arbeitsschichten besonders gut ausgehen kann, ich stehe abends auf und werde nicht vor 6 Uhr müde. Ich treffe mich also am Freitagabend mit meinem Freund Franz, der ebenfalls die ganze Woche nachts gearbeitet hat, und wir frühstücken zwei Maishähnchen, mehrere Kristallweizen und ein paar Cognacs aus extraheiß ausgespülten Gläsern, Franz' Spezialität. Wenn man allein wohnt, und das schon eine Weile, stellen sich nach und nach immer mehr Ticks ein. Es ist schließlich keiner da, der einem verbietet, etwa gebrauchtes Geschenkpapier aufzuheben, nach Größen zu ordnen und zu bügeln, seine Kleidung in verschiedenen, bunten Haufen auf dem Schlafzimmerboden aufzubewahren oder seine Platten nach einem komplizierten System, ausgenommen Sampler, Ska, Jazz, Hörspiele, Klassik und Filmmusik (die haben alle wieder eigene Systeme), ins Regal zu stellen. Ich wohne seit 17 Jahren allein und habe schon eine Menge Ticks gesammelt: zum Beispiel den Geschenkpapier-Tick, und ich kann nur rechts von Leuten gehen. Als ich Franz in der «Morgenstund»-Redaktion kennen lernte, lud er mich ziemlich schnell zum Essen ein, und dabei entdeckte ich, dass er ebenfalls Ticks hortete. Wir tranken eine Menge Wein, stopften einen schweren Nudelauflauf in uns hinein, redeten über die Todesart «plötzliches Löffelabgeben durch Diabetes», und zur Feier des Tages gab es nach der Pasta einen Brandy. Ich spül schon mal die Cognacschwenker heiß aus, sagte ich, stolz darauf, dass ich wußte, wie man angemessen Brandy schwenkt. Als ich aber aus der Küche kam, nahm Franz mir die Gläser aus der Hand und spülte sie nochmal heiß aus. Beziehungsweise, er spülte sie heißer aus, weil sie ihm nicht heiß genug ausgespült waren. Das ist das Unnötigste an Ticks, was ich seit Jahren erlebt habe!, rief ich und war begeistert. Bei einem so hübschen Tick geht einem richtig das Herz auf.

Nach dem abendlichen Hähnchen-Frühstück rechne ich mit Franz zusammen aus, wie viele Punkte Schalke machen muss, um den Anschluss an die Tabellenspitze nicht zu verpassen, es sind so viele, dass er schnell noch mal die Cognacgläser ausspült. Dann fahren wir zu einer Vernissage. Hin und wieder bekomme ich Einladungen geschickt, denn wenn Künstler hören, dass man beim Fernsehen arbeitet, denken sie, man könne «ja mal ein wichtiger Kontakt sein». Dabei ist schöne oder weniger schöne oder extravagante oder spießige Kunst das Letzte, was Gina und Ina in ihrer Sendung haben wollten. Nicht zielgruppig, sagen sie dann meistens. Lieber noch ein Keksrezept herausrecherchiert. Aber ich gehe ganz gerne zu unverständlichen Performances oder Ausstellungen mit ganz vielen Nacktfotos der Mutter der Künstlerin oder so, obwohl ich aus dem Alter, in dem ich wegen des kostenlosen Proseccos ging, heraus bin. Die Vernissage heute ist von einem Maler namens Johannes von Festenstein. Schon darum würde ich sie angucken: Ich mag Adelige. Man kann immer prima Spaß mit ihnen haben. Ich wedele also mit meinem Presseausweis und frage nach einem Interview mit Herrn von Festenstein. Der ist ein dünner 30-Jähriger mit zurückgehendem Haaransatz und einem steifen Lächeln. Erinnert mich ein bisschen an den Klassenstreber, Deutsch 1, Sport 5. Ach, heute ist ja eine Menge Presse da, schleimt er. Vom Radio kommt auch einer, dieser Doktor Bob hat sich angemeldet. Das macht mich ganz wuschig: Doktor Bob? Das ist vielleicht die Chance! Aber zuerst die Pflicht. Herr von Festenstein und ich schauen uns zusammen die Bilder an, die eine Art Stilllebenzyklus zu sein scheinen, allerdings recht abstrakt: Liegt da neben den Blumen und dem Federkiel euer Familienwappen?, frage ich ihn. Er ist erstaunt und behauptet, sein Familienwappen gar nicht zu kennen. Und da draußen vor dem Fenster erkennt man die schnaften Stallungen, stimmt's?, frage ich. Da ist er endgültig eingeschnappt und sagt, er wisse nicht, was ich mir für Vorstellungen machen würde, ich hätte anscheinend etwas gegen seinen Namen (gegen das Geschlecht!, will ich frotzeln, halte mich aber zurück), er sei ganz normal aufgewachsen, nicht besonders privilegiert. Und Pferde habe seine Familie noch nie besessen. Dann gibt er mir ein paar Zettel, und noch bevor ich einschieben kann: Sind das die Ergebnisse deines Blutertests?, schnaubt er: Wenn es dich wirklich interessiert, hier ist meine Biographie und Infos zu meinen Bildern. Ich halte die Zettel gegen die trübe Deckenfunzel und sage, oh, echtes Büttenpapier mit Wasserzeichen! Johannes von Festenstein ist sauer und rauscht ab wie ein blaublütiger Araberhengst ohne Mähne. Ich rufe hinterher: Wenn du doch mal ein paar Pferde kaufen würdest, sähe ich für die Häuser Herzberg und von Festenstein eine wunderbare Zukunft!

Unglaublich, wie einem so ein paar wenige Kristallweizen und Cognacs die Zunge lösen können. Ich renne schnell zu Franz und erzähle ihm von Doktor Bob. Aber wer soll das sein? Außer uns sind noch etwa 25 Menschen in der kleinen Galerie, von den Männern ist keiner über 1,80. Und keiner sieht nach Norddeutschland aus. Im Gegenteil, berichtet Franz, neben ihm habe gerade einer ganz deutlich «Tschüsle!» zu einer Frau gesagt. Vielleicht kommt Doktor Bob erst spät, ist ja auch viel cooler, versucht Franz mich zu trösten. Aber ich will nicht die ganze Nacht dableiben. Vor allem nicht, nachdem der Künstler angefangen hat, seinen Freunden von der komischen Journalistin zu erzählen, und die schon ganz deutlich ihre Nasen rümpfen, während sie Franz und mich mustern. Naserümpfen ist überhaupt ganz wichtig im Mienenspiel und nah verwandt mit Schmollen und Flunschziehen. Franz und ich fangen sofort an zu üben, um angemessen zurückzuschlagen. Franz' Mund eignet sich nicht besonders gut zum Flunschziehen, er hat nicht gerade die größten und flunschfreudigsten Lippen, muss man sagen, aber die Nase kriegt er schon ganz gut hingerümpft. Ich kann dafür herausragend gut schmollen, und nachdem wir ein paar Minuten dem untadeligen Adeligen und seinen eingebildeten Süddeutschen zugeschmollt haben, gehen wir unseres Weges, Doktor Bob hin oder her. «Rar machen», sage ich mir immer wieder. Obwohl das, zugegeben, nicht wirklich viel nützt, wenn Doktor Bob einen noch gar nicht kennt und darum noch gar nicht bemerken kann, dass man ihm fehlt.

3. Kapitel. *In dem Judith ihre Filmszenensammlung abstaubt, über Fehlsichtigkeit nachdenkt, mit ihrer Freundin Tine telefoniert und sich dabei noch ein paar dufte Spartipps abholt*

In der zweiten Arbeitswoche pfeife ich aus dem letzten Loch. Das tagelange Nachts-wach-Bleiben geht an die Nieren: Nach dem vorletzten Arbeitstag fahre ich mühsam nach Hause, stelle mein kleines, altes Auto in eine Feuerwehrzufahrt und versuche, die Tür mit einem Tampon aufzuschließen. Dann schmeiße ich aus Versehen einen leer gekratzten Joghurtbecher in den Schmutzige-Wäsche-Eimer und meinen Schlüpfer in den Müll, und fast hätte ich auch noch den Film gelöscht, den ich in der Nacht aufgenommen habe, um ihn, wenn ich wieder normal bin, auf innovative Brillen- oder Kontaktlinsenszenen hin zu prüfen. Die finden sich in allen möglichen Filmen. Eine der wichtigsten Szenen meiner Fehlsichtigkeit-im-Film-Sammlung ist natürlich die mit Marilyn Monroe in «Wie angelt man sich einen Millionär?», in der sie blind wie ein alter Maulwurf ist, aber aus Eitelkeit ihre Brille nicht aufgesetzt hat. Darum steigt sie anstatt in ein Flugzeug nach Atlantic City in eines nach Kansas City. Glücklicherweise trifft sie in dem Flugzeug den vor dem Finanzamt flüchtenden Brillenträger, in dessen Wohnung sie schon eine Weile haust, die beiden freunden sich an, und irgendwann überredet der Mann Marilyn, ebenfalls ihre Brille aufzusetzen. Und ist dann natürlich ganz begeistert davon, wie hervorragend sie ihr steht. Eine nette Geschichte. Sie ist in meiner Sammlung neben der anderen Monroe-Brillen-Szene eingeordnet: Tony Curtis, dem in «Some Like it Hot» die Brille total beschlägt, weil Monroe ihn küsst. Obwohl er ja später frech gesagt hat, Monroe küssen sei wie Hitler küssen. Eine der obskursten Fehlsichtigkeit-im-Film-Szenen stammt aus dem ersten David-Cronenberg-Werk, selbstverständlich ein Splatter-Film: während man hört, wie langsam die phallusförmigen Monster durch die Wasserrohre des alten Hotels näher kommen, um die Protagonistin schmatzend aufzufuttern, fährt die Kamera durch das Bad. Und da, neben den üblichen Utensilien, steht ein kleines Kontaktlinsennäpfchen. Ganz schlicht und beiläufig. So habe ich inszenierte Fehlsichtigkeit gern. Die «Mona Lisa», oder noch besser das Fabergé-Ei, oder noch viel besser das Auge des Drachen unter meinen Ausschnitten wäre allerdings der Film «Top Job – Diamantenraub in Rio» von 1966, mit Klaus Kinski, Robert Hoffmann, Edward G. Robinson und Janet Leigh. Darin gibt es nämlich eine Szene, in der Robert Hoffmann Janet Leigh das dicke, schwarze Kassengestell absetzt, um sie daraufhin nach Strich und Faden zu verführen (was man zwar, typisch für die 60er, nicht wirklich sieht, aber ich habe es mir eine Zeit lang sehr angenehm vorgestellt, von Robert Hoffmann verführt zu werden), allerdings nur, weil er an ihren Schlüssel rankommen möchte, um damit später den großen Coup auszuführen. Leigh spielt zwar mit, doch am Ende kommt heraus, dass sie in Wirklichkeit die reinste Connaisseurin ist und den ganzen Coup läääängst durchschaut hat. Zum Schluss fährt sie mit ihrem Liebhaber und den Diamanten davon, und Hoffmann ist der Gelackmeierte. Da ist dieser Herr Ladieslove Hoffmann ganz schlicht auf den Bebrillte-Frauen-haben's-nötig-Trick reingefallen. Leider wird dieser Film nie wiederholt. Ich habe schon sämtliche Fernsehsender und -archive angeschrieben, wo jetzt vermutlich meine komischen Briefe an Pinnwänden verstauben.

In dem Film von gestern Abend («Roulette der Liebe» von 1964) trägt der Protagonist Brille, und zwar ein schönes, schweres, schwarzes Kassengestell, außerdem hat seine Tochter einen Augenfehler und schielt so stark, dass sie eine Spezialanfertigung mit einem «blinden» Glas aufsetzen muss. Der Film endet damit, dass das Mädchen kurz vor der Operation steht. Bingo! Wenn man mal drauf achtet, kommen einem viel mehr Augenfehler unter, als man erwartet. Das ist vermutlich DIE Zivilisationskrankheit der letzten 100 Jahre! Oft stelle ich mir vor, was aus mir geworden wäre, wenn ich kurzsichtig im Wilden Westen, im Mittelalter oder der Steinzeit hätte leben müssen – keine Chance. Ich wäre längst Grizzlyfutter oder ein Skalp an einer schlanken Indianerhüfte, wäre in irgendwelchen schlammigen Schlossgräben ertrunken oder von einer Herde Büffel totgetrampelt worden. Ich bin nämlich ziemlich stark kurzsichtig, so etwa 800 Dioptrien. Ich bräuchte ohne Brille nicht mal das Licht anzumachen. Natürlich trage ich Kontaktlinsen, dieses Wunder der Optik, diese kleinen, feinen, zarten, leichten, durchsichtigen Superpaletten, denen ich so viel zu verdanken habe. Mein Traum ist es seit jeher, ein Kontaktlinsenmuseum aufzumachen, wenn ich endlich mal die Nase voll vom Fernsehen habe. Man bräuchte nur einen ganz kleinen Raum, mit winzigen Vitrinen, in denen die Linsen in mit Samt ausgeschlagenen Schächtelchen lägen, darunter handgeschriebene Zettel: «Kontaktlinsen von Leonardo da Vinci, Holz, spätes 15. Jahrhundert». Oder: «Harte Linsen von Mia Farrow, 1964–1967». Dazu ein paar aquarienartige Wasserbehälter, in denen die weichen Linsen wie exotische, kleine Wimperntierchen in wogenden Wellenbewegungen hin und her paddeln könnten. «Weiche Kontaktlinsen von Judith Herzberg, 1983–1990». Normalerweise trägt man dieselben Kontaktlinsen natürlich nicht über einen so langen Zeitraum, momentan trage ich sogar Monatslinsen, aber damals war ich jung und arm. Ehrlich gesagt stammt die Kontaktlinsenmuseumsidee von meinem Arzt, der um 1990 in meine rot geränderten Augen guckte und sagte: «Die sind so alt, die Linsen, die gehören ins Museum!» Oh ja, eine fabelhafte Erfindung, ohne Kontaktlinsen wäre ich immer noch Jungfrau.

Nach fast zwei Wochen Nachtarbeit mit Linsen hat man allerdings das Gefühl, klebrige Lavasteine im Auge zu haben. Ich sauge mir die kleinen Scheibchen also mit einem Minipümpel von der Pupille, sortiere den «Roulette der Liebe»-Film unter «Schielen/Kinder» ein und beschließe, vor dem Schlafengehen (es ist mittlerweile immerhin schon 8 Uhr morgens) noch kurz meine andere gute Freundin anzurufen: Tine. Sie ist genauso alt wie ich und führt eine Kneipe, das «Round Up». Eigentlich ein blöder Name, aber es heißt schon seit den 70ern so, als ein Round Up noch dieses Jahrmarktskarussell in Zylinderform war, in dem man sitzend so lange gedreht wird, bis man brechen muss, und Tine mag den Anachronismus. Tine würde sich auch die ganzen Oh-wie-lustig-waren-die-80er-Bücher kaufen, wenn ich es ihr nicht verböte. Früher hat sie im «Round Up» hinter der Theke gearbeitet, durch ihre Geschäftstüchtigkeit konnte sie es jedoch vor fünf Jahren übernehmen. Und natürlich ist es darum eine noch viel erfolgreichere und gemütlichere Kneipe geworden.

Seit sie Kneipen-Geschäftsführerin und -Besitzerin ist, trinkt Tine nicht mehr ganz so viel und steht mit den Hühnern auf, ist aber trotzdem genauso albern und amüsierfreudig geblieben wie früher. Ein Phänomen. Vielleicht hängt das damit zusammen, dass Tine seit neun Jahren denselben Freund hat und mit ihm zusammenwohnt, demzufolge dieses ganze anstrengende Hüftenschwenken-am-Abend ein wenig wegfällt: Richtig Männer aufreißen kann sie schließlich nicht, wo sollte sie so einen denn auch hinbringen? Tine ist schon quietschfidel, als ich ihr ein schläfriges «Uuaahhhh» durchs Telefon entgegengähne. Wieder die verschissene Nachtschicht?, folgert sie. Und erzählt mir so lange von einem «unglaublich interessanten» Vortrag über Laserbehandlung von Augenfehlern, bis mir vor Übermüdung und dem verzweifelten, kraftlosen Versuch, mich auf meine zellularen Kenntnisse aus dem Biounterricht (Stäbchen, Zäpfchen, Iris, Veilchen) zu besinnen, die Tränen kommen und ich den Hörer nur noch mühsam am Ohr halten kann. Man müsste ohnehin endlich mal Headset-Festnetz-Telefone für jeden Haushalt einführen. Tine ist jedoch mitfühlsam genug, um nicht böse zu werden, und verabredet sich für den übernächsten, für mich arbeitsfreien Abend mit mir im «Round Up.» Da war gestern jede Menge junges Gemüse, sagt sie aufmunternd, bleibt alles für dich. Ich darf ja nicht.

Dieses Gespräch will ich aber gar nicht erst anfangen, ich weiß, wie das weitergeht: Einerseits ist Tine nach eigenen

Angaben sehr glücklich mit ihrem Freund Randy Andy, der mir zwar in letzter Zeit nicht mehr so richtig randy vorkommt, aber sehr sympathisch ist, und andererseits vermisst sie das Ludertum vergangener Zeiten. Sie gibt es nicht richtig zu, aber ich kann zwischen ihren Zeilen lesen. Wenn man Tine besucht, kriegt man die volle Packung Pärchenseligkeit. Der wilde Sex ist, über die Jahre, immer mehr zu nettem Geschubber «in einer neuen Qualität» mutiert, wie es Langzeitpärchen nie müde werden zu betonen. Und es hat sich eine gemütliche Zufriedenheit breit gemacht, die in Ritualen gipfelt: Jeden Freitag gehen Tine und Randy Andy in das gleiche spanische Restaurant, das so gut sein soll, weil «da schließlich auch viele Spanier hingehen», als ob Spanier nicht auch verbrannte Zungen haben können und das Etablissement nur auswählen, weil die Nachbarin des Schwagers der Klavierlehrerin dort kellnert. Jeden Mittwoch gehen Tine und Randy Andy zusammen schwimmen. Jeden Sommer fahren sie zusammen in ein «besonders nettes Hotel» an der Ostsee.

Nicht dass Rituale mir fremd wären. Schließlich haben sie viel mit Ticks gemeinsam, und auch ich brauche in meinem Leben Routinen, sonst werde ich verrückt. Zum Beispiel die Doktor-Bob-Routine. Die Mit-Franz-ausgeh-Routine. Es gibt sogar eine Kater-Routine. Bei Tine scheint das Leben aber fast nur noch aus Routinen zu bestehen. «Reiner Neid» sagt sie, wenn ich stichele. Und lädt mich regelmäßig ein, doch mal in das «besonders nette Hotel» an der Ostsee mitzukommen, um zu sehen, wie aufregend es dort ist, mit all den Muscheln und Spielotheken.

Aber Tine versucht nie, mir einzureden, dass mir etwas fehle. Sie macht sich wegen der Nachtarbeit hin und wieder Sorgen um meine Gesundheit, klaut für mich Kosmetikpröbchen mit Antifaltencremes, in denen freie Radikale ihr Unwesen treiben, geht mit mir ins Kino, stellt mich tollen Weinen vor, lädt mich zu ihrem Pärchen-Zweisamkeits-

Frühstück ein und ist ansonsten so sympathisch wie der Bär aus der Bärenmarke-Reklame. Nur dass sie viel kleiner und zierlicher und unbärenhafter ist.

Jetzt gibt sie mir noch schnell ein paar Spartipps durch, Tine ist ein echter Fuchs. Sie hat ein besseres Gespür für Zahlen als eine Aldi-Verkäuferin und weiß immer sofort, ob man spart oder nicht, wenn man sich eine Wechselkopfzahnbürste anstatt dreier normaler «Mittel»-Zahnbürsten kauft, oder ob man nur minimal die Umwelt entlastet. Ich erfahre also kurz alles über nachfüllbare Druckerpatronen, die viel billiger seien als neue, und ärgere mich kurz vor dem wohlverdienten Zum-Vögelzwitschern-Einschlafen an diesem späten Morgen darüber, dass ich von Zähneputzen, von Kassengestellen und dem Geräusch träumen werde, das ein kaputter Laserdrucker macht, anstatt von mir in einem Jacuzzi mit einem Riesen-Singapore-Sling in der einen und Doktor Bob in der anderen Hand, ich weiß es, ganz bestimmt. Mist.

4. Kapitel. *In dem Judith lernt, wie man seine Bikinizone enthaart, es aber nicht anwenden möchte, auf der Kartbahn einen neuen Rekord aufstellt, alles über die revolutionäre Bewegung in Island erfährt und sich entschließt, auf ihre alten Tage Kuchen-Erfinderin zu werden*

Die nächsten beiden Tage vergehen in einem Redaktionsarbeit-Text-Steinschlaf-Nebel, und dann habe ich es mal wieder geschafft. Ich komme das letzte Mal in dieser Schicht nach sechs Uhr morgens nach Hause, schlafe bis vier Uhr am Nachmittag, und danach soll endlich alles normal werden. Jedenfalls für die nächsten zwei Wochen. Zur Belohnung spachtele ich mir eine Maske ins Gesicht, die ich aus Mitleid einer Kosmetikerin abgekauft habe. Die Kosmetikerin war eines Tages in der Hausfrauen-Redaktion zu Gast und sollte etwas zum Thema Bikinizonenenthaarung sagen, nach Keksrezepten und Kindergeburtstagsmottopartytipps ungefähr das scheußlichste Thema unserer vielfältigen Themenpalette von A wie Augenringbekämpfung bis B wie Busengymnastik. Wobei ich bei der Busengymnastik immer an das «Brustwochenende» denken muss, zu dem mir ein Spaßvogel mal eine Einladung in den Briefkasten geschmissen hat: «Frauen reden über ihre Brüste», stand da. Und ich habe wirklich überlegt, ob ich daran teilnehmen soll, vielleicht hätte man ja noch etwas lernen können: Wie viele Brüste man so hat, zum Beispiel. Oder wo genau die sind. Jedenfalls war die kleine Kosmetikerin Bikinizonenenthaarungsexpertin. Sie hatte einen kurzen Film dabei, in dem eine gezierte Brünette mit gespreizten Beinen in einem wirklich ekligen Neon-Bikinihöschen auf einem Stuhl saß, sich die Bikinizone mit irgendeinem Leim einzuschmieren schien, danach zwei Streifen darauf klebte und sie mit einem Ruck, vor allem aber mit einem grässlichen Geräusch wieder abriss. Rrrratsch, rrrrratsch! Ich war so schockiert, dass ich fast vergessen hätte, den Crawl mit «Fragen oder Anregungen zur Bikinizonenenthaarung? Rufen Sie unsere Expertin an: 0180/99 66 33» zu präparieren. Die ganzen nächsten Stunden dachte ich darüber nach, diesen Film mit den Rrrratsch!-Geräuschen irgendwie zu digitalisieren und als Bildschirmschoner zu verkaufen. Das macht wenigstens wach! Besser als dieser schnarchende Drache oder die anklagend blubbernden Fische. Die Expertin saß dann später bei mir am Tisch und nahm am Telefon Bikinizonen-Fragen entgegen, die Ärmste. Ich konnte mir fast nicht verkneifen, sie zu fragen, ob die Bikinizone eigentlich etwas mit der Sahelzone zu tun hat (hat sie, wenn man es weltwirtschaftlich betrachtet, sogar), aber ich sah der Kosmetikerin an, dass ihre Art von Humor sich doch ein wenig von meiner Art von Humor unterscheidet, wenn auch vielleicht nur in Nuancen. Noch mehr tat sie mir allerdings Leid, als ich bemerkte, dass ihre wohl pedikürten Zehchen in einer merkwürdigen, an einen Hammerhai erinnernden Stellung quasi quer zueinander standen. Das sind Ballen!, sagte sie und erzählte, dass eine Ballenoperation leider nicht in Frage käme, weil sie es sich nicht leisten könne, ihr «Kosmetikinstitut» (Institut! Als ob man dort etwas für das Leben lernte. Wenn schon, dann ja wohl «Kosmetikanstalt», so wie «Badeanstalt» oder «Irrenanstalt») vier Wochen lang zu schließen, um den Eingriff durchführen zu lassen. Die Ballen seien jedoch bei ihr so fortgeschritten, dass sie beim Gehen und Stehen ständige Schmerzen erleide. Wie die kleine Meerjungfrau, dachte ich mit Tränen in den Augen. Genau wie die kleine Meerjungfrau, die bei jedem Schritt blutet. Und um quasi darauf hinzuarbeiten, dass die arme Kosmetikerin ihren Kosmetiksalon irgendwann einmal für die Heuballenoperation eine Weile würde schließen können, kaufte ich ihr diese Maske ab. Eine, die man sich ins Gesicht kleben kann, und wenn man sie nach 20 Minuten wieder abwäscht, hat einem jemand heimlich Babypopo-Haut dorthin transplantiert. So ähnlich, wenn auch nicht im Wortlaut, steht es auf der Packung.

Diese Babyhinternmaske reibe ich mir jetzt auf die obere Epidermis, um das Wochenende einzuläuten. Danach beschließe ich, meine glatte Haut in Schmargendorf auf der Kartrennbahn zu Markte zu tragen. Die Kartrennbahn gibt es schon 25 Jahre, irgendwann demnächst wird Jubiläum gefeiert. Ich bin seit 8 Jahren Mitglied, besitze sogar eine eigene Hasskappe fürs Unterm-Helm-Tragen (durch die habe ich in früheren Tagen schon einiges hindurchskandiert) und fahre regelmäßig mit den kleinen Stinkedingern. Ich bin damals durch einen Zufall dort gelandet, meine Freundin Tine und ich dachten, es handele sich um eine Go-Kart-Bahn, und weil Tines fünfjähriger Neffe zu Besuch war, fuhren wir mit ihm und seinem eigenen, niedlichen Tret-Go-Kart nach Schmargendorf. Das Geschrei war groß und das Hallo klein, als wir merkten, hörten, sahen und rochen, dass auf der Bahn nur echte Karts mit Rasenmähermotoren und nicht erwachsen werden wollenden Männern drin herumbrausten. Der Neffe schrie sich fast die kleine Zunge blau, bis wir ihm eine Hasskappe aufsetzten, aus der es nur noch gedämpft herausweinte. Und Tine und ich fuhren unsere erste Runde als frisch gebackene Kartfahrerinnen, komischerweise machte das richtig Spaß. Man fährt nicht wirklich schnell, vielleicht 30 Stundenkilometer, aber es kommt einem so vor: Man hängt mit dem Hintern ungefähr 10 Zentimeter über dem Boden, im Unterleib vibriert und wackelt alles angenehm, und die beiden prolligen Kartbahnchefs Thomas und Rainer, die so aussehen, wie man sich Kartbahnchefs dieses Namens vorstellt, schwenken einem ständig verschiedenfarbige Formel-1-Fahnen vor der Nase herum. Man soll aber nicht zurückwinken, sondern muss im Gegenteil vorher lernen, was diese Fahnen bedeuten: Schwarz-weiß heißt letzte Runde. Rot heißt Gefahr. Gelb heißt tödlicher Unfall mit 14 Verletzten oder so ähnlich, vielleicht auch nur «Lassen Sie den schnelleren, Schnauzer tragenden Fahrer hinter sich vorbei, Sie lahme Ente». So genau habe ich die Bedeutung der Fähnchen nie lernen wollen, sonst versagt man sich ja jedes spannende Risiko.

Mit den Jahren bin ich immer besser geworden. Jetzt brause ich die Runde in schicken 45 Sekunden herunter. Tine kommt in letzter Zeit nicht mehr so oft mit, dafür habe ich Franz ein wenig anfixen können. Auch heute klappt es, und Franz und ich schwingen uns in mein rotes Batmobile. Ich habe ein 128er Fiat Sportcoupé von 1971. Das ist ein Auto, das Menschen auf der Straße mit den Fingern zeigen und kichern lässt. Mit etwas Phantasie hat es etwas sehr Geheimagentenmäßiges, allerdings, herstellungsbedingt, etwas von einem pomadierten, hektischen, kleinen italienischen Geheimagenten, keinem coolen Briten. Manchmal sprechen mich Männer an, die mit 52 noch bei ihrer Mutti wohnen, und sagen: «Hastn Weberverjaser drinne?» oder: «Wo kriegste denn Ersatzteile, biste in 'nem Oldie-Club?» Das fehlt gerade noch. Oldie-Club! Es reicht mir, was ich auf der Ersatzteilsuche schon so alles an schockierenden Bildern im Internet gefunden habe: Männer, die 22 Fotos von dem Fiat 128, an dem sie gerade herumbasteln, ins Netz stellen, eines langweiliger als das andere. Zehn Fotos, auf dem das Auto nur eine Art Blechskelett ist, auf dem elften langt der dicke behaarte Arm von so einem Fummler-Atze ins Bild, der gerade mit einem Nimbus oder Imbus eine wichtige Schraube eindreht, dann noch zehn Fotos von allen Seiten plus Motorraum, und dann steht Atze in voller Pracht vor seinem neu lackierten Fiat, der vor Muttis Haus parkt (Atze wohnt im Keller und bastelt in der Garage). Atze hat seit 30 Jahren keine Frau außer Mutti angefasst, auch keinen Mann, nur seinen Fiat. Aber Oldie-Club-Präsident! Nein danke.

Im Non-Oldie-Club-Member-Auto tuckere ich mit Franz zur Rennbahn. Franz hat ebenfalls seine Hasskappe mit, durch die er sogar noch mehr skandiert hat als ich. Links neben ihm ist und war nämlich immer nur die Wand, und als Franz jünger war, hat er eine Zeit lang versucht, mit dem Schweinesystem aufzuräumen. Seine Einstellung hat sich zwar nicht grundlegend geändert, aber die Richtung seines Energieflusses, sozusagen. Große Reden schwingen wir jedoch immer noch gerne. Beim Fahren sind wir heute allerdings ziemlich fahrig, wir bilden die Schlussrasenmäher der ganzen Kart-Garnison, und Thomas und Rainer grienen uns mit ihren schlechten Schultheiss-Gebissen hämisch an, als wir nach dem ersten Rennen auf den Computerbildschirm gucken, der neben der Bahn steht und auf dem die Namen der Fahrer und Wagen und die Zeiten zu sehen sind: Meine schnellste Runde war 52 Sekunden, Franz' 50.

Da muss ick mir doch echt überlejen, ob ick euch überhaupt zur großen Jubiläumsfeier in acht Wochen einlade, dölmert Rainer, rückt dann aber doch die selbst gebastelten und rührend grundschulhaft hochkopierten Einladungen raus: «Wir haben was zu feiern! 25 Jahre Kartrennbahn an der Hundekehle in Schmargendorf, schneller, als die Polizei erlaubt!», steht da handschriftlich auf einem orangefarbenen Kärtchen. (Hundekehle heißt die Straße, in der die Halle steht.) Franz und ich sagen gleichzeitig, ohne die Miene zu verziehen: Hmm, originell! und fühlen uns mal wieder wie Tick, Trick und Track, die auch immer wissen, was der andere denkt oder sagt.

Was machstn du später?, frage ich Franz, als wir wieder nach Hause zuckeln. Gerda kommt, sagt der. Gerda ist Franz' ewiges Verhältnis und hat eigentlich irgendeinen merkwürdigen isländischen Namen, so einen, der nur entfernt an Zusammenbauregale, dafür aber umso mehr an eine Wodka-Sorte erinnert, etwas wie «Gerdøer», mit einer Menge Striche durch alle Vokale. Wenn man den Namen im Isländischen ausspricht, dann klingt er wie «Gerda». Franz und Gerda haben sich bei einer Bergtour auf den Vatnajökull kennen gelernt, so heißt der höchste Berg Islands, der nur niedliche 1725 Meter misst. Gerda ist Bergführer, kommt gebürtig aus Stykkishølmur, das ist, soweit ich das verstanden habe, ein 12-Menschen-24-Rentiere-9-Geysire-Dorf an der Westküste von Island. Ich habe mich im Laufe der Jahre an die Skurrilität dieser Begegnung gewöhnt. Natürlich ist es ein toller Zufall, dass ausgerechnet der einzige (offiziell) schwule Mann aus Stykkishølmur meinen besten Freund kennen lernt, aber andererseits haben die beiden viel gemeinsam: Sie saufen, stehen auf Sport und auf Bergsteigen und interessieren sich für politische Aktionen in aller Welt.

Gerda war in den späten Siebzigern Mitglied der einzigen linksradikalen Gruppierung Islands, außer ihm bestand das «Kommando Fløki Vilgerdarson» noch aus zwei weiteren wackeren Isländern. Die Gruppe versuchte damals, eine «rote skandinavische Brigade» aufzubauen, und soviel ich weiß (Gerda ist das alles inzwischen so peinlich, dass man ihn ganz furchtbar betrunken machen muss, bevor er etwas erzählt, und dann sind Franz und ich noch viel furchtbarer betrunken), brachten sie es gerade mal fertig, in das einzige Militärmuseum Islands einzubrechen und dort zwei Vorderlader der Marke «Abilane Derringer» aus dem 19. Jahrhundert zu klauen. Diese beiden gefährlichen Waffen wollten sie zuerst ihren «Genossinnen und Genossen in Dänemark und Schweden» zur Verfügung stellen, als jedoch herauskam, dass man für die Waffen außer einzeln gegossenen Kugeln auch noch extra «Zündhütchen» brauchte, lehnten die Genossinnen und Genossen dankend ab. Danach zog sich Gerda von dem mit Vorderladern bewaffneten Kampf zurück.

Gerda wohnt schon lange nicht mehr in seinem Heimatdorf, sondern in Reykjavík. Er sieht aus wie ein hübscher Cocktail aus einem alkoholabhängigen Schweden und einem kiffenden Plattfußindianer: Er ist groß, hat helle Augen und dieses leichte Skandinavier-Singsang-Lispeln, aber dazu schwarze Haare und, für uns langweilige Deutsche jedenfalls, exotische Gesichtszüge. Außerdem benimmt er sich extrem unschwul, eher wie ein zurückhaltender, etwas prolliger, freundlicher Fußballfan, das ist eines der Dinge, die Franz an ihm gefallen. Als sie sich vor sechs Jahren bei jener Bergtour begegneten, war Franz erst sicher, einen Heteromann vor sich zu haben, und ärgerte sich in seinen Schalke-Schal. Aber dann passierte, die genaue Geschichte enthält Franz mir seit Jahren vor, irgendetwas mit einem besonders heißen Geysir, und von da an war wohl klar, wie der Hammer hängt.

Wenn Franz Besuch von Gerda hat, sehen wir uns normalerweise nicht ganz so oft, zwar verstehe ich mich ebenfalls hervorragend mit dem trinkfesten Isländer, aber ich sehe ein, dass selbst leidenschaftslose Nordlichter ihre in Schnee und Eis eingefrorenen und in Wodka konservierten, monatelang aufgestauten An- und Auspackwünsche erst einmal allein einlösen wollen. Also wünsche ich Franz viel Spaß, gucke zu, wie er seinen Jeanshintern die Treppe zu seiner aufgeräumten Luxuswohnung hinaufschafft, und verziehe mich mit meinem Glattgesicht und meiner frustrierenden Rennen-Bilanz in das gemütliche Loch im vierten Stock. Ich wollte ohnehin heute Abend vor dem Ausgehen noch Backen lernen. Vielleicht ist das die vermaledeite Keksrezept-Recherche bei der Arbeit, die doch noch Früchte trägt. Man kann eben nicht jahrelang die Zutaten für «Mandelbusserln», «Vanilleschäumchen» und «Zimtwuppis» in den Computer hacken, ohne sich hin und wieder zu fragen, wie es kommt, dass jede dämliche Hausfrau ständig mit noch warmen Tupperdosen voller dampfender Keksgedichte herumlaufen und sich daraus bedienen kann und für einen selber wieder höchstens die dänische Promenadenkeksmischung von Plus herausspringt.

5. *Kapitel. In dem Judith subversive Kekse backt, den Plan schmiedet, ihrem Lieblingsmoderator in Hamburg aufzuwarten, mit ihrer Freundin Tine im «Round Up» das Sozialisieren übt und dabei einen sehr interessanten Korb bekommt*

Heute Abend läuft die letzte Doktor-Bob-Sendung der Woche, und natürlich höre ich sie beim Keksbackversuchsaufbau. Der Doc (ich beschließe spornstreichs, ihn jetzt immer so zu nennen) ist bester Laune und spielt als allererstes «Cotton Tail» in der Version von Lambert, Hendricks and Ross. Dazu lassen sich Mehl und Zucker und all die anderen schwierigen Zutaten so prima durchrühren, dass ich bald bis zu den Ellenbogen in feinem, duftendem Mehlstaub stehe und mir ungemein tüchtig vorkomme. Wenn jetzt jemand reinkäme! Der würde glatt denken, dass ich backen kann! Welch eine absurde Vorstellung. Ich forme aus dem Teig ein paar kleine Füße, Herzen, Noten, subversive Hakenkreuze, Busen (nur, weil es so einen Spaß macht, eine Rosine als Mamille draufzusetzen), AC/DC-Blitze und einen Davidstern und klatsche alles auf das eingebutterte Blech. Der Doc spielt derweil die gesamte zweite Seite der «Party Mix» von den B-52's, die mich sanft in Feierlaune versetzt, und eh ich mich's versehe, habe ich einen Wodka-Orangensaft in der Hand. Während ich dem Doc in seinem schnuckeligen Wega-2000-Stereo-Radiogerät zuproste, kündigt er eine Veranstaltung in Hamburg an: «Am nächsten Wochenende gibt's eine große Party in den Hamburger Deichtorhallen anlässlich einer Vernissage der Fotografin Bernie Palolo, mit jeder Menge Ringelpiez und Partyspaß und Musik und Küsserei.» Schöner hätte ich das nicht sagen können! «Präsentiert wird das Ganze natürlich von der Number One Station, und wir werden auch in persona vor Ort sein und zum Beispiel Platten auflegen. Oder Bier verkaufen. Oder Bier trinken. Aus gegebenem Anlass jetzt eine Single aus meiner Vergangenheit: Serious Drinking mit «Love on the Terraces».

Das macht mir den Mann noch sympathischer, und ich überlege, ob ich nicht am nächsten Wochenende eine Hamburg-Reise einplanen soll. Wenn der olle Fiat so weit rollt, versteht sich. Bernie Palolo hat zwar einen bekloppten Namen, ist aber eine ganz phantastische Berliner Fotografin, sie macht überlebensgroße, von hinten beleuchtete Fotos mit modernen Stillleben, zum Beispiel den ausgekippten Inhalten der Hand- und Aktentaschen ihrer Bekannten. Ihre beste Idee bislang war allerdings die Ausstellung «Fenster»: in einem kleinen Raum im vierten Stock einer Galerie, in dem es nur ein einziges, ziemlich großes Fenster gab, hatte sie rechts und links davon je ein Bild gehängt. Darauf: ebendieses Fenster, also genau den gleichen Blick, den man aus dem Fenster auf die Straße hatte, einmal morgens und einmal abends.

Sehr irritierend, von weitem konnte man wirklich keinen Unterschied erkennen, so genau hatte sie die Realität getroffen. Nur dass natürlich an den Himmeln der künstlichen Fenster keine Wolken und erst recht keine Vögel vorbeizogen bzw. -flatterten. Mich erinnerte das an dieses alte Gerücht, dass Gefangene immer Fenster an die Zellwände malen. Obwohl ich mich frage, wann sie bei täglichem Drogenkonsum, Tattoositzungen, Zigarettenschmuggeln und Neue-Gefangene-zur-Minna-Machen überhaupt dazu kommen.

Ich könnte doch spaßeshalber, quasi in Recherche für den riesigen Kulturteil der «Morgenstund», zur Palolo-Vernissage nach Hamburg fahren und Bernie persönlich zu einem Interview einladen! Und wenn ich dabei auch noch zufällig den sicher gut aussehenden, gebildeten und todkomischen Number-One-Station-DJ Doktor Bob kennen lernen sollte, dann vergelt's mir Gott. Mit diesem Plan für das nächste Wochenende im Hinterkopf hüpfe ich zu «Sock it to Me» von Missy Elliot durch mein Wohnzimmer, schenke mir noch einen Spitzen-Wodka-Orangensaft ein und beschließe, den Backofen zwar schon auszuschalten (die 20 Minuten Backzeit bei 4–5 sind um), mich von meinen ersten, selbst gebackenen Keksen aber erst überraschen zu lassen, wenn ich später vom «Round Up» wieder nach Hause komme. Ich gehe erfahrungsgemäß etwas gnädiger mit meinem Leben um, wenn ich angeschickert bin.

Es meimelt draußen (das heißt, «es regnet» im westfälischen Proletenslang Masematte, und wenn ich mit meiner Westfalenfreundin Tine einen trinken gehen möchte, dann stelle ich mich immer schon vorher etwas auf ihre Mundart ein), und so läuft mir, als ich im «Round Up» ankomme, eine große Pierrot-Träne aus Eyeliner die Wange herunter, die ich im schlecht beleuchteten Damenklo schnell vom babyarschglatten Gesicht tupfe. Tine steht hinter der Theke, stößt gerade mit einem großen Glas offenbar roter Mundspülung an das Bierglas eines dunkelhaarigen Mannes und singt dazu lauthals zu der Jukebox mit: «... and my sister, I think her name is Debra, ooh, oohh!». Bester Laune, denke ich und kneife in ihren Hintern. Wieso riechst du denn nach Keksen?, fragt sie mich. Mein neues Parfüm, sage ich, Kipferl! Der Dunkelhaarige schnuppert auch gleich, und ich bin froh, dass er nicht «Zum Anknabbern» witzelt. Aber er ist ohnehin nicht mein Typ. Eher schon Tines Barkeeper, ein junger Blonder mit sehnigen Armen. Tine fragt mich nach meiner Arbeitsperiode aus und ob ich endlich kündigen werde. Dann erzählt sie mir, dass sie neulich beim Online-Backgammon gegen einen Mann verloren hat, der sich den Spielnamen «Desert Rabbit» gab und «so interessante Sachen!» in die kleine Zeile schrieb, die man – pro Zug – mit persönlichen Bemerkungen füllen kann. Das klang richtig toll, sinniert sie, zum Beispiel hat der gleich gemerkt, dass ich schon ganz lange denselben Freund habe, und ich sage: Du bist betrunken! Hör bloß auf mit Online-Bekanntschaften, die sich Wüstenkarnickel nennen. Dann reden wir ein bisschen über Tines neueste Steuertricks, über die Kartbahnparty in acht Wochen, über den Besuch des chinesischen Staatspräsidenten (Tine möchte demonstrieren gehen) und über den behaarten Putzmann, den ich neulich mit nach Hause genommen habe. Ist der mal was für länger?, fragt sie. Was soll denn länger heißen, sage ich, du kennst doch mein Motto: Der verflixte zweite Tag. Tine will mich zwar normalerweise nicht bekehren, was Lebensmodelle angeht, aber sie sieht in ihrer mütterlichen Art manchmal alles zu negativ und glaubt, dass man einsam und verwest vor dem flimmernden Fernseher enden wird, wenn man sich nicht – wie sie – beizeiten einen sucht, der dann zumindest den Fernseher ausmacht. Du bist doch einsam!, sagt sie nun mit leicht mundspülgetrübtem Blick. Nein, ich bin allein, muss ich billig semantisch zurückargumentieren. Tine, erkläre ich zum hundertsten Mal, das ist bei jedem verschieden: Die eine fährt gerne mit Männern an die Ostsee, bei denen sie jede

Hautpore auswendig kennt. Und die andere sitzt gerne mysteriös in Kneipen rum und lernt neue kennen.

Aber ich kann mich auf meinen Freund verlassen, sagt Tine, und daran merke ich, dass sie schon mindestens zwei Promille über Normalnull haben muss, normalerweise lässt sie sich von dem «Menschen sind verschieden»-Argument immer aushebeln. Und ich kann mich auf dich verlassen, sage ich und kneife sie nochmal in den Po. Dann muss sie in die Küche gehen und die Abrechnung für die erste Nachtschicht machen, denn die will jetzt nach Hause. Auf Dauer läuft das nicht so, wie du denkst, schmeißt sie mir noch kryptisch hin und verschwindet in dem kleinen, dunklen, nach verschüttetem Bier duftenden Küchenraum.

Ich werfe ein paar Euro in die Jukebox und tippe acht Stücke von Dick Dale ein. Und während Dale «Miserlou» dengelt, setze ich mich wieder an den Tresen und himmele ein wenig die blonde Thekenkraft an. Der sehnige Mann flirtet zurück, stellt mir ungefragt noch einen Wodka-Orange hin, und bei «Banzai Wipeout» beschließe ich, Nägel mit Köpfen zu machen. Es ist schließlich schon halb vier, zu Hause warten meine ersten selbst gebackenen Kekse darauf, dass ich sie aus dem Backofen errette, und ich werde heute Abend nicht mehr jünger, nur betrunkener. Auf dem schlecht beleuchteten Damenklo, beim Regenverschmierten-Eyeliner-Erneuern fällt mir auch ein, wie ich unauffällig ein Gespräch mit dem Barboy anfangen und in die richtige Richtung schubsen kann: Ich pinsele mir mit der schwarzen Schminke «Ficken?» auf die Stirn. Das ist nicht ganz einfach, denn ich muss es erst aus der Spiegelschrift übersetzen. Vor allem das Fragezeichen sieht die ersten beiden Male aus wie das Sparkassenzeichen. «FickenSparkasse». Die Toilette ist genau neben der Bar, darum sieht meinen subtilen Anmachversuch niemand, bis ich mich wieder auf meinen Hocker räkele, den Pony aus dem Gesicht wische und den Tresenmann angucke. Der verzieht keine Miene! Weder Lachen noch genervtes Weggucken, noch ein Hinweis auf «Cocktail», diesen schrecklichen Tom-Cruise-Film, in dem eine Frau genau das («Steht vielleicht Ficken auf meiner Stirn?») zum Barmann sagt. Einfach gar keine Reaktion. Vielleicht ist er fehlsichtig?

Der Blonde verschwindet in der Küche, und ich spucke auf eine Serviette und wische hoffentlich alles ab. Dick Dale spielt «Pipeline», und plötzlich steht noch ein Wodka-Orange vor mir. Ich gucke hoch und lese ein mit dem Bestellungsfilzstift hingepinseltes «Nö» auf der Stirn des sehnigen Blonden. Beziehungsweise eher ein Иö. Mann, denke ich, so eine Pleite! Da bleibt mir nichts mehr, als Tine gegenüber totales Betrunkensein vorzutäuschen und die Segel zu streichen.

Zu Hause schaue ich als Erstes in den Backofen, um zumindest mit einem Erfolgserlebnis schlafen zu gehen. Aber leider sind die schönen Keksformen aus unerklärlichen Gründen komplett zusammengelaufen und ergeben nun einen einzigen, riesigen Keks mit komischen Außerirdische-Kornfeld-Linien obendrauf, quasi ein Keks, groß wie ein Blech. So ein Mist, denke ich, damit kann man nun wirklich nicht glänzen. Dann entdecke ich, dass die Fußkeksform noch am besten zu erkennen ist und genauso aussieht wie die Füße von Tines Freund Randy Andy, die ich mal bei einem gemeinsamen «Komm wir fahren aufs Land»-Wochenende aus der Nähe bewundern musste, als er sich eine eklige Glasscherbe hineingetreten hatte: Er hat am Ende jedes Beines ebenmäßig rechteckige, große, hellbraune Platten mit vier Einschnitten vorne drin, und die haben mich immer schon, das fällt mir ein, während ich die Fußkekse auf dem Blech anstarre, an Lebkuchen erinnert. Darüber muss ich so lachen, dass ich mich, nachdem noch ein klitzekleiner Wodka-Orange in meiner Nähe aufgetaucht ist, gickernd ins Bett rolle und mich gar nicht mehr über die Pleite mit dem Barmann ärgere. Ppphö! Was kann der denn schon! Leute, die tolle Platten auflegen und schöne Stimmen haben und die ich auch noch demnächst in Hamburg dermaßen um den Finger wickeln werde, sind auf Dauer viel sinnvoller.

6. Kapitel. *In dem Judith die Füllung für eine nigelnagelneue Kuchenkomposition ersinnt, ziemlich viel herumkichert, Eselsbrücken vom Isländischen ins Englische übersetzt bekommt und sich über deren Poesie wundert*

Am Sonntag bleibe ich zu Hause und versuche, die zusammengelaufenen Kekse vorsichtig an den Linien auseinander zu brechen, um sie alle in eine Promenadenkeksmischungdose zu legen (selbst gebackene Kekse MÜSSEN unbedingt in eine Dose, sonst schmecken sie nur halb so gut) und damit später zu Franz runterzugehen und ein paar Neuigkeiten aus der isländischen Schwulenszene zu erfahren. In Reykjavík gibt es so wenig Schwule, dass ich nach ungefähr sieben Gerda-Besuchen schon alle kenne und, wie bei einer Vorabendserie, immer fragen kann: Und was machen Kiljan und Álfrún? Und was ist mit Halldør, hat der einen neuen Job? Leider klappt die Keksseparation nicht richtig, und so klingele ich am Nachmittag mit einer Dose lecker duftender Keksstreusel an Franz' Tür. Guck mal, ein ganz neues Rezept aus der «Morgenstund», lüge ich ihn an, als er die Dose öffnet. Davon träumst auch nur du, spottet er. Franz ist ein hervorragender Koch und Bäcker. Es ist ein Wunder, dass er als Studiotechniker arbeitet, ich finde es fast ungerecht, dass einem einzelnen Menschen gleich so viele verschiedene Talente in die Wiege gelegt worden sind: Kochen. Backen. Technisch-versiert-Sein. Einigermaßen-gut-Kart-fahren-Können.

Aber Franz gönne ich's. Zusammen mit Gerda überlegen wir, was man mit den Kekskrümeln anfangen kann:

Sie in ein Einmachglas füllen und als «Plätzchenpuzzle, 100 000 000 Teile» verkaufen? Vielleicht eine interessante Füllung für eine völlig neue Art von Kuchenstück basteln?, schlage ich vor. Mein Traum ist es nämlich, falls alle Stricke reißen und ich endlich aus meinem stupiden Redakteurinnenjob ausbreche, meine wahre Gesinnung zu entdecken und ein Kuchenstück zu erfinden. Ein Patent auf irgend so ein Stück einfach zu backende Teigware anzumelden, vielleicht aus Mürbeteig. Diese Teigware würde man in der ganzen Republik oder sogar der ganzen Welt verkaufen: die Herzberg-Schnecke beispielsweise. Oder den Judith-Wuppi. Es wärmt das Herz, mir vorzustellen, dass in der Bäckerei eines kleinen bayerischen Kaffs, in dem der Pastor bei der Predigt durch die Blume bekannt gibt, wer gestern Abend von wem entjungfert worden ist, dass dort unglückliche, bayerische Teenie-Junkies in spe vielleicht Trost in der Bekanntschaft mit neuen, köstlichen Kuchenteilchen finden: «Servus. I hätt fei gern zwoa Judith-Wuppis, bittschön.»

Das erzähle ich Franz und Gerda, aber Franz gackert, wie immer, entengleich, Gerda lacht lautlos, wie das offenbar in Island üblich ist. Eine Füllung aus schon gebackenen Mürbeteigstreuseln ist utopisch, klärt Franz mich auf. Dann eben nicht. Mir wird schon noch etwas einfallen, zur Not wird's eben Plunder.

Danach tratschen wir ein bisschen über die Isländer. In Reykjavík hat ein neuer Schwulenclub eröffnet, der dritte Club der Stadt mit einem Darkroom. Die anderen beiden Darkrooms sind, so erzählt Gerda, nicht wirklich richtig dunkel, sondern eher lauschige Saunen mit Schmuseecken. Aber der neue Club mit dem schrecklichen Namen «Why not?» (auf Isländisch), worüber wir uns erst einmal zwölf Minuten schadenfreuen – dass von diesem furchtbaren Namen auch wirklich so gar kein Land verschont bleibt! –, hat einen echten, sehr dunklen Darkroom im Keller. Gerda war ein paar Mal drin und hat auch schon wild an komplett

Fremden herumgeschraubt. Das Lustige sei aber, erzählt er, dass man zum Verlassen der Lokalität eine Treppe hinaufgehen muss, über der in Kopfhöhe der meisten Isländer (ziemlich hoch also) eine Holzdiele etwas ungeschickt im Weg stakt. An diesem Brett schlügen sich, kichert Gerda, zwei von drei postorgasmatischen Darkroomgästen beim Treppenhochgehen die Birne ein. Und dann gehe stets ein unterdrücktes Gelächter durch den Raum voller verschwitzter, eigentlich eher zurückhaltender isländischer Schwuler, sodass man fast nicht mehr weitermachen könne mit dem, was man da angefangen hat.

Franz und ich lachen uns kaputt bei der Vorstellung. Ich war natürlich noch nie in einem Darkroom, so etwas gibt es bekanntlich nicht für Heteros, aber ich könnte mir vorstellen, wie das Gekicher ein wenig die Hormone verjagt. Nicht, dass Sex und Spaß nicht zusammengehörten. Aber ich habe festgestellt, dass zumindest alberne Menschen wie ich als haptischen Gegenpart jemanden brauchen, der mit etwas mehr ernst gemeinter Leidenschaft bei der Sache ist, sonst werde ich sofort albern, und die Lust am Fummeln weicht der Lust am Kichern.

Franz hat ungefähr 27 verschiedene Vorspeisen gemacht, die wir jetzt nach und nach probieren. Dazu trinken wir roten Wein, der drei Jahre lang in ganz besonders bequemen Holzfässern geschlafen hat und darum so riecht, als ob einem kleine Engel mit weichen, duftenden Vanilleschoten die Nase ausstreicheln. Später am Abend spielen wir Eselsbrücken-Ausdenken. In Island gibt es, so scheint es mir, eine auffallend große Anzahl an Eselsbrücken, obwohl man sich wirklich nur eine geringe Anzahl an Dingen merken muss: Die paar isländischen Berge, Flüsse und historischen Ereignisse kriegt man fast noch ohne hin. Doch als alte Eselsbrücken-Sammlerin bin ich natürlich froh, wenn ich neue bekomme, nach «Mein Vater erklärt mir jeden Sonntag unsere neun Planeten» (Merkur, Venus, Erde, Mars, Jupiter, Saturn,

Uranus, Neptun, Pluto), «Welcher Seemann liegt bei Nanni im Bett?» (Wangerooge, Spiekeroog, Langeoog, Baltrum, Norderney, Juist, Borkum), dieser unglaublichen, überhaupt gar nicht zu erinnernden Eselsbrücke für alle afrikanischen Flüsse (Nikahijulafugidabrguhikldödö oder so ähnlich) und meiner absoluten, wenn auch sehr mysteriösen Lieblingseselsbrücke «Dein scheinbar hör ich weinend, du meinst gewiss anscheinend!» war ich schon fast der Meinung, dass mich eselsbrückenmäßig nichts mehr überraschen kann. Aber Gerda übersetzt uns Eselsbrücken vom Isländischen ins Englische, die umgehend zu neuen Schmuckstücken meiner Sammlung werden. Der isländische Satz für die Monate, in denen die Geysire am stärksten tätig sind, lautet zum Beispiel: «Bär, schneide deine Tatzen nie vor Mitternacht!» Die Namen der Hauptelfen von der wichtigsten (die am meisten Macht hat) bis zur unwichtigsten werden sich mit der Denkhilfe «Weil ich Blumen mag, habe ich stets eine Gießkanne aus Glas dabei» gemerkt. Solch eine poetische Eselsbrücke habe ich noch nie gehört. Gerda und ich überlegen kurz, ob die literarische Tradition der isländischen Eselsbrücken vielleicht entfernt derselben Wurzel wie die japanische Haiku-Tradition entspringt. Aber das ist vermutlich eine klare, auf zu gutem spanischen Rotwein basierende Überinterpretation.

Kurz bevor ich aus der Tür wanke und mein Wochenende beschließe, denken wir uns noch eine europäische Fluglinie aus, die nur ganz besonders klitzekleine Zwergstaaten auf der ganzen Welt anfliegt, so ungefähr das Gegenteil zur Concorde-Route: Reykjavík – Luxemburg – Vaduz – San Marino – Vatikan – Monaco. Alles einmotorige Maschinen, und wenn mal eine entführt wird, bangt man höchstens um 20 Passagiere und allerhöchstens einen schwulen Steward. Ich höre immer Zwergstaat, was soll das denn überhaupt heißen, hm?, ruft mir Gerda in seinem gebrochenen Englisch noch hinterher, als ich aus der Tür und die Treppen in den vierten Stock hochhüpfe.

Die nächste, arbeitsfreie Woche verbringe ich damit, meine Fehlsichtigen-Filmszenen-Sammlung zu komplettieren (endlich die Szene aus «Manhattan», in der Woody Allens Brille von seiner Nase gerissen und kaputtgetreten wird, und eine Szene aus dem kitschigen Sean-Penn-Film «I Am Sam», in der Michelle Pfeiffer als Rechtsanwältin ein paar Mal ganz hektisch eine dieser hornbrillengefassten Lesebrillen überstülpt, um erfolglos seriöser und glaubwürdiger zu wirken), meine Mao-Bio zu Ende zu lesen und mich mit Reintraut zu treffen.

Unsere Verabredungen folgen normalerweise einem sympathischen Ritual: Entweder kommt sie zu mir, oder ich besuche sie, und als Erstes leihen wir uns Bücher oder geben ausgelesene Bücher zurück. Reintraut ist ein Bücherwurm, und wenn ich mal dazu komme, lese ich wie eine Ratte.

Am Mittwochnachmittag kaufe ich zwei Stücke Philadelphia-Torte, höre mir die letzte Doc-Bob-Sendung auf Kassette an, und während Docs elektrisierende Norddeutschen-Stimme ankündigt, gleich ein paar neue Gorillaz-Songs zu spielen, beschließe ich, Reintraut mit ein bisschen schmutziger Literatur zu schocken: einem Sexbuch von einer jungen Australierin und dem Katalog zu Bernie Palolos letzter Ausstellung. Bei der hatte sie Körperteile so nah fotografiert wie in diesen alten «Was ist das?»-Schülerzeitungsrätseln. Wenn man ein bisschen vom Bild wegging, konnte man erkennen, dass es ausschließlich die privaten Teile von Körpern waren, so grotesk vergrößert, dass sie jeglicher Erotik entbehrten. Mir gefiel die Ausstellung nicht wirklich, vermutlich bin ich einfach zu prüde für Bilder von auf 75 Zentimeter Länge aufgeblasenen Vorhäuten oder Warzenvorhöfen, die aussehen wie ein Bild des Weltraumteleskops Hubble von einem Sturm über dem Pluto. Aber unterhaltsam war es allemal. Das Buch der Australierin heißt «Nassforsch» und handelt von einer jungen Wissenschaftlerin, die reihum ihre Kollegen vernascht. Das mag für sie zwar ganz nett sein, ich habe mich als Leserin jedoch gewundert, wie eine analytische Wissenschaftlerin, deren Forschungsergebnisse mitunter von einem My Säure (oder Base) abhängen, so wahllos sein kann. Ich weiß, dass Reintraut sich gerne und leidenschaftlich über die Promiskuität von Buchhelden und -heldinnen aufregt, weil sie selbst beim Aufreißen eher schlecht zu Fuß ist, ich habe schon diverse Abende durchgestanden, in denen Reintraut, umringt von netten Männern wie Sophia Loren in der Partyszene von «Hausboot» (ein toller Film, leider keine einzige Brillenszene, darum nicht geeignet für meine Sammlung, zu schade!), irgendwann mit scheelem Blick nach mir suchte und sich nach «miteuchtrinkichamliebstenrülps» verabschiedete, und ich, treue Tomate, die ich bin, hab sie natürlich immer nach Hause begleitet. Am nächsten Tag kam dann oft die «Siehste, es klappt nicht» – «Klar klappt's, du willst nur nicht!»-Diskussion. Darum schmeiße ich ihr das Buch auf den Schoß, noch bevor sie sich das größere Stück Philadelphia-Torte schnappen kann. Wieder so ein bekopptes Sex-Buch?, regt sie sich schon mal prophylaktisch auf. Genau, sage ich, eine junge Überfliegerin, die mit 25 schon zwei Doktortitel hat und auch noch saumäßig sexy aussieht, macht sich über sämtliche Labormitarbeiter und Doktoranden-Kollegen her. So ein Blödsinn!, nölt Reintraut los, und schon bekomme ich gute Laune. Das möchte ich mal sehen, dieses fidele Labor! In Wirklichkeit sind das doch alles verklemmte Akademiker! Reintraut ist selbst Akademikerin, sie hat ein «Theoretische Informatik»-Diplom. Reintrauts Diplomarbeit habe ich damals Korrektur gelesen, was eigentlich unmöglich war: Sie hieß «Pränexe Normalformen im Vergleich zum Skolemisieren von Existenzquantoren aus Formeln». Ich habe nur auf die Rechtschreibung der Füllwörter geachtet, und war in einer halben Stunde fertig, der Rest des 50-Seiten-Werks bestand aus Formeln. Aber Reintraut bekam eine Eins.

Ich habe leider mein Studium nicht zu Ende gebracht,

aber dafür ungefähr 36 Semester Volkskunde studiert, das ist dieses Fach, bei dem man einfach alles als Diplomarbeit anmelden kann: eine Untersuchung der Nasenschnäuzgewohnheiten von 1200 bis heute. Oder die Unterschiede im Gang zwischen Norddeutschen und Süddeutschen. Das hat einer meiner Kommilitonen wirklich gemacht, er fand dabei heraus, dass es in jedem Bundesland einen eigenen Gang gibt, den der Bremer haben Reintraut und ich eine Weile abends auf dem Weg zur Kneipe geübt, er sieht sehr vorwitzig und gezielt aus, so als ob die Menschen in diesem überschaubaren Bundesland stets genau wüssten, wo sie hinwollen. Wenn wir es eilig haben, sagt immer eine von uns: «Komm, jetzt bremerisch!»

Ich hatte sogar schon ein tolles Diplom-Thema: soziokulturelle Unterschiede beim Anmachen zwischen Städtern und Landpomeranzen, natürlich hatte ich einen etwas wissenschaftlicheren Titel dafür. Aber es wäre bestimmt recht unterhaltsam geworden. Bevor ich mich richtig damit beschäftigen konnte, bekam ich allerdings den Job bei der «Morgenstund». Und da ich heilfroh war, nicht mehr putzen gehen zu müssen (ich habe mich als Reinigungskraft, Essenausfahrerin, Weihnachtsengel und Briefträgerin durchs Studium geschleust), entschied ich mich damals für die echte Arbeitswelt.

Natürlich sammle ich immer noch ungewöhnliche Anmachmethoden in der Stadt und auf dem Land und erzähle Reintraut darum von der Pleite im «Round Up» am Wochenende. Sie versucht, das als Laie zu deuten: Das war typisch städtisch von dir, du bist gleich rangegangen, weil Städter ja nie wissen, wann sie das Objekt der Begierde wiedersehen, meint sie. Falsche Schlussfolgerung, ich weiß doch, wo ich die Tresenkraft wiedersehe, doziere ich, ich muss nur samstags ins «Round Up» gehen!

Dann bist du einfach nicht sein Typ, schnappt sie. Das gibt's. Wir beschließen, den sonnigen Tag zu nutzen, und fahren mit meinem Fiat an einen Badesee, um den, wenn es zu kalt zum Baden ist, eine Menge Jogger herumlaufen und sich von leinenlosen Hunden in die Waden schnappen lassen. Reintraut kommt mit ihrem Computerspiel nicht weiter, sie hat zwar das Käferspiel fertig programmiert, aber verzweifelt jetzt an einem neuen Auftrag für ein Rennspiel. Ihr Techniker mache ihr Sorgen, sagt sie, er bringe in letzter Zeit immer seine Katze mit ins Büro, was an sich schon einigermaßen anstrengend sein kann, aber vor allem spreche er neuerdings mit dem Tier. Der sitzt da, und ich höre ihn ganz deutlich murmeln, sagt Reintraut. Deutlich murmeln ist ein Widerspruch an sich, ärgere ich sie. Aber er sagt Sachen wie: Was meinst du denn, kann ich das so machen?, und guckt dann seine Katze an!, erklärt Reintraut. Vielleicht ist er einsam, vermute ich, wie sieht er denn aus, ist das ein typischer Nerd? Eigentlich ist er recht hübsch, sagt Reintraut, er ist Pfälzer, allerdings ohne Akzent, ziemlich massig und mit extrem langen Wimpern, wenn er zu mir rüberblinzelt, dann rascheln immer meine Unterlagen von dem Wind.

Jetzt übertreibst du aber, sage ich. Wir reden noch ein bisschen über den komischen Pfälzer, der auch einen typischen Pfälzergang zu haben scheint, wie ich nach Reintrauts Imitation analysiere, und dann machen wir Joggergeschwindigkeit-Schätzen. Zuerst läuft uns einer mit ungefähr zehn Stundenkilometern entgegen, die nächsten beiden haben etwa zwölf. Beim vierten geraten wir uns in die Haare, Reintraut ist genauso dickköpfig wie ich, und keine von uns hat ein Polizei-Messgerät dabei. Ich schlage vor, mein Auto zu holen und an den Seerand zu brettern, damit ich neben dem Jogger herfahren und die Geschwindigkeit auf dem Tacho nachchecken kann. Aber das finden wir doch zu albern, und so versuchen wir uns stattdessen ein paar Umgebungen für das Rennspiel auszudenken, das Reintraut programmieren muss. Wie wär's mit einem See, an dem man Jogger und Hunde umfahren kann?, schlage ich vor, und Reintraut ist begeistert. Wir überlegen uns die See-Umgebung in allen Farben, dann machen wir noch zwei kleine Cockerspaniel los, die in der Nähe des Parkplatzes an einem Trimm-dich-Pfad-Schild angeleint sind, und fahren entspannt wieder nach Hause.

7. Kapitel. *In dem Judith den Plan schmiedet, demnächst mal kein Stück albern bei einer Anmache zu sein, über sprechende Puppen nachdenkt, auf der Kartbahn ihre bis dato schnellste Runde fährt und Outing-Ideen hortet*

Ich freue mich schon sehr auf meine kleine Hamburg-Reise am nächsten Wochenende und bringe meinen Fiat vorsichtshalber zum Oldiefummler um die Ecke, damit er ihn für einen 500-Kilometer-Trip abnickt. Was Autos betrifft, bin ich sehr technikgläubig: Wenn der Fummler die Motorhaube aufmacht und «gloobe, allet okay» murmelt, dann würde ich mich einfach weigern zu glauben, dass mir beispielsweise gerade mitten auf der Autobahn ein Reifen geplatzt ist, und fest davon überzeugt sein, dass schließlich gar nichts kaputt sein KANN, der Fummler hat doch vorher «allet okay» gemurmelt.

Doc Bob nennt diese Woche «Muppet-Wochos» und spielt in jeder Nörgler-Sendung einen Jim-Henson-Song. Ich höre seine Show jeden Abend, denn nach dem vielen Ausgehen zuvor brauche ich ein paar Detox-Tage mit Filme Archivieren, viel Essen, Franz Treffen (am besten beides zusammen) und Schmökern. Passend zu Doc Bobs sympathischen Muppet-Liedern lese ich ein Buch über Ventriloquisten, das sind Menschen, die mit Bauchredepuppen auftreten. Es ist schon wieder eine Biographie, der Ventriloquist-Protagonist schreibt aber ab und an auch aus Sicht seiner Bauchredepuppe, sehr verwirrend. Ich vermute ja, rein küchenpsychologisch, leicht multiple Züge bei dem Mann. Die Puppe heißt Buggy, wahrscheinlich kommt das von «bugging», nervig, sie ist eine notorische Quasselstrippe und sehr unsympathisch. Ich erfahre, dass es sehr wenig Ventriloquistinnen gibt, und auch die Puppen sind meistens männlich. Das hat natürlich mit dem Showbusiness zu tun, Frauen sind normalerweise eher die auf dem Trapez, dem Pony oder der Theater- bzw. Opernbühne, Männer hingegen unterhalten gerne auch mit Witzen. Warum das so ist, kann ich weder als Volkskundlerin noch als weise Frau mit jeder Menge Lebenserfahrung erklären: Meine Freundinnen sind ausgesprochen komisch. Es muss also entweder damit zusammenhängen, dass humorvolle Frauen nicht gut ankommen (ich mache mir sofort eine mentale Notiz und beschließe, die nächste Anmache mal todernst, vielleicht sogar traurig durchzuführen), oder damit, dass sich der weibliche Ehrgeiz in andere Richtungen entwickelt. Oder auch damit, dass Männer, die weder singen noch voltigieren, noch in 300 Meter Höhe an kleinen Schaukeln Salti mortali machen können, trotzdem gerne auf die Bühne wollen, um nach der Show mit den Groupies abziehen zu können. Was machen solche Männer also? Sie werden Komiker oder Ventriloquist.

Ich spiele kurz mit dem Gedanken, den prozentualen Ventriloquistinnen-Anteil in Deutschland hochzujagen und mir eine debil grinsende Mrs.-Beasley-Puppe mit Klappaugen zu besorgen, die immer beleidigende Dinge sagt wie «Was für einen bescheuerten Hut die Frau da vorne aufhat!» oder sogar (das kommt wahrscheinlich besonders gut an) Obszönitäten von sich gibt: «Judith, frag doch mal den Gardemaß-Mann dahinten, ob du dich auf ihn drauf setzen sollst! Wetten, der hat Afrika auf der Brust und einen unterarmdicken Schlong?» Aber beim Mit-einem-alten-Socken-vor-dem-Spiegel-Üben merke ich, dass sich mein breiter Mund beim Bauchreden nicht so besonders gut macht. Wahrscheinlich würde ich mich noch eher zum Voltigieren eignen, wenn man dazu nicht ganz nah an viel zu hohe, dampfende Pferde heran und auch noch diese bekloppten Reiterhosen tragen müsste, die sich manche Frauen ja geheimnisvollerweise wegoperieren lassen, wie ich in meiner schrecklichen Sendung neulich erfahren konnte. Oje, ich habe ja schon einen Beruf, verdammt, ich bin Textredakteurin bei der schrecklichsten Sendung der Welt.

Jedes Mal, wenn ich mich über meine Arbeit aufrege, versuche ich mir vorzubeten, wie alles noch viel schlimmer sein könnte: Ich könnte auch von fünf Uhr morgens bis nachts um zehn auf einem windigen Feld arbeiten, mit schwieligen Fingern piksige kleine Kaktusknospen abzupfen zum Beispiel, damit ich am Ende des Monats meine drei Taler kriege, um den fünf Kindern und sieben Geschwistern eine Kartoffelsuppe kochen zu können. Oder ich könnte im Tierheim arbeiten und meine mit Bisswunden bedeckten Hände den ganzen Tag durch verklebte Hundefelle wandern lassen müssen, um das Entwanzungs- und Entflohungsmittel richtig einzureiben. Ich könnte leibeigene Dienstmagd bei einer reichen, weißen Familie auf den Philippinen sein oder Leere-Flaschen-Verkäuferin in den Slums von Rio. Oder Moderatorin einer schrecklichen Fernsehsendung, und immer wenn ich Brötchen einkaufen gehe, erkennen mich Fremde. Huah. Dann doch lieber Textredakteurin.

Auf Dauer muss die Schweinerei jedoch eine andere werden, das merke ich immer stärker. Entweder brauche ich einen anderen Job oder eine ganz gewaltige Ablenkung. Ich packe am nächsten Tag also Franz, dessen Island-Buddy inzwischen wieder auf Eispickeln in glatten Gletscherspalten hängt, in mein Sportcoupé, fahre mit ihm zur Kartbahn und drücke mächtig auf die Tube. Franz schafft seine beste Runde in 43,8 Sekunden, ich brauche nur 43. Wir sind sehr zufrieden und grinsen Thomas und Rainer an, die, nach altem Bier duftend, nach zehn Runden die Stopp-Fahne geschwenkt haben und uns nun am Bahneingang erwarten. Sind die beiden Herrschaften doch noch unter 45 jefahrn, dass ick dit noch erleben darf!, poltert Thomas los. Ick muss ja ehrlich sagen: Dit hä' ick nich jedacht!

Tja, sage ich, unverhofft fährt schnell! Wie sieht's denn überhaupt mit eurer Fetenplanung aus? – Ach hör uff, sagt Rainer, dit ist so 'n Stress! Die Musikanlaje ist doppelt so teuer wie jeplant, und jetzt hat ooch noch der DJ abjesagt ... und mit meener Freundin hab ick mir jestritten, und jetzt will se sich nicht mehr um die Verpflegung kümmern. Franz, das sehe ich ihm genau an, will am liebsten gleich anbieten, aushilfsweise ungefähr 750 Buletten zu rollen. Er ist manchmal so schrecklich hilfsbereit, dass man ihn vor sich selber schützen muss. Darum sage ich schnell: Ich kenne einen ganz billigen Catering-Service, davon gebe ich euch mal die Nummer!, und lenke gleich ab: Was ist denn mit deiner Freundin, ihr seid doch schon 100 Jahre zusammen, oder? Ach, fängt Rainer an zu jammern, dit isset ja: Sie will mal wat anderet erleben, und ick bin ihr wohl zu langweilig. Kann ja nicht jeder so harmonieren wie ihr zwee beeden. Franz küsst mich grinsend auf die Wange und sagt: Siehst du, Schatz, du bist mir überhaupt nie zu langweilig.

Natürlich denken Thomas und Rainer, dass Franz und ich ein Paar sind, vermutlich würden sie ihres Lebens nicht mehr froh, wenn sie wüssten, dass einer der schnellsten Männer auf ihrem Race-Court seine übrige Freizeit in Schwulen-Darkrooms und Küchen verbringt. Aber es gibt noch mehr Dinge, die ich mit Thomas und Rainer nicht diskutieren wollte.

Obwohl Franz sagt, und da hat er auch Recht, dass die echte Chance für effektive Coming-outs eigentlich in männer- bzw. machodominierten Sportarten wie Autorennen und Fußball liegt. Wenn auch nur ein Bundesligaspieler, am besten einer, der vorher für Millionen Nudeln irgendwo hingekauft wurde, beim nächsten Nach-dem-Spiel-ist-vor-dem-

Spiel-Interview sagen würde: «Ja gut, ich geh jetzt erst mal mit meinem Partner feiern», oder, denn spießig sind Profisportler ja anscheinend alle: «Ja gut, es war halt nicht mehr drin, aber mein Ehemann hat schon vor dem Spiel gesagt, ich bräuchte mal 'ne Pause», dann würde das einiges bewirken. Stattdessen outen sich immer nur Politiker. Und bei denen steht es mit der Glaubwürdigkeit bekanntlich ohnehin nicht zum Besten.

Auf dem Rückweg bespreche ich mit Franz die latente Schwulenfeindlichkeit von Fußballfans und Kartrennbahnbesitzern, danach das nur in Schwulenkreisen bekannte Coming-out eines rechten Hamburger Lokalpolitikers, und danach lästern wir ein wenig über die Arbeit, also ich lästere, und Franz bringt mich hin und wieder mit humorvollen Bemerkungen wieder auf den Teppich. Judith, wenn es dich so nervt, dann musst du kündigen, sagt er dann. Franz' Job als Cheftechniker bei der «Morgenstund» ist zwar auch anstrengend, weil er den gleichen nachteulengerechten Arbeitszeiten unterliegt, aber er schraubt und friemelt vor allem in Eigenregie und kommt mit den prolligen Technikerkollegen ganz hervorragend aus. Einen hat er sogar mal verführt. Franz schafft es auch, die Sendung nie zu schauen, sondern liest meistens während der Zeit Bücher über Geschichte oder Fußballzeitungen. Aber der Mann hat gut reden. So schnell kündigt eine alte Job-Häsin wie Judith Herzberg nicht, dazu muss man sich erst einmal eine Menge Mut und Jux und Dollerei anschaffen, bevor man in einem Alter, in dem manche Eskimos von ihrem Stamm schon zum Sterben auf einer Eisscholle ausgesetzt werden, nochmal mutwillig die Koordinaten ändert. Obwohl ich persönlich natürlich finde, dass jedes Alter, in dem ich mich befinde, mein jeweils bestes ist. Und lebensunwillige Inuit können mich mal.

8. Kapitel. *In dem Judith sich über die Altersberechnungen von Schauspielern wundert, spontan die Fenster putzt, mit einem Äffchen kuscheln möchte, ihr kleines altes Auto durch die Waschanlage fährt und dabei unter anderem Cream hört*

So eine freie Woche gibt einem Zeit, Dinge zu tun, auf die man normalerweise nie Lust hat, aber eigentlich längst mal tun muss. Steuererklärung machen oder Fenster putzen zum Beispiel. Normalerweise putze ich meine Fenster einmal im Jahr, und zwar immer am 30. März, «dem Tag, an dem gewischt wird». Der 30. März ist nämlich der Tag nach meinem Geburtstag, und ich bin meist so verkatert, dass ich sinnvolle Sachen wie lesen, arbeiten oder rausgehen und Eindrücke sammeln nicht schaffe. Es reicht gerade mal zum Hörspielhören und Fensterputzen. Übrigens habe ich über die Jahre hindurch festgestellt, dass Geburtstage nur bei normalen Knäckebrotesserinnen wie mir unverschiebbar zu sein scheinen. Andere Menschen müssen sich nicht an so schnöde Absprachen halten. Christopher Lambert-der-Holzkopf zum Beispiel, der ja nun auch nichts dafür kann, dass man das Sequel von «Highlander» unbedingt «Highlander 2 – Es kann nur einen geben» nennen mußte, aber mich trotzdem schon seit Jahren mit seiner Lobbe* nervt. «Mit dem rechten hackt er Holz, mit dem linken trägt er's weg», hat Franz mal ganz richtig über diesen merkwürdigen Schielblick gesagt, der einem Schauspieler doch Rollen wie «Tarzan» oder ebenjenen ominösen «Highlander» (was ist das überhaupt für ein Kerl? Wer guckt denn solche Filme?) vergällen sollte. Jener Lambert hat zufällig am gleichen Tag wie ich Geburtstag, das habe ich mal in einem Filmkalender gelesen, aber ist genau zehn Jahre älter. Lustigerweise verringert sich jedoch seit einiger Zeit unser Altersunterschied. Während ich demnächst meinen 36. Lenz feiern werde und

* westfälisch für: Gesicht

Lambert darum eigentlich seinen 46., kommt er mir entgegen: Laut Zeitung ist er in seinem neuesten Film erst 44. Wenn Christopher und ich uns etwas anstrengen, können wir nochmal zusammen unseren 40. feiern! Aber da sei Gott vor. Lieber setze ich mich mit einer Dose Wodka light unter eine Brücke und zünde alte, herumliegende Espandrillos an, bevor ich unter Christopher Lamberts scheelem Blick Geschenke annehme. Andere Stars laufen mir allerdings auch davon: Nicole Kidman, diese ätherische Rothaarige, müsste eigentlich laut meines Filmlexikons genauso alt sein wie ich, aber sie schlüpft mir irgendwie nach unten weg und feiert frech erst mal ihren 34. Ich kann mir sogar lebhaft vorstellen, wie Fräulein Kidman auf Fragen nach ihrem Geburtsdatum Antworten gibt wie «Das Datum kann ich leider nicht wissen, das Kätzchen hat's Kalenderblatt zerrissen». So eine ist das nämlich. Hoffe, dass sie mir nie schreibt, weil sonst mein Briefkasten bestimmt noch wochenlang nach parfümiertem Briefpapier duftet. Mental note: Auf gar keinen Fall darf ich in der Nähe von Hollywood einen Luftballon mit einer Brieffreundschafts-Postkarte losschicken, damit der bloß nicht bei Nicole im Vorgarten landet!

Heute habe ich jedenfalls Lust, meine Fenster zu putzen, obwohl noch nicht «der Tag, an dem gewischt wird» ist. Darum lege ich Putzmusik auf, nämlich eine Calypso-Platte von uralten Calypso-Sängern, die ständig Themen wie «Zombie-Jamborees», «Ugly Women», «Coconut Water» und andere Südsee-Phänomene behandeln. Dann gieße ich heißes Wasser in meine Füße-Schüssel (in Wirklichkeit ist es eine Picknick-Kartoffelsalat-Schüssel, aber mein mangelndes Kochtalent degradiert sie immer nur zur Eklige-Geburtstags-Bowlen-Schüssel, und um meine Freunde auf die Probe zu stellen, nenne ich sie öffentlich eben Füße-Schüssel, obwohl ich noch NIE ein Fußbad drin genommen habe, nur hin und wieder Schmutzwasser drin aufbewahre), und fange an, das Wohnzimmerfenster abzuseifen, wobei mir die Jalousien ständig im Rücken herumknattern. Wenn ich mich richtig erinnere, hat meine bis ins hohe Alter rüstige Oma immer Zeitungspapier zum streifenfreien Abtrocknen genommen. Ich knülle also den Kulturteil der «taz» von gestern zusammen und reibe die Außenseiten mit einem Eminem-Interview trocken, zur Strafe, weil der kleine Mann immer seine Freundinnen verkloppt. Man sollte Künstler, von denen man weiß, dass sie Frauen schlagen, überhaupt nicht mehr unterstützen. Meine letzte James-Brown-Platte habe ich darum auch geklaut, damit der Godfather ja keinen müden Cent davon sieht, und einen Picasso kaufe ich mir gar nicht erst. Nach 20 Minuten wünsche ich mir ein Putzäffchen, so eines, von dem mir meine Freundin Tine mal erzählt hat. Sie hatte behauptet, bestimmte Körperbehinderte, zum Beispiel Gelähmte, bekämen von der Krankenkasse (bestimmt privat versichert! Scheißsystem!) ein Äffchen spendiert, irgend so ein kleines, zierliches, keinen Orang-Utan, eher einen Makaken, einen freundlichen Brüllaffen (für Schwerhörige!) oder ein Pinselohräffchen. Diese Äffchen werden von speziellen Äffchen-Trainern ausgebildet, sie lernen putzen und wischen, also nur mit kleinen Lappen und immer nur kleine Stellen, aber immerhin, und sie gehen den Behinderten zur Hand und holen auf Befehl Bücher, Zeitungen, Zigaretten, natürlich nicht aus dem Laden, sondern vom Tisch, oder ein Kissen. Außerdem setzen sie sich, wenn der oder die Gelähmte es möchte, auf die Schulter, pusten ihm leise ins Ohr und zerwühlen seine Haare.

Ich hoffe nur, dass nicht auch Bonobos für diesen verantwortungsvollen Job ausgebildet werden, der Bonobo, das habe ich mal gelesen, ist ja sozusagen der Italiener unter den Affen und vögelt alles, was ungefähr genauso groß ist wie er und nicht sofort schreiend wegläuft. Und ob man als gelähmter Mensch so gerne dabei zuschaut, wenn seine Putzkraft es mit dem Mülleimer treibt … Jedenfalls hätte ich jetzt gerne einen reinlichen Makaken für die Scheiben. Stattdessen drehe ich die Platte um, wo der uralte Inselschwarze auf der anderen Seite gleich loslegt mit «Mama looka booboo». Die andere Seite vom Fenster poliere ich dafür mit dem «taz»-Magazin über ein Ludwigsfelder Kohlekraftwerk, und alles in allem macht Hausarbeit mit Musik doch gleich zehnmal mehr Spaß. Ich lasse ein wenig heiße Seifenlauge in den Hinterhof tropfen und hoffe, dass mich jemand sieht und denkt: «So eine Perle!» Das hoffe ich auch immer, wenn ich meine Betten zum Lüften aus dem Fenster hänge, eine, wie ich finde, extrem hausfrauliche und gemütliche Geste, eindeutig aus der Gruppe der positiv besetzten Hausfrauen-Gesten, so wie jemandem zu Nikolaus Schokolade in den Schuh tun oder backen. Mir fallen meine Hamburger Bekannten ein, die nach ihrem letzten Besuch ja Staubtücher geschickt hatten und die ich am Wochenende sehen werde – wenn Doc Bob und ich uns nicht ein extrem verschwiegenes Hotelzimmer teilen, ha, der Sender zahlt! Dann fällt mir sogar kurz der Putzmann ein. Aber nur sehr kurz. Ich überlege noch einmal, ob wir eigentlich Telefonnummern ausgetauscht hatten … hatten wir aber nicht. Nun denn. Werde ich den sauberen Mann eben auf der nächsten WG-Party wiedersehen, wenn es sein soll. Und überhaupt, man sieht ja, was dabei herauskommt, wenn jemand unaufgefordert putzt: Ich fange an, mitten im Sommer die Fenster zu reinigen, obwohl es noch gar nicht an der Zeit ist.

Während ich profimäßig vor mich hin poliere, höre ich Franz, der seinen Kopf aus dem Fenster steckt und hochruft: He, bist du verrückt geworden? Ich tröpfele als Antwort ein wenig mit dem Spülwasser. Es ist doch noch gar nicht «der Tag, an dem gewischt wird», schreit Franz, oder hast du dir diese Vogelaufkleber für Bürofenster gekauft, und die kleben nur auf sauberen Flächen? Halt die Klappe, rufe ich runter, ich hab jetzt keine Zeit. Muss putzen.

Am Abend fahre ich auch noch den Fiat durch die Waschanlage, damit er mich und Reintraut, die am Telefon ganz begeistert von einem «Damen-Weekender» war, am nächsten Tag glänzend nach Hamburg bringt. Waschanlagen sind ein großer Spaß, meine Lieblings-Anlage steht in Friedrichshain und heißt «Monsieur Blitzblank», und ich habe das dumpfe Gefühl, dass das so eine Art dummdeutsche Verballhornung vom Konkurrenten «Mr. Clean» sein soll. Bei «Monsieur Blitzblank» kann man zwischen 17 verschiedenen «Super-Unterboden-Lack-Spezial-Reinigungssäure-Base-Glanz»-Programmen wählen. Man hat – und das ist die Herausforderung –, nachdem man das Geld in den Computer eingeworfen hat, noch genau 0,4 Sekunden, um wieder ins Auto zu flitzen, bevor der Waschgang loswackelt. Ich habe es am Anfang zweimal hintereinander nicht geschafft und musste zusammen mit dem Fiat zu Fuß durch die Anlage, Franz taperte nur einmal tropfnass neben mir her und klopfte wütend an die Scheibe, hinter der ich kichernd hin und her wippte. Das Beste am Durch-die-Waschanlage-Fahren ist nämlich die Musik: Ich habe mehrere eigens aufgenommene Waschanlagen-Tapes, denn die Aufgabe, eine Kassette zusammenzustellen, bei der alle Songs zu psychedelisch-bunten, schweren Riesenborsten und plätscherndem Industrie-Sound passen, hat mich einfach gereizt. Vor allem müssen die Songs relativ kurz sein, sonst kann man nur einen hören, weil man sich zum Beispiel gerade nur das billigste aller Programme leisten kann. Die Kassette, die ich heute reinschmeiße, nachdem ich den Weg vom Wahlautomaten ins Wageninnere in exakt 0,3 Sekunden zurückgelegt habe, beginnt mit «Bubbles», einem extrem psychedelischen, leider soundmäßig sehr mageren Song aus dem «Deep Throat»-Soundtrack. Ich lehne mich zurück und gucke zu, wie die grünen Bürsten schon fertig sind und mit gruseligem Schmatzen ein paar neue, quietschrote anfangen (das Unterboden-Spezial-Programm 7 ist eines der längsten). Dazu läuft «Born Under a Bad Sign» von Cream, und Ginger Baker trommelt fast genau im Bürst-Rhythmus. Das Unterboden-Wachs wird aufgesprüht, und das Trockenpusten fängt zusammen mit «Routine» von Urban Dance Squad an, nicht nur ein schöner Song für Waschanlagen, sondern auch beispielsweise zum Erbsenpulen (wenn ich das könnte) oder Babywickeln (wenn ich das wollte). Geradezu kongenial ist er aber zu den kreisenden Bewegungen der Pustventile.

Natürlich darf «Lucifer Sam» auf keiner Waschanlagen-Kassette fehlen, und so glitzert mein kleines Fiat Sportcoupé mit Pink Floyd vom «Monsieur Blitzblank»-Hof, und der nette, alte Chef (der natürlich eine Spiegelglatze hat, wie es sich für einen Waschanlagenbesitzer gehört) winkt mir versonnen hinterher. Ich glaube, der Mann lebt von mir! Trotzdem schade, dass er so ein alter, kleiner, hässlicher, haarloser ist. Ich würde zu gerne einmal in der Waschanlage ein wenig cosy werden. Schon wieder schmuggelt sich der Putzmann in meine Gedanken: Ob das wohl was für ihn wäre? Aber jetzt geht's ja erst einmal nach Hamburg.

9. Kapitel. *In dem sich die Ereignisse geradezu überschlagen: Judith erlebt auf der Fahrt nach Hamburg eine beschissene Land-Anmache, isst Wurst, sieht eine tolle Ausstellung, besäuft sich, tanzt, feiert, findet neue Freunde und bekommt zu guter Letzt etwas ins Gesicht gespritzt*

Im letzten Augenblick hat Reintraut doch noch abgesagt, sie muss ein besonders eiliges Programm entwickeln, für die Sicherheitsvorkehrungen bei Atomsprengköpfen oder die Zeitschaltuhr für den Hoover-Damm oder so. Aber ich darf nicht zu sehr frotzeln, Reintraut nimmt es sehr genau mit ihren moralischen und politischen Grundsätzen und würde nie im Leben irgendetwas programmieren, was der Rüstungsindustrie zugute kommen könnte, jedenfalls sofern sie das verfolgen kann. Virtuelle Käfer erschießt sie allerdings mit Freuden.

Das hat aber auch ein Gutes: So kann ich auf der Fahrt ungestört laut mitsingen. Ich scatte eine Stunde probehalber Jazz-Soli (Cannonball Adderley, Charlie Parker, Wayne Shorter) mit und bin doch sehr froh, dass keiner zuhört. Wahrscheinlich würde, wenn sie nicht längst tot wäre, mich die gesamte heroinabhängige, schwarze Bebop- und Hardbop-Bagage steinigen. Oder mit Trompeten-Dämpfern ersticken. Aber echte Jazzer trifft man in Deutschland ja ohnehin nie, nur deren schreckliche Fans, bärtige, Pfeife rauchende Realschullehrer, die bei den Soli auf Live-Konzerten ihre Altbiergläser umklammern und danach verhalten klatschen. Oh ja, ich habe eine Menge Vorurteile gegen deutsche Jazzfans. Alle berechtigt, versteht sich. In der zweiten Stunde höre ich «Der Fluch der Druidin», ein so genanntes «Erwachsenen-Hörspiel» mit einer Menge ekliger Spezialeffekt-Geräusche wie jemanden den Kopf abschlagen und schmatzend gegen den Steinboden hauen, Blut direkt aus dem Körper trinken, Finger brechen und so weiter. Sex kommt nicht vor. Ich wüsste auch nicht, wer mit wem: der «jungenhafte, hoch gewachsene Altertumsforscher» mit der «widerlichen, stinkenden Druidin, die vor 500 Jahren gestorben ist»? Der «zwielichtige alte Herr mit den buschigen Augenbrauen» mit dem «überarbeiteten Journalisten, der seine spitze Nase mit Vorliebe in Dinge steckt, die ihn nichts angehen»? Vielleicht wäre das noch eine Marktlücke: Hörspiele, in denen interessanter Sex vorkommt, aber keine Pornos auf Kassette, sondern nette Geschichten. Muss die Idee unbedingt patentieren lassen. «Judiths schlüpfrige Abenteuer V», «jetzt mit noch mehr Platitüden!», «nur für Erwachsene».

Auf einem kleinen Rastplatz 98 Kilometer vor Hamburg kaufe ich mir eine Bratwurst, obwohl ich sonst selten Fleisch und noch seltener Wurst esse. Aber diese ehemalige Ost-Rostbratwurst ist legendär und köstlich und stimmt mich jedes Mal auf die Waterkant ein: Hamburg, die Stadt, der man nur mit einem Stück unglücklich totgeschocktem Schwein im Magen begegnen kann, als Anker sozusagen, weil die steife Brise einen sonst vom Damm weht, oder wie das heißt. Als ich an dem zerkratzten Kunststofftischchen stehe und zufrieden in der Wurst stochere, wackelt unaufgefordert ein spiegelbebrillter Lacoste-Hemd-Träger auf mich zu. Darf ich dich fragen, was du früher warst?, sagt er. Ich verstehe die Frage nicht. Hä?, sage ich. Ist das eine esoterische Emnid-Umfrage? Nein, sagt er, ich habe nur gerade überlegt, was du wohl früher gemacht hast, warst du mal Künstlerin? Oh Gott, denke ich, ist DAS eine beschissene Land-Anmache, sofort eine mental note für meine vielleicht doch noch mal zu schreibende Volkskunde-Diplomarbeit. Nein, sage ich, ich war ein Mann. Der Lacoste-Hemd-Träger lacht, und zwar auf die allerscheußlichste Art: Er zuckt mit den Schultern hoch und runter, so, als ob es ihn schier schütteln würde. Nichts sieht unnatürlicher und krampfiger aus als diese künstliche Schulterzuckerei-Lache. Dann fragt er, wie ich heiße. Ich überlege ganz kurz, ob ich ihm jetzt erklären soll, dass es grundfalsch ist, sich anderen Menschen, die einen noch nicht einmal angeguckt haben, einfach aufzudrängen. Und dass man spätestens dann Leine ziehen sollte, wenn das Gegenüber patzig wird. Aber dann lass ich's. Bringt ja eh nichts. Ich habe ehrlich gesagt keine Lust, mich zu unterhalten, versuche ich es auf die höfliche, aber bestimmte Art. Sei doch nicht so arrogant!, wird das Lacoste-Hemd pampig und macht auf beleidigt. Ich habe doch ganz freundlich gefragt. Bevor ich mich doch noch in einer dieser Diskussionen mit flirtwilligen, unbelehrbaren Kerlen wiederfinde, schmeiße ich meinen Pappteller in den Langnese-Mülleimer und empfehle mich. Beim Rausgehen grapsche ich mir einen Plastikbecher und überlege ernsthaft, ob das vielleicht die Gelegenheit für den Trick mit dem In-die-Lüftung-Pinkeln wäre, ich könnte ja den Plastikbecher mit aufs Dixie-Klo nehmen und dem Lacoste-Hemd die Weiterfahrt verschönern. Aber draußen stehen außer meinem Fiat noch drei Autos. Ich vermute ja, der aufdringliche Schulterzucklacher fährt den Daihatsu, aber wenn ich den Becher doch in die falsche Lüftung kippe? Nicht auszudenken. Also schmeiße ich den Becher in die Collage auf meinem Rücksitz und lenke mich auf der letzten halben Stunde mit Automarken-Raten (bin ich sehr schlecht drin, jedenfalls bei allen Modellen nach 1970, aber gegen mich selber geht's) und Beatles-Songtiteln von A bis Z (DAS kann ich! Jedenfalls, wenn ich K, U, V, X und Z weglasse) ab. Und dann, als ich schon am «Spiegel»-Hochhaus voller alter Männer vorbeisegele und laut «You Really Got a Hold on Me» singe, beschließe ich, mich zwecks Obdach erst einmal nicht bei meinen reizenden Hamburger Bekannten zu melden, sondern einfach direkt zur Party zu fahren. Risiko! Abenteuer! Spontan sein! So tun, als ob man noch keinen Schlafplatz hätte, und sich jemanden suchen müssen! Wow, wie früher. Beziehungsweise, auch früher hat so etwas nie geklappt, aber daran darf ich jetzt nicht denken. Es ist noch früh am Abend, meine Hamburger Freunde rechnen eh nicht unbedingt mit mir und sind außerdem auch noch spontan nachts wachzuklingeln. Wirklich grundgütige Leute.

Ich parke den schönen, glänzenden Fiat in der Nähe der Kunsthalle und schlendere Richtung Freihafen und Deichtorhallen, wo die Party stattfinden soll. Hoffentlich hat die «Morgenstund»-Redaktion mich wie gewünscht akkreditiert. Schließlich geht es hier nicht nur um gesunden Spaß und etwaige Vis-à-vis-Begegnungen, sondern ich möchte auch noch der tollen Bernie Palolo zu ihrem Durchbruch verhelfen. Leider ist weder sie noch jemand, der nach aufregendem Radio-Moderator aus Berlin aussieht, noch sonst irgendjemand da, bis auf ein paar Techniker, die die Boxen aufbauen. Also stelle ich mir vor, ich sei Geheimagentin und sondierte das Gelände. Das mache ich immer, wenn ich irgendwo alleine herumhänge, mein Berufswunsch war bis zur fünften Klasse Geheimagentin, und wenn ich nicht irgendwann verstanden hätte, dass man dabei für ein bestimmtes Land spionieren müsste, dessen System man unterstützt oder zumindest billigt (dazu auch noch in den Bereichen «Nationale Sicherheit» und «Überwachung»), und daraufhin mit fliegenden Fahnen Anarchistin geworden wäre, dann hätte ich meinen Karate-Kurs nicht nach dem gelben Gürtel aufgegeben. Trotzdem würde ich zu gerne mal mit einer kleinen Plastiktüte auf einer öffentlichen Toilette verschwinden und als alter Herr mit falscher Knetgumminase und Kissenbauch wieder hervorkommen. Ich habe früher, als ich dieses Ziel noch konsequent verfolgte, strikt nach den Angaben in den interessanten Kinderbüchern «Der Meisterspion verrät ...» und «Der Meisterdetektiv verrät ...» gelebt, je drei Bände, und es stand alles drin, vom unauffälligen Wohnung-Durchsuchen (indem man entweder die gleichen Klamotten wie die Tapete trägt oder sich als Topfpflanze verkleidet) bis hin zu Tarnungs-Vollbärten, die ich mir aus Watte nachgebastelt habe. Sah, nun ja, interessant aus.

Fürs Erste setze ich mich mit der Samstags-«taz» in die Nähe des Eingangs, pieke zwei Löcher in Augenhöhe, lasse mich ein wenig vom Hamburg-Passat durchpusten und mache auf «Mission: Beobachten». Als ich gerade einen Text über die politische Situation im Tschad durchgelesen habe (nach den letzten Wahlen hat wieder der alte Präsident gewonnen, obwohl der reformorientierte Oppositionskandidat der Favorit war, klarer Wahlbetrug), kommt ein «Number One Station»-Bulli mit Berliner Kennzeichen an. Heraus steigen eine große Blondine, ein dicklicher, kleiner Kurzhaariger und Bernie Palolo. Kann Doc Bob ein dicklicher, kleiner Kurzhaariger sein? Kann auch ein dicklicher, kleiner Kurzhaariger aufregend sein? Knifflig. Ich fächele ein wenig mit der «taz» und schaue zu, wie die Blondine und der Dicke ein paar Kartons mit CDs in die Halle tragen. Dabei war ich immer sicher, dass Doc Bob größtenteils Vinyl spielt. Ein gutes

Zeichen, vielleicht kommt er ja ein wenig später, mit den Platten und seinem schicken Oldtimer. Oder er ist ohnehin ein umweltfreundlicher Bahnfahrer, der gerne beim Reisen liest. Sehr sympathisch. Ich schlendere zusammen mit den langsam eintröpfelnden Gästen Richtung Halle und frage an der Kasse, an der glücklicherweise ein Gästelistenplatz für Judith Herzberg, Redaktion «Morgenstund» reserviert ist, ob denn schon alle DJs da sind. Glaube schon, sagt die Kassenfee. Wie die heißen, weiß sie allerdings nicht. Drinnen steht Bernie Palolo in einem lustigen grünen Tüllkleid mit einem Glas Sekt auf Eis vor einem ihrer Fotos: einem riesigen Bild von einem Picknick im Wohnzimmer. So sieht es jedenfalls aus, eine grüne Decke, auf der ein paar Stücke Käse (wenn mich nicht alles täuscht, ist mein Lieblingsschafsschnittkäse «Etorki» dabei), zwei offene Weinflaschen, ein paar leere, dicke Gläser mit Rotweinrand, dazwischen Gabeln, bekrümelte Teller und ein Tuppertopf mit Nudelsalat liegen. Ins Bild hinein ragt von rechts die Hälfte eines Käseigels, und von links erkennt man die Spitze eines anscheinend sehr großen Fußes mit grün bemalten Nägeln in einer recht hübschen Sandale. Wenn man ein wenig zurückgeht (und das sollte man bei Riesenbildern ohnehin tun), ergeben die verschiedenen Fraß- und Körperformen auf der Decke den Umriss einer dicken Frau, die sich gerade etwas in den Hals gießt. Sieht lecker aus, und ich bekomme Hunger, trotz der Super-Bratwurst. Im Hintergrund der Halle, vorbei an noch anderen Bildern, legt jetzt die Blondine aus dem Berlin-Bulli eine CD ein: die High Llamas. Mist. Also die High Llamas sind natürlich prima, klingen wie die Beach Boys, wenn die nicht teilweise verrückt geworden oder tot wären. Aber die Blondine ist eindeutig nicht Doc Bob.

Ich beschließe, erst einmal zu arbeiten. Das ist ohnehin gut für das Gemüt. Danach sündigt es sich um so besser. Also nestele ich meinen profimäßigen Journalistenblock aus der Tasche und spreche Bernie Palolo an.

Vier Stunden später sitzen Bernie und ich in der Ecke der größten Halle auf dem Boden und schreien uns gegenseitig in die Wodka-Kirsch-Gläser. Wir haben festgestellt, dass wir nicht nur den gleichen Lieblingskäse haben, sondern auch ein paar gemeinsame Bekannte. Und wenn die Frau Künstlerin nicht dazu neigen würde, alle 30 Minuten (Gott sei Dank nicht noch öfter!) Bemerkungen wie «aber auch so ein Zufall! Nein, nein, nein!» zu machen, wäre ich fast vollauf zufrieden. Doc Bob, das habe ich im Laufe des Abends erfahren, sollte zwar kommen, wusste aber nicht, ob er's schaffte, das erklärte die freundliche DJ. Ich habe mich sogar getraut, zu fragen, wie er aussieht. Ach, der sieht nett aus, sagte die DJ, ein bisschen wie ein Finne (was soll das heißen? Blonde Wimpern?). Ist er attraktiv?, frage ich sie. Kann ich nicht sagen, windet sie sich, er ist ein prima Kollege, und ich mag prinzipiell keine blonden Männer. Wahrscheinlich aus genetischen Vielfaltsgründen, denke ich, damit ihr Blonden euch nicht irgendwann wegmendelt. Und hat er eine Freundin?, fragt die besoffene Bernie, der ich von meinem Faible für Doc Bob erzählt habe, peinlich in die nächste Musikpause. Ich glaube nicht, sagt die DJ, er erzählt jedenfalls nie von einer, aber das heißt nichts. Kommt doch einfach mal bei uns im Sender vorbei! Aber das mache ich nicht, bin schließlich schon lange aus dem Groupie-Alter heraus.

Erst mal feiere ich tüchtig Bernies Vernissage. Wir tanzen zu «Spinning Wheel» in der Holzhack-Version von Blood Sweat & Tears, zu «Undecided» von Inez Foxx und «It's Not Unusual» von Tom Jones, zu «In the Meantime» von Georgie Fame, dann mache ich eine Soloeinlage zu «Making Time» von Creation und hoffe, blau, wie ich bin, dass alle, inklusive meiner selbst, das wieder vergessen, ich unterhalte mich lange mit dem Dicken, der Musikredakteur bei der Number One Station ist, über Jugendszenen und Bücher über Jugendszenen und wie bekloppt solche Bücher manchmal sind, und mit Rita, einer Freundin von Bernie, die zufällig (aber auch so ein Zufall! Nein, nein, nein) eine entfernte Bekannte von mir ist. Sie ist vor vier Jahren nach Hamburg gezogen, um dort einen Mann zu schwängern, nein, natürlich umgekehrt, und weist an diesem Freitagabend das typische Mutti-Ausgangs-Syndrom auf. Sie zieht, seit sie ihr Kind hat, so selten abends um die Häuser, dass sie in den wenigen Fällen immer auf dem Vulkan tanzt. Sie bringt mich sogar fast dazu, Tequi-Wumm zu trinken (Tequila mit Sekt mit einem Bierdeckel zudecken, auf den Tresen knallen und auf Ex kippen). Aber ich bestehe darauf, dass das Getränk Tequi-Bop heißt, und weigere mich. Ein Glück.

Am nächsten Morgen wache ich nämlich auf einem recht bequemen Sofa in einer fremden Wohnung auf und erinnere mich nach ein paar Minuten Nebelwegpusten immerhin an das Gesicht von Bernie, die mir entgegenkichert und mit dem Wort «Thermalwasser!» etwas Feuchtes aus einer Art Haarspraydose ins Gesicht spritzt. Genau, ich bin bei Rita gelandet, zusammen mit Bernie, und beim Zähneputzen hat Bernie dieses merkwürdige Wasser-in-der-Dose entdeckt, das Rita offensichtlich benutzt, um sich für immer den Teint eines 16-jährigen Pfirsichs zu bewahren. Wieder so eine Kosmetikgläubige. Aber trotzdem sehr nett und mütterlich: Neben dem Sofa steht ein Glas mit Wasser, dazu eine Aspirintablette, und davor sitzt grinsend und großfüßig das aller-allerhässlichste Stofftier der Welt, das der Teufel gemacht hat, nachdem er mit dem Monchichi fertig war: eine Diddlmaus. Jetzt fällt mir auch wieder unser Dialoggeschrei zu dritt zum Thema Diddlmäuse und Kinder ein, bei dem ich natürlich als Siegerin hervorgegangen bin. Denke ich jedenfalls. Dennoch, und die Erkenntnis dämmert langsam in mein desolates, mineralienarmes Hirn: Eigentlich sollte die Schlafplatzsuche anders von Erfolg gekrönt sein. Ich wollte doch auswärts schlafen MIT Anfassen! Trotzdem war es ein lustiger Abend.

Rita muss sich ihren Kater schön von ihrem kleinen Kind verstärken lassen, das mittags nach Hause kommt, und ich gehe mit Bernie schön fette Pancakes frühstücken und verabrede mich mit ihr für später auf St. Pauli, wo sie und irgendwelche Berliner Freunde am Nachmittag ein Freundschaftsspiel gegen die Amateure von Bayern München gucken wollen. Obwohl ich meine Fußballleidenschaft Franz zuliebe normalerweise ziemlich auf Schalke beschränke, habe ich für St. Pauli durchaus etwas übrig.

Um zwei Uhr parke ich endlich mein altes Auto vor der Wohnung meiner Bekannten. Die haben sich natürlich überhaupt keine Sorgen gemacht, und wir feiern unser Wiedersehen mit Käsekuchen und einer Partie Scrabble, die mein Freund mit dem genialen Wort «KOAXIALKABEL» (rangelegt an «KABEL», mit dem X auf «dreifacher Buchstabenwert») gewinnt. Normalerweise würde mich ein solcher Schmähsieg wurmen, aber das Wort ist einfach zu gut. Dann machen wir uns fußballfein und tapern ins Millerntorstadion.

In der Halbzeit, in der St. Pauli die zukünftigen Millionäre vom Drecksverein Bayern schon mit 3:0 vom Platz gefegt hat (hihi), treffe ich Bernie und ihre Berliner Freunde an der nordöstlichen Würstchenbude. Und falle fast hintenüber, als ich sehe, wer da neben Bernie steht und mir fröhlich mit einem Astra zuprostet: der Putzmann.

10. Kapitel. *In dem Judith den One-Night- auf einen Many-Nights-Stand ausweitet, darüber etwas beunruhigt ist, sich Horoskope ausdenkt, Sambuca trinkt und in einer Pfälzerwohnung auf Katzen mit Fremdsprachenkenntnissen stößt*

Das sind eben doch Dörfer, die deutschen Großstädte, oder Global Villages, wie die neue Pest des 21. Jahrhunderts, der gemeine IT-Spezialist, es sich nicht nehmen lässt zu sagen. Der Putzmann ist ein Freund von Bernies Freund, und jetzt erinnere ich mich auch wieder, dass wir damals über Fußball geredet haben. Die beiden sind gerade zusammen mit einer lockenköpfigen Frau angekommen, und ich bin eigentlich ganz froh, dass das erste zufällige Wiedersehen nicht in Berlin stattfindet, sondern quasi auf neutralem Territorium, unauffällig zwischen Tausenden von betrunkenen Fußballproleten versteckt. Wir sollten aufhören, uns hier zu treffen, raune ich ihm verschwörerisch zu, aber der Putzmann ist ein Filmkenner und sagt: Barbra Streisand in «Is was, Doc?». Verfolgst du mich?, fragt er dann. Ich kann dich einfach nicht vergessen, Helmut, sage ich und versuche, leidenschaftlich zu gucken. Natürlich heißt der Putzmann nicht Helmut. Leider weiß ich wirklich nicht mehr genau, wie er heißt, bin mir aber ziemlich sicher, dass es irgendetwas dreisilbiges war, einer dieser Dutzendnamen. Andreas? Michael? Florian? Woher kennst du denn Christian?, fragt Bernie mich, und Christian sagt, wir sind doch verlobt. Da muss ich natürlich grinsen und denke, eigentlich doch ein ganz adretter, lustiger und bekanntlich recht reinlicher Mann, und die Behaarung um die Mitte herum gefiel mir auch. Und nur weil einer Christian heißt, muss er ja nicht langweilig sein.

Abends treffen wir uns wieder, und wie es der Zufall will, verbringen Christian und ich unsere zweite Nacht miteinander, diesmal in dem WG-Besuchszimmer meiner Bekannten. Und am Sonntag früh fahren wir zusammen zurück nach Berlin. Was natürlich erst einmal gar nichts heißt. Schließlich zählen bei Eine-Nacht-Ständen die zweite oder dritte Nacht eigentlich noch nicht richtig. Normalerweise habe ich eh meist mit meinem Der-verflixte-zweite-Tag-Problem zu kämpfen: Ich bin immer recht schnell genervt von zu viel Fremdem in meiner Nähe, habe keine Lust, mein schönes, und nur in Details verbesserungswürdiges Leben wegen eines anderen Menschen umzumodeln. Ich verspüre einfach nicht so ein starkes Bedürfnis nach so etwas wie einem «Freund». Gute Freunde habe ich schließlich schon, und geküsst werde ich zwar prinzipiell zu wenig, dafür aber wenn, dann doch recht abwechslungsreich. Deswegen ist eine zweite Nacht mit Christian schon so ungewöhnlich, dass ich am Sonntag bei der Arbeit erst einmal schnell Franz einweihe. Ich weiß gar nicht, was du hast, beruhigt der meine empfindlichen Persönliche-Freiheit-Sensoren, triff dich doch ruhig 'n bisschen mit dem, wenn der so nett behaart ist, du musst ja nicht gleich einen Möbelwagen bestellen, so wie in diesem dummen alten Lesben-Witz: Was machen zwei Lesben beim zweiten Date? – Einen Möbelwagen bestellen. Und was machen zwei Schwule beim zweiten Date? – Welches zweite Date? Der Witz ist wirklich katastrophal, aber mein Kollege aus der Bildredaktion, mit dem ich in dieser Arbeitswoche zusammensitzen muss, lacht sich kringelig. Ansonsten hat er nämlich wenig zu lachen, Gina und Ina haben sich ein besonders tolles Thema ausgedacht, das uns die ganzen 14 Arbeitstage lang begleiten wird: Horoskope. Huah. Der Bildredakteur ist ständig mit kleinen Bildchen von Stieren, Wassermännern, Schützen und anderem Vieh- und Fabelzeug beschäftigt, und ich muss für jeden Tag einen Sternzeichen-Text verfassen, der so verständlich ist, dass ihn auch schlichte Gemüter wie Gina und Ina begreifen und fehlerfrei vom Teleprompter ablesen können. Ich beschließe, endlich die Sendung zu boykottieren, und schreibe als Erstes einen Text über das Sternzeichen «Qualle». «Die Qualle ist oft unausgeglichen, neigt zur Flatterhaftigkeit und will es jedem recht machen.» Ha. Dann, am Montag früh vor der Sendung, verlässt mich der Mut, und ich ersetze mit Cut + Paste sämtliche Quallen durch Waagen. Schon stimmt wieder alles, und meine ausgedachten Charakterbeschreibungen fallen keinem auf, genauso wenig wie meine komplett phantasierten Tageshoroskope, die ich aus dem Umsonst-Anzeigenblättchen «Tegel-Tipps» klaue, das jeden Tag an der Pommesbude neben dem Studio ausliegt, und ein wenig ummodele, vor allem die Sternzeichen verschiebe.

Dieses schreckliche Thema ist auch der Grund für ein paar zermürbende Diskussionen mit der Aufnahmeleiterin, die an Horoskope glaubt, aber «so gefühlsmäßig, ich kann Widder einfach immer erkennen». Da halte ich es doch lieber mit dem Bildredakteur, der liest, das erklärt er mir, während er am Mittwoch an dem Bild von zwei kleinen Fischen malt und dabei seine Zungenspitze rausstreckt – sehr sympathisch! – immer alle Horoskope und glaubt einfach das beste.

Ich stelle jedenfalls in den zwei Wochen des «Tegel-Tipps»-Horoskopklaus fest, dass es anscheinend «gute» und «schlechte» Sternzeichen gibt. Dem Löwen wird fast immer nur Schönes mit in den Tag gegeben, der Stier dagegen hat's schwer. In der Rubrik «Liebe» kriegt er vom «Tegel-Tipps»-Hausastrologen als Symbol meistens ein schwarzes Herz, bei «Beruf» steht ein Ausrufezeichen für «Achtung», und bei «Familie» hängt oft eine kleine Gewitterwolke. Mein Eindruck verstärkt sich, weil ich ein paar Bücher zur Charakterisierung von Sternzeichen als Recherchematerial aufgebrummt bekomme, aus denen ich wiederum Texte für die Superbienen Gina und Ina exzerpieren muss: Löwen scheinen Menschen zu sein, die jeder mag, hübsche Führungspersönlichkeiten mit Sexappeal, während Stiere dickliche, tumbe Fresssäcke sind, die am liebsten Kartoffeln kochen, meistens auf ihrer Leitung stehen und die nur eine Mutter lieben kann. So eine Frechheit. Arme Stiere! Zum Ausgleich bastele ich den Stieren in meinen gefakten Tageshoroskopen glänzende Aussichten, die Löwen dagegen haben eine miese Zeit in den zwei Wochen. «Löwe. Achtung: Heute dürfen Sie nicht alles glauben, was Sie hören! Jemand, der Ihnen nahe steht, verrät Sie. In der Partnerschaft kann es Ärger geben. Aufgepasst beim Einkauf: Man will Sie betrügen! Glückszahl: keine. Stier. Wieder liegt ein wunderbarer Tag vor Ihnen. Fortuna scheint sich mit ihrem Nachthemd und dem Füllhorn an der Antenne Ihres Hauses vertüddelt zu haben und schüttet nun in einem fort über Sie aus. Jemand, von dem Sie es nicht ahnen, liebt Sie! Glückszahl: alle.» Hähä.

Am Wochenende verbeiße ich mir ein Treffen mit Christian, obwohl er zwischendurch mal angerufen hat: Er habe einen Film für meine Brillen-und-Kontaktlinsen-Szenen-Sammlung aufgenommen: «Wallace and Gromit». Da gebe es eine Szene, in der Wallace mit einer ganz dicken Brille in die Kamera blinzelt, und das sehe hervorragend aus. Oder ob ich keine Zeichentrickfilme nehmen würde? Aber ich finde das sehr nett und frage ihn, ob er mir die Kassette schicken kann. Wollen mal nicht gleich übertreiben. Und dann verbringe ich den Freitagabend beim Restaurant-Essen mit Reintraut. Die hat ihr dringendes Computerprogramm fertig und denkt jetzt darüber nach, sich selbständig zu machen. Mit politisch korrekten Computerspiel-Programmen. Reintraut, versuche ich ihr ins Gewissen zu reden, in Waldorfschulen stehen kaum Computer! Viel zu rechtwinklig! Aber der neue Mac ... fängt sie an. Papperlapapp, sage ich. Mach doch mal lieber ein paar profeministische Computerspiele, mit so einer Art Lara Croft ohne Busen, die den ganzen Tag herumläuft, Frauengruppen in afghanistanähnlichen Gegenden organisiert und bekloppte Anmacher niedermetzelt. Wieso ohne Busen?, fragt Reintraut. An Busen an sich ist ja wohl nichts Sexistisches.

Da hat sie natürlich Recht, aber das ist das alte Problem: Stellt man Busen dar, geilt man die Falschen auf (Männer, wie wir sie kennen, freuen sich bekanntlich schon über das Bild von zwei Blumentöppen mit Erbsen drauf) und hat wieder Sexualobjekte geschaffen, was unserer Sache nicht dienlich ist. Macht man das Ganze busenlos, ist das auch feige. Wir kommen zu keiner Lösung und verschieben die Diskussion auf nach zwei Uhr morgens. Reintraut bestellt beim Kellner zwei Sambuca und erzählt, dass ihr der Pfälzer aus ihrem Büro, der mit den Windstärke-5-Wimpern, langsam unheimlich wird. Sie habe sich bereit erklärt, fünf Tage lang auf seine Wohnung aufzupassen, und weißt du was?, sagt Reintraut, während der Ober zwei brennende Gläser an unseren Tisch heranwirbelt. Reintraut, dein Drink brennt!, rufe ich. Da wedelt der Kellner mit einem Bierdeckel über den Gläschen hin und her und singt Feuerwehr, Feuerwehr, Feuerwehr!, bevor er den Schnapsbrand vorschriftsmäßig löscht. Jedenfalls hat der Pfälzer sogar zwei Katzen, nicht nur die eine, mit der er immer im Büro redet, erklärt Reintraut dann, und die heißen Aldi und Lidl. Ist doch lustig, finde ich, wenn er ein Pferd hätte, hieße das bestimmt Plus! Oder Reichelt, wenn's ein Araber-Rennpferd wär. Ja, zögert Reintraut, aber ich sollte doch auf die Viecher aufpassen, du kennst ja mein Verhältnis zu echten Tieren. Vorgestern war ich das erste Mal da, da wirkte Aldi ein wenig ängstlich, mit Lidl war noch alles okay. Gestern fing es aber an: Die beiden scheinen irgendetwas zu haben, sie machten keine normalen Katzen-Geräusche mehr, also miau! oder maauu!, sondern so 'n komischen, anderen Sound, whou-whou!! Wauuu!! Reintraut macht es mir vor, und der Kellner schaut rüber und fragt mit den Fingern, ob er lieber noch zwei Sambuca bringen soll. Und heute, erzählt Reintraut weiter, war ich wieder da, und die Viecher haben sich extrem merkwürdig aufgeführt: Sie haben richtig gebellt! Der Kellner löscht schlauchlos noch zwei duftende Schnäpse ab. Vielleicht lernen sie einfach Fremdsprachen?, schlage ich vor, und Reintraut und ich kichern eine Runde, bis wir uns überlegen, dass wir mal kurz in die Pfälzerwohnung fahren und nach dem Rechten sehen.

Der Pfälzer hat bei mir nach zwei Minuten in seiner nach Katzenstreu stinkenden Bude verschissen: Er hat eine Glasvitrine, bei der die Türen mit so kleinen Magneten verschlossen sind. Und darin stehen Leonardo-Gläser. Hör mal, Reintraut, sage ich und halte mich extra mit fettigen Fingern an der Vitrinentür fest, der geht aber echt nicht! Aber Reintraut sucht Aldi und Lidl und ruft Miez! Miez! ins Dunkle. Neben der Glasvitrine entdecke ich noch einen Aufreger: eine Lavalampe. Plötzlich höre ich Gebell aus dem Schlafzimmer. Aldi und Lidl sausen an mir vorbei und in die Küche. Hast du's gehört?, fragt Reintraut, und ich stehe mit offenem Mund da. Als wir in der Küche das Licht anknipsen, gucke ich als Erstes auf einen leeren Eierbecher, der vom letzten Frühstück auf dem Küchentisch stehen geblieben ist. Der Eierbecher hat die Form eines Kopfes, mit einem hässlichen, debil grinsenden Gesicht vorne drauf, man muss es sich so vorstellen, dass das Ei die Glatze dieses Kopfes bilden würde. Ist dir klar, frage ich Reintraut, dass dein Pfälzer jeden Morgen das Gehirn aus einem kleinen Männchen herauslöffelt? Weißt du was? Das ist einer, der steckt seine Zahnbürsten in Clownskopfzahnbürstenhalter. Und der sitzt abends vor dem Fernseher und lässt diese bekloppten Klickklack-Kugeln in seinen Händen klingeln, die angeblich gegen Kopfschmerzen gut sind, aber in Wirklichkeit sofort totale Handschmerzen verursachen.

Ach hör auf, sagt Reintraut. In dem Augenblick fangen Aldi und Lidl wieder an zu bellen, jedenfalls klingt es eher wie Bellen als wie ein anständiges Mauuuu. Reintraut und ich knipsen das Licht aus und sind im nächsten Moment ab durch die Mitte. Du gehst da nicht mehr rein, in dieses Irrenhaus!, bläue ich ihr ein, als wir die Treppen runterstürzen. Der Mann ist nicht koscher.

Den Rest des Wochenendes verbringe ich zu Hause, ordne meine Platten, wasche Wäsche und hänge sie zum Trocknen auf mein langsam wieder zustaubendes Atomium-Modell, gucke ein paar Filme, höre die Doc-Bob-Sendungen, die ich während der Woche aufgenommen habe, und werde dabei totaler Derrick-Morgan-Fan: ein uralter Ska-Mann, der nur zwei Akkorde kennt, aber die so inbrünstig verkaufen kann, dass ich begeistert bin. Schade, dass ich nicht kiffe. Sonntag fahre ich zusammen mit Franz in die «Morgenstund»-Redaktion, zur zweiten Horoskope-Woche. Du hast den Putzmann wirklich überhaupt nicht mehr kontaktiert?, bewundert mich Franz, na das nenne ich konsequent! Wenn ich riemig bin, dann wird man mich gar nicht mehr los. Nö, ich übe mich lieber im Darben, sage ich stolz. Aber Ende dieser Woche würde ich mich schon gerne mal von ihm anrufen lassen. Außerdem staubt es schon wieder so bei mir.

11. Kapitel. *In dem Judith Aleister Crowley verwünscht, obwohl er vermutlich eh schon in der Hölle brodelt, eine Weinprobe mitmacht, ihrer Freundin Tine beim Radikalisieren zuguckt und dem Papst ein paar neue Erlebnisse in die Biographie schreibt*

Die zweite Arbeitswoche schleppt sich wie immer furchtbar hin. Das liegt vor allem daran, dass Gina und Ina und ihrem Horoskope-Thema langsam die Luft ausgeht und sie es deshalb ein wenig zu einem «Esoterik-Special» ausgeweitet haben. Mir schwant Schlimmes. Und folgerichtig muss ich am Dienstag ein «Aleister-Crowley-Tarot-Set» besorgen und ein paar «leicht lesbare Texte» dazu verfassen, die Gina und Ina in der Sendung aufsagen werden. Ich mache mich mit Todesverachtung ans Werk und lese mit einem leicht tränenden und einem sturzbachartig weinenden Auge alles über Prinzessinnen der Stäbe, Eremiten, Ritter der Schwerter und andere Mel-Gibson-Filmtitel-mäßige Kartenmotive. Wie soll man mit einem solchen Quatsch umgehen? König der Scheiben? Königin der Herzen? Prince of Wales? «Eine ganzheitliche EinSicht kann nicht allein vom Verstand erreicht werden», palavert das Buch dazu. Oder: «Visualisiere mit geschlossenen Augen einen Springbrunnen aus Energie in deinem Körper. Bade für eine Weile in diesem alles erneuernden Kreislauf.» Oder: «Ich überlasse mich der verwandelnden Kraft des Göttlichen.» Himmel hilf. Sonst überlasse ich mich der Spree und bade so lange in diesem Springbrunnen aus Dreckswasser, bis mich ein göttlicher Monsterbarsch von dem Elend erlöst.

Aber Gina und Ina sind unerbittlich. Unsere Zuschauerinnen wollen das, behauptet Gina frech. Mittwoch früh überlege ich verzweifelt, ob ich mir selbst ein paar runterhaue und mich gleich wegen Nervenzusammenbruch ins Krankenhaus einweise. Oder ob ich, übernächtigt und abwehrschwach, wie ich bin, an Kinderläden vorbeilaufen soll, um ein paar der dort in Massen ein- und ausfliegenden Erkältungsbazillen einzufangen. Doch dann reiße ich mich am Riemen und tippe sozusagen mit spitzen Fingern einen Text über die verschiedenen Legarten des Tarot: «Fahren Sie langsam mit der Hand ganz dicht über die aufgefächerten Karten hinweg. Wenn es Sie zwickt, dann ziehen Sie eine. Denken Sie immer daran: Nicht Sie wählen die Karte, die Karte wählt Sie!» Wenn ich nicht wüsste, dass es nach dem Leben nichts gibt außer Staub und Maden, dann würde ich den ollen Satanisten Crowley gerne in der Hölle treffen, nur, um ihm noch mal persönlich ein paar auf die Klappe zu geben. Hat sich was mit «Energie-Springbrunnen visualisieren».

Aber am Donnerstagabend lenkt mich glücklicherweise der echte König der Scheiben ab: Doc Bob erzählt in seiner Sendung eine wunderschöne Geschichte darüber, wie er als junger Springinsfeld immer nach Berlin getrampt ist. Leider möchte er wieder nicht verraten, woher, ich tippe anhand seiner Fahrzeitangaben auf Salzgitter. Oder Braunschweig. A39, A2, Osten, fertig. Jedenfalls kichert Doc Bob, dass er als kleiner Hüpfer jahrelang gedacht hätte, das Schild «Achtung Spurrillen!», das ihm beim regelmäßigen Gen-Berlin-Trampen aufgefallen war, sei eine Warnung vor den gefährlichen «Spurrillen», mit der Betonung auf «-rillen», die, ähnlich wie Grillen und andere Insekten, zu bestimmten Jahreszeiten verstärkt in großen Wolken über die Lande flatterten und die Sicht verschlechterten. Wild fliegende Spurrillen-Schwärme. Dann spielt er «Highway 61» von Bob Dylan und danach «Route 66» in drei verschiedenen Versionen, unter anderem auch in meiner Lieblingsversion von Nat King Cole. Und danach bin ich schon wieder so verknallt, dass ich quietschen könnte. Ein toller Mann mit tollen Geschichten. Fehlt nur noch, dass er einen Gabelstaplerführerschein hat, dann wäre es vollends um mich geschehen.

Nach den «Route 66»-Versionen redet Doc Bob weiter von seiner Vergangenheit und vom Autofahren: dass es in seiner Heimatstadt ein unglaublich effektives Ampelleitsystem gegeben hätte, das es einem ermöglichte, durch das ganze Örtchen zu brausen, ohne ein einziges Mal zu bremsen. Ich bin plötzlich wieder verwirrt: Ist nicht Osnabrück, die Stadt ohne Symptome, bekannt für das Wahnsinns-Ampelleitsystem? In einem Zug durch die City, ohne auch nur ein einziges Mal an die Bremse zu tippen? Aber dann wäre meine räumliche Zuordnung völlig fehlgeschlagen. Ich höre bei seiner nächsten Ansage, bei der er immer noch auf dem Ampelleitsystem herumreitet, genau zu: 30 Kilometer strammes Niedersachsen in drei Minuten, rechts die alte Stadtmauer mit den Hexenfolterkellern, links der Kochlöffel, wenn ich Zeit gehabt hätte, dann wäre ich dort abgestiegen, aber nein, weiter, ist gerade so schön Grün. Und um euch alle da draußen daran zu erinnern, wie gefährlich Autofahren sein kann, wenn einer nicht bremst, spiele ich jetzt Jonathan Richmans «Stop this Car, I'm Getting out».

Hmmm. Stadtmauer mit Hexenfolterkellern, Kochlöffel. Kochlöffel, Kochlöffel, wenn ich mich recht erinnere, ist der Kochlöffel das McDonald's der Kleinstädte. Für eine Spitzenjournalistin wie mich wäre es doch ein Leichtes, eine Liste mit allen Kochlöffel-Filialen Deutschlands aufzutreiben, und dann brauche ich nur noch ein paar ehemalige Folterkeller dazu, und schon habe ich Doc Bobs Jugend geortet. Judith, sage ich zu mir selbst, man kann es sich auch schwer machen. Ich könnte ja einfach hinmailen ... Aber mein investigativer Ehrgeiz ist jetzt geweckt. Ich werde erst einmal sehen, wo Doc Bobs Wiege stand, dann mit Reintraut den dazugehörigen Gang erforschen, und dann entscheide ich, ob er mir gefallen könnte. Mal den Hengst von hinten aufzäumen, wieso auch nicht!

Die nächste Nacht ist die letzte «Morgenstund»-Tortur für zwei Wochen. Ich hocke am Computer und recherchiere alles über Kristalle, die einen stark, schön, potent und reich machen. Der Schwachsinn wächst ins Bodenlose, jammere ich dem Bildredakteur zu, ich frage mich, wann man die beiden einliefert! Wenn Steine weinen könnten, sagt der Bildredakteur, der gerade mit seinem Graphikprogramm spielt und ein kieselartiges Etwas dreidimensional hin und her dreht, wir würden doch ertrinken. Genau, sage ich und lese, dass das «Pfauenauge», eine ziemlich ordinär aussehende Vorstadt-Kiesweg-Murmel, nicht nur vor Krankheiten im Unterleib schützt, sondern auch noch vor ungewollten Schwangerschaften. Wenn man sie dem Zeuger auf den Kopf haut, bevor es richtig losgeht, vermutlich. Das alles steht in einem Text über «die Kraft der Natur», und etwas weiter unten lerne ich, wie man mit Bindfäden Asthma bekämpfen kann und mit Quark Blinddarmbeschwerden. Den muss MacGyver geschrieben haben, der Mann, der aus Scheiße Funkgeräte bauen kann. Vielleicht ist er zum Öko-Superhelden mutiert. Und wenn man mit ihm jetzt ein Abenteuer erlebt, dann operiert er einen bei Bedarf mit Eukalyptusbaum-Ästen am offenen Herzen. Huach. Ich klicke mich lieber auf die in meinen Favoriten gespeicherte «Rezepte für Kochidioten»-Seite und lese, wie man «Rührei für eine Person» zubereitet. Ganz schön kompliziert. Aber das macht mir einen solchen Hunger, dass ich Franz in der Technik besuche und ihn überrede, mit mir eine Kombüsenpause zu machen. Wir schleichen uns aus der Redaktion und hüpfen in den 24-Stunden-Imbiss, den einzigen, der in der Nähe ist und nachts geöffnet hat. Franz bestellt Reibekuchen und ich Pommes

Rot-Weiß, Weiß oben. Ich schaffe es einfach nicht, Pommes Schranke zu sagen. Albernheit hat auch Grenzen.

Der Imbissbesitzer heißt Jürjen und hat seine fettige Würstchenhölle «Jürjen's Brutzelbude» genannt, mit allem Pipapo wie unangebrachtem angelsächsischem Genitiv, schlechter Schreibschrift und Schultheiss-Reklame. Er ist ein nie versiegender Quell bekloppter Berliner Sprüche. Wie geht's?, fragt Franz, als wir in den Fettduftkreis treten. Ick kann nicht besser klagen, grinst Jürjen. Wann schläfst du eigentlich?, frage ich ihn. Es ist 5 Uhr morgens, in einer Stunde geht die Sendung los, und danach fall ich tot um. Ick schlaf beim Frittieren, sagt Jürjen, und das glaube ich ihm sofort. Aus Gewohnheit der letzten Woche schnappe ich nach den «Tegel-Tipps» und lese Franz und Jürjen ihre Horoskope vor: Für Jürjen ist gerade eine gute Zeit für Anschaffungen, und Franz hat in der Sparte «Familie» ein Smiley. Kauf dir doch mal eine neue Schürze, sag ich zu Jürjen, eine ohne Fettflecken. Meene Schürze reinigt sich von selbst, sagt Jürjen, und ich rufe: Wau, wie mein Wollpullover und meine Kordhosen! Franz kichert und spritzt mit dem Apfelmus.

Beim Reibekuchen-Essen hat Franz einen ganz und gar reizenden Tick: Er kann Reibekuchen nicht mit Messer und Gabel essen, dann schmeckt es ihm angeblich nicht, sondern schiebt sie sich immer vom Pappteller in den Mund, wie ein Würstchen. Das sieht überhaupt nicht elegant aus, aber lustig. Ich schlage ihm vor, beim nächsten Besuch von Gerda mal ein Schokoladen-Wettessen zu veranstalten, und zwar so wie früher: Alle Teilnehmer müssen sich Handschuhe, Schal, Mütze und Sonnenbrille anziehen und aufsetzen und dann die Schokolade mit Messer und Gabel essen. Ich finde die Idee super, aber Franz winkt ab. Er ist einer dieser Menschen, die nicht viel Süßes mögen. Es ist kaum zu glauben, dass ich mit so einem befreundet bin. Dann lass uns wenigstens Salzstangen-Mikado in Verkleidung spielen, sage ich. Dazu zittern mir die Hände zu stark, macht sich Franz mal wieder älter und alkoholabhängiger, als er ist. Menno, sage ich, wenn wir uns nicht langsam mal wieder betrinken, dann zittern wir überhaupt nicht mehr. Ich werde mich heute Abend, wenn der Schrecken der «Morgenstund» aus den schweren Gliedern gewichen ist, erst einmal schön mit Tine treffen und das «Round Up» austrinken. Wäre ja gelacht, wenn ich dem sehnigen Barkeeper nicht noch eine Chance geben sollte.

Ach, sagt Franz, und der Putzmann? Ach ja. Der Putzmann. Mal sehen, sage ich, ich habe das Gefühl, der will auf Sonntagmorgens-Flohmarktbesuch machen, auf 12-Uhr-Matinee im Cinema Paris, auf zusammen kochen und so weiter. Würde dir, meine liebste Judith, gar nicht so schlecht tun, wenn mal einer mit dir zusammen kochen übte, sagt Franz frecherweise. Jetzt fall du mir nur auch noch in den Rücken, Brutus, sage ich und schnippe von unten an seinen Reibekuchen-Pappteller, sodass ihm der Reibekuchenrest auf die Nase klatscht. Aber Franz ist einfach ein zu gütiger Mann und normalerweise viel zu ausgeglichen, um sich über etwas aufzuregen, es sei denn, es hat mit Fußball zu tun. Wir verabreden uns noch schnell für Samstag Nachmittag zum Zusammen-Schalke-Hören, denn Franz' Mannschaft spielt gegen Stuttgart. Allerdings erst zur zweiten Halbzeit, und nur, wenn Schalke führt oder es zumindest unentschieden steht, sonst braucht man sich mit Franz gar nicht erst zu verabreden, weil er einfach zu schlecht gelaunt ist. Er hat mich ein einziges Mal richtig angefahren, da waren wir bei der Übertragung eines wichtigen Pokalspiels in einem eigentlich sehr netten Biergarten. Weil Sommer war, hatte der Wirt eine Großleinwand im Garten aufgebaut, und alle standen und saßen darum herum, tranken Bier und grölten vor sich hin, wie Fußballfans nun mal leider so sind. Franz und ich waren aus ÖPNV-Gründen erst zwei Minuten nach dem Anpfiff da und mussten uns in eine Ecke zwischen Bäumen, Hecken und Tischen quetschen. Franz riss plötzlich mit Bärenkräften zwei junge, zarte Blumenstöcke samt noch ganz kleinen Blütenköpfchen aus der Erde, die ihm ein wenig im Weg standen. Franz, sagte ich, reiß doch nicht so an dem Grünzeug rum!

Sind das vielleicht deine Blumen?!!, blaffte Franz mich da an, und ich war doch einigermaßen schockiert darüber, dass aus einem so netten, lieben Mann derartige Misstöne strömen können. Später, Schalke gewann 3: 1, hat er sich natürlich entschuldigt, und da ich absolut nicht nachtragend bin, war ich kein Stück sauer. Aber gemerkt habe ich es mir trotzdem. Es ist nicht mit Franz zu spaßen, wenn es um die Pille geht.

Um nichts in der Welt würde ich aber die Ticks meiner Freunde und Freundinnen missen wollen. Tine, die ich anrufe, als ich am Freitagabend endlich nach einem Totenschlaf erwache, lädt mich gleich zu sich ein: Sie muss neue Weine für ihre Bar testen. Tine ist so etwas wie ein Wein-Nazi, sie lässt nur ganz bestimmte Weine an ihren Profigaumen kommen. Die, die ihr nicht munden, speit sie mit dem angeekeltsten Gesicht der Welt in einen Spucknapf und lässt sie da vertrocknen. Und sie allein kann natürlich bestimmen, welcher Wein gut ist und welcher nicht, da gibt es keine Diskussionen. Das ist schon fast mehr als ein Tick, aber weil sie an sich ein umgängliches Wesen hat, macht das nichts. Weil ich durch ständige, latente Müdigkeit immer dünnhäutig und emotional bin, wenn ich zwei Wochen lang nachts wachbleiben und arbeiten musste, lasse ich mich sogar dazu hinreißen, kurz beim Putzmann anzurufen und ihn für den späteren Freitagabend ins «Round Up» zu bestellen. Er hat sein Versprechen wirklich wahrgemacht und mir die «Wallace and Gromit»-Kassette geschickt, hat sogar extra zu der richtigen Stelle gespult. Und die Stelle ist ein Prunkstück meiner Sammlung: Wallace blinzelt mit seinen riesigen Knetgummiaugen so lustig durch das Glas, dass es eine Freude ist. Außerdem hat der Putzmann, ach was, ich werde ihn jetzt mal eine Weile probehalber Christian nennen,

Christian also hat mit «Mr. Clean» unterschrieben, und darüber seine Telefonnummer, alles in großen Druckbuchstaben, das finde ich extrem metropolitan und Eine-Nacht-Stand-angemessen. Wenn ich, also WENN ich einmal bei solchen Abenteuern irgendwelche Zettel hinterlassen habe, dann pflegte ich ebenfalls schlicht JUDITH 6126767, oder, wenn es allzu schön war und meine Gefühle aufgewühlt, GRUSS JUDITH 6126767 darauf zu kritzeln.

Also später Christian und vorher meine Wein-Nazi-Freundin Tine, die schon seit Stunden kräftig dekantiert. In ihrer gemütlichen Langzeitpärchen-Wohnung ist es wie immer recht aufgeräumt, denn Randy Andy ist ein praktischer Mann, der überall Regale anbohrt und ständig neue Schubladen und Eckschränke einbaut. Manchmal wache sie auf, sagte Tine einmal, und sei sich ganz sicher, dass am Abend vorher noch kein Regal gegenüber vom Spiegel im Flur gewesen sei. Aber das stehe dann auch schon wieder voll, und das Mysteriöse: Es sei auch schon wieder so verstaubt, als ob es schon seit Monaten vor sich hin döse. Sie vermute, dass Andy heimlich nachts Regale anbohre, mit einem lautlosen Spezialbohrer, wahrscheinlich so einer Art Super-Hilti, und diese dann mit dem The-Munsters-Staubpuster voll puste, mit dem Lily Munster immer das Schloß verdreckt.

Tine und Andy haben eine Vierzimmerwohnung, zwei getrennte Schlafzimmer, ein Wohnzimmer und ein kleines Räumchen, das Tine als Büro nutzt. Der klassische Fall von designiertem Kinderzimmer, falls die beiden doch noch ein gemeinsames Projekt brauchen. Wäre mir jedenfalls immer noch lieber als eine Katze. Auf dem Wohnzimmertisch stehen nun vier leere Flaschen Wein und dahinter vier Karaffen, in die sie den Wein umgefüllt hat, damit er atmen kann. Wein muss man nämlich behandeln wie ein asthmatisches Kind in den Anden.

Machen wir eine Blind-Degustation?, frage ich und setze Andys Schlafbrille auf, die neben dem Sofa an einem Bilderrahmen hängt. Setz du dich erst mal hin, Judith, ruft Tine aus der Küche. Dann holt sie Weißbrot und Mineralwasser. Ich will unbedingt in einen Eimer spucken, sage ich, sonst ist das erstens keine echte Degustation, und zweitens werde ich dann extrem betrunken, und ich bin doch vorhin erst aufgestanden und habe nachher noch ein Date mit Christian. Papperlapapp, sagt Tine, hier wird nicht aus Jux gespuckt, nur wenn man muss. Wenn du von meinem schönen Wein auch nur ein Tröpfchen raussabbern lässt, dann mach ich dich total blau und tätowier dir ein Einhorn auf das Schulterblatt. Noch besser: Tribals auf die Wade. Dann kannst du nie wieder Miniröcke tragen!

Ziege!, sage ich, bin aber rechtschaffen eingeschüchtert. Tine und ich sind Tätowierungs-Hasserinnen, wir können stundenlang im «Round Up» sitzen und über die blöden Bilder auf anderer Menschen Körpern gackern. Ich kann auch überhaupt nicht verstehen, warum Menschen sich nicht wenigstens etwas Schönes auf die Arme piken, einen großen Keks zum Beispiel oder ein Stück Käse. Ich würde mir selbstverständlich auch jederzeit ein Spinnennetz ins Gesicht tätowieren lassen. Aber diese albernen Tribals, über die sich wahrscheinlich jeder echte Hawaiianer kaputtlacht? Oder diese ganze Indianer-Symbolik, Sonnen und Teufelsfratzen? Nicht nachzuvollziehen, jedenfalls nicht, wenn man nicht Atahualpa heißt und vor 4000 Jahren gelebt hat. Seemannstattoos wie Schiffe, Meerjungfrauen und Anker oder eben Namen fände ich auch noch ganz lustig, wieso nicht ein altmodisches «Sabine forever», und dann durchstreichen, wenn es vorbei ist? Aber das macht ja niemand mehr. Tine und ich haben schon mal jemandem mit einem Pseudotattoo fast einen Herzinfarkt verursacht: Einer von Andys extrem unsympathischen Freunden, der sich fast täglich an der Theke voll laufen lässt und dann die Umstehenden nervt, schlief eines Nachts am Tisch ein. Der Mann ist Ende dreißig und hat schon arge Probleme mit nachlassendem Haarwuchs. Tine holte einen amerikanischen Edding aus der Küche, einen Filzstift mit so starker Tinte, dass damit gezogene Linien erst nach einigen Wochen ganz verblassen, und wir malten dem Unsympathen einen dicken schwarzen Strich entlang seines Haaransatzes. Abgesehen davon, dass das wirklich bescheuert aussieht, konnte der Mann sich jeden verdammten Tag der nächsten acht Wochen verzweifelt darüber ärgern, dass seine Schläfen schon wieder ein Stück zurückgewichen sind. Er kam auch erst drei Monate später wieder ins «Round Up», der Strich war nur noch minimal zu erkennen, und redete nicht mehr mit Tine, die natürlich alles komplett abstritt – sie kann lügen wie Marlene Dietrich.

Wir sitzen auf Tines Sofa, Andy bastelt im Büro irgendwelche saupraktischen Tafeln an, und trinken den ersten Wein. Tine schmatzt wie ein Werwolf und sagt: Leichte Sherrynote! Zartes Beerenaroma! Mmmh, das schmeichelt meiner Nase! Ich schmatze auch ein wenig und sage: Südhang! Sieben Monate Sonne, aber im Juli, nein, im August hat es dreimal geregnet, und der eine Tag davon war ein Sonntag, ach was sag ich, ein Mittwoch.

Mach dich nur lustig, Tine prostet mir zu, du wirst sehen, wenn der Wein gut ist, dann brummt der Laden. Und mir macht es dann auch mehr Spaß, da zu trinken. Wo sie Recht hat, hat sie Recht. Wir kippen noch ein kleines Gläschen vom Sherrynotenwein, dann machen wir uns an den zweiten. Der Wein wirkt wie ein großes Abenteuer, das gerade erst begonnen hat, fängt Tine schon wieder an zu spinnen, aber ich fürchte, er ist zu kompliziert für meine Gäste, zu komplex. Und wenn du ihn zum Psychiater schickst?, schlage ich vor. Schlechter Witz, knurrt Tine mich an. Ich muss aber zugeben, dass dieser Wein noch viel besser ist als der erste. Er schmeckt wirklich, als ob man seine Nase über eine große, frisch gesprengte Brombeerhecke hält, auf die jemand gerade aufgeschnittene Vanilleschoten gestreut hat. Wahrhaftig. Diesen Wein würde ich nicht in den Eimer spucken, selbst wenn ich 125 Promille intus hätte, sage ich zu Tine. Ja, der ist wirklich viel versprechend, sagt Tine. Wir beschließen, ihn brav zu Ende zu trinken, damit er nicht kippen kann. Wein zu Ende trinken, damit er nicht kippt, ist einer von Tines Tricks, um einen betrunken zu machen. Ich habe noch nie erlebt, dass Wein kippt. Aber ich gebe gerne vor, es zu glauben. Wir schlürfen den Vanillepuddingwein, hören dazu eine alte Johnny-Cash-CD und toasten auf die beiden Minister, die wegen Korruptionsvorwürfen zurückgetreten sind. Ich frage mich, ob es Politiker gibt, die nicht korrupt sind. Man sollte, erkläre ich, Politikergehälter prinzipiell abschaffen und allen stattdessen einen Grundsold zahlen, der immer genau dem Sozialhilfesatz entspricht. Um auch noch den Machtmissbrauch auszuschließen, müsste man sie vielleicht wie Kaspar Hauser in kleinen, einsamen Kellergewölben halten, wo sie niemanden zu sehen bekommen und ihre gesamte Arbeit schriftlich erledigen können. Mal sehen, wer sich dann noch um soziale Gerechtigkeit schert. Tine wird immer radikaler, je mehr sie von dem Vanillewein verköstigt, und schlägt vor, Politiker als Berufsgruppe standardmäßig zu enteignen. Und Wirtschaftsbosse?, frage ich sie. Die gleich mit, winkt Tine mit dem Untersetzer in meine Richtung. Und Großhändler, Einzelhändler, mittelständische Unternehmen, zum Beispiel in der Gastronomie? Jetzt komm mir doch nicht päpstlicher als der Papst! – Tine wird langsam unwirsch. Aber du weißt doch, Frau Wirtin, kraule ich ihr den Bart, dass es auch in deiner Branche Leute gibt, die rund um sich belügen und betrügen. Kann ja nicht jeder so ein Sozialwunderwerk sein wie du. Tja, sagt Tine befriedigt, uns muss man mit der Lupe suchen.

Bei Papst fällt mir ein, dass ich unbedingt irgendwann nochmal einen Nekrolog auf den Papst schreiben muss. Nekrologe sind Nachrufe, die zum Beispiel in Redaktionen von Radio- und Fernsehsendern und Zeitungen weit im Voraus verfasst werden, damit, falls einer abnippelt, schon etwas da ist, was man senden oder vorlesen kann. Und der Papst lebt ja sozusagen nur noch auf dem Papier. Ich bin nicht einmal sicher, ob er überhaupt noch lebt oder ob in dem Papamobil seit ein paar Jahren nicht eine Papst-Puppe sitzt, so eine Art Samson-Figur, nur eben viel kleiner. Vielleicht wird er ja von der kleinwüchsigen Frau gespielt, die am Anfang von Spielbergs Dreharbeiten im E.T.-Kostüm gesteckt hat und später sauer wurde und Spielberg verklagte, weil der sie durch einen E.T.-Roboter ersetzt hatte. Oder ob der Papamobilfahrer selbst eventuell in Wirklichkeit ein ausgebildeter Puppenspieler ist. Wahrscheinlich ein Ventriloquist! Der Latein kann! Ich erzähle Tine von meinen Vermutungen, und wir verfassen, während wir den dritten Wein probieren, einen knalligen Nachruf auf den Reisepapst, der Flughäfen allein am Geschmack des Rollfelds erkennen kann, der zeit seines Lebens an die unbefleckte Empfängnis glaubte und der merkwürdige Bücher mit Titeln wie «Die Schwelle der Hoffnung überschreiten» geschrieben hat und «Maria, Stern des Morgens». Ist von ihm nicht auch «Biggi, eine von der Reeperbahn»?, fängt Tine an zu kichern, und ich sage, nee, das ist von Kardinal Ratzinger. Aber vom Papst ist noch «Jede Menge bunte Rezepte für Gebissträger» und «Hoffentlich war es Beton». Und stell dir vor, wenn man sich von ihm ein Buch signieren lässt, dann macht er das bestimmt in 26 verschiedenen Sprachen, dear Judith, this book is for you, chere Judith, c'est un bon livre, hola Judith, caramba, und so weiter.

Tine und ich faseln uns in Rage. Wir werden dem Papst einen völlig neuen Nekrolog verpassen, mit Buchtiteln, die ihn gleich nochmal auferstehen lassen, vor Aufregung. Und die «Morgenstund»-Redaktion wird alles vom Teleprompter ablesen, was ich geschrieben habe ... hihi. Er lebt aber doch noch ein wenig, sagt Tine irgendwann atemlos, und wir wenden uns wieder dem Messwein zu. Ein starker, junger Italiener. Tine begrüßt den Abgang, findet ihn jedoch etwas schwach auf den Beinen. Das bin ich auch, sage ich. Und merke, dass ich schon ganz schön angeschickert auf Tines und Andys Besucher-Auszieh-Couch hänge. Das ist doch genau das Richtige für ein Date, dann weiß der Knabe gleich, was Sache ist, behauptet Tine. Finde ich aber nicht, meiner Ansicht nach sollte man sich zuerst lieber von einer Schokoladenseite zeigen, nicht gleich von der Schlagseite. Quatsch, echauffiert sich Tine, mein Gott, dieser Christian weckt ja Eigenschaften in dir, die kenn ich gar nicht, du bist doch sonst nicht so etepetete. Ich weiß auch nicht, sage ich zu Tine, jedenfalls ist es mir peinlich, und ich kaue schnell drei Streifen Peppermint Gum, zahnfreundlich ohne Zucker, klopfe kurz an die Bürotür, hinter der man immer noch Gebohre und Gehämmer hört, und Tine und ich gehen ins «Round Up» rüber, wo der saubere Herr Putzmann sich hoffentlich schon sehnsüchtigst nach Judith mopst.

12. Kapitel. *In dem Judith erzählt, wie sie sich fast mal eine wundervolle Zukunftsaussicht weggerülpst hätte, «Captain Beuf trinkt zum ersten Mal, Prost!» spielt, versucht, Soja-Bratlinge im eigenen Darm zu braten und sich unmerklich dem Pärchenstatus annähert*

Pustekuchen. Außer uns sitzt nur eine Kaffeetrinkgruppe von drei Pärchen an der Bar, sie haben sich fast alle verfügbaren Barhocker geholt und sie schön im Weg verteilt. Eine der Frauen steht an der Jukebox und drückt gerade die einzig wirklich beknackte CD der ganzen «Round Up»-Sammlung: R.E.M. Iiiih, Studentenmusik. «Me in the corner ...», schunkeln die Pärchen auch schon los. Tine und ich quetschen uns neben die Clique des Grauens und bestellen beim blonden Barmann Wein (Tine, die unermüdliche) und Wasser (ich).

Mit Strohhalm und Zitronenscheibe, damit es nach Gin Tonic aussieht. Der Barmann nickt mir zu, und ich gucke so cool zurück, dass mir selbst ganz kalt wird. Phhö. Der kann lange warten, bevor ich nochmal versuche, ihn kennen zu lernen, im biblischen Sinne, versteht sich.

Dieser ominöse Christian ist dir wirklich ganz schön wichtig, was, fängt Tine an, mein Herzensschicksal durch unmaßgebliche Meinungen kommentieren zu wollen. Was willst du, frage ich sie, soll ich mir nun einen suchen oder nicht? Bist du in den verknallt?, fragt sie zurück. Aber das kann ich noch nicht beantworten. Ich kann das noch nicht beantworten, sage ich darum brav.

Ich verliebe mich nie auf den ersten Blick beziehungsweise nur ein einziges Mal vor ein paar Jahren. Da lernte ich bei einem halböffentlichen Sonnennachmittag-Grillen einen gewissen Roland kennen, der sich, glaube ich heute, damals ein vordergründig geruchsloses, aber direkt aus der Zirbeldrüse eines Stieres abgezapftes Sekret hinter die Ohren getupft hatte. Er stand am Buffet neben mir, und ich häufte mir gerade eine zweite Portion von dem extrem köstlichen Knoblauch-Nudelsalat auf meinen Teller, als ich ihn bemerkte. Sieht lecker aus, sagte Roland und guckte mich dabei so an, dass ich mir vorkam wie in einem James-Bond-Film, Sean Connery übt ja gerne genau solche blöden Sechziger-Jahre-Anmachen. Roland hatte außer dem Geruch zum Anbeißen noch spitzenmäßige Mungo-Jerry-Koteletten und Moschus im Blick. Fand ich jedenfalls. Ich konnte das erste Mal in meinem Leben vor Hormonaufruhr nicht sprechen, stattdessen, und ich bekomme immer noch eine Peinlichkeits-Gänsehaut, wenn ich daran zurückdenke, musste ich von all dem Bier, Mineralwasser und Knoblauch-Nudelsalat aufstoßen. Danke!, sagte Roland daraufhin freundlich, und ich dachte, na prima, jetzt hast du dir gerade die Chance deines Lebens weggerülpst. Das Parfüm heißt «Schützenfest», versuchte ich ihn mit Verspätung anzugraben, als endlich meine Sprachkompetenz zurückkehrte. Es klappte aber erst richtig, als ich später am Abend, Roland und ich hatten zwischenzeitlich schon geflirtet wie die Könige, und er hatte extra eine Riesenportion Knoblauch-Nudelsalat gegessen, damit wir demnächst in einer gemeinsamen Wolke küssen können würden, feststellte, dass Roland sein Fahrrad einfach an meins geschlossen hatte. Clever! Ich war wirklich baff ob dieses simplen und effektiven Tricks. Was für ein selbstbewusster Mann! Er hatte mich nämlich schon bemerkt, als ich beim Grillfest aufgetaucht war, und vorsichtshalber direkt den Schlosstrick angewandt, damit ich ihm nicht ungeschoren davonradeln würde.

Mit Roland war ich drei Jahre lang mehr oder weniger fest liiert, er arbeitete für eine nichtstaatliche Organisation, machte Rechtsbetreuung für Oppositionelle in Ländern, in denen es nach Regierungswunsch keine Rechtsbetreuung und auch eigentlich keine Oppositionellen geben sollte. Natürlich fand ich das sehr beeindruckend, schließlich bin ich schon beeindruckt, wenn jemand überhaupt sein Studium zu Ende macht. Und wenn er dann auch noch 1. einen im wahrsten Sinne des Wortes rechtschaffenen und selbstlosen Beruf ergreift, 2. einer der sympathischsten Scherzkekse auf Gottes grüner Erde ist und 3. eindrucksvolle Koteletten trägt, dann würde ich schon sagen, dass es sich lohnt, das Herz in seine Richtung zu schmeißen. Leider bedeutete die NGO-Arbeit aber auch, dass Roland nur ungefähr die Hälfte des Jahres in Berlin lebte. Die andere mailte ich ihm in irgendwelche afrikanischen und asiatischen Länder. Und nach einiger Zeit vergaß ich ihn einfach. Also nicht wirklich, aber ich war nie ein Kind von Traurigkeit und konnte mich in der Zeit, in der Roland körperlich anwesend war, nicht so schnell von meinem (wenn es ging) promiskuitiven, manchmal ja auch nur recht einsamen Lebensstil wieder auf die Pärchennummer umgewöhnen. Darum sagten wir uns irgendwann in einigermaßen gegenseitigem Einverständnis Aloha. Und jetzt bekomme ich netterweise noch hin und wieder Karten mit Spendenaufrufen und Unterschriftenlisten.

Von Christian, bei dem leider nur geringfügige Kotelettenandeutungen am Gesichtsrand auszumachen sind, war ich jedenfalls nicht sofort so begeistert, dass ich jetzt stante pede eine zweite Zahnbürste in meinen Plastikbecher stelle. Mal sehen, sage ich darum zu Tine, die immer noch neben mir hockt und neugierig aussieht, vielleicht lasse ich über eine Zahnbürsten-Wechselkopf-Benutzung mit mir reden.

Wenn man auf Dauer allein ist, sagt Tine, dann wird man so furchtbar ego- und exzentrisch. Aber das ist doch gut, ich will auf jeden Fall eine exzentrische, alte Dame werden, erkläre ich Tine, ich sammle jetzt schon Ticks, und ich hoffe, ich habe mit 80 noch genug Haare, dass ich sie mir schwarz färben und zu einem Riesen-Pinsel auftürmen kann, und dann lasse ich mir total auffälliges, schwarzes Permanent-Make-up um die faltigen Augen piken und gehe täglich mit 17 gestriegelten Chihuahuas Gassi, direkt auf der Reichenberger Straße oder so. Und schreie jeden, der meine kleinen Lieblinge anguckt, an wie Yma Sumac. Na dann prost, sagt Tine. Außerdem, erinnere ich Tine, hatte ich in der Zeit mit Roland auch nicht weniger Ticks, und am meisten Ticks hatte ich ohnehin ganz früher in den Zwanzigern, also in meinen Zwanzigern, als ich vier Jahre lang mit diesem Kommilitonen ging. Der hat mich so nervös gemacht, ich habe eine Zeit lang sogar aus Angespanntheit immer das letzte Wort eines Satzes wiederholt, sei froh, dass du mich da noch nicht kanntest ... kanntest ... Tine grinst und sagt: Ja, da bin ich wirklich froh ... froh.

Christian ist immer noch nicht da. Ich wechsele das Thema und frage ein wenig nach dem Geschäft. Der Laden läuft, sagt Tine, ich verstehe es auch nicht: Alle haben nix mehr im Beutel, aber für Bier reicht's ... Aber ich will nicht klagen, ich freu mich ja, dass ich Wirtin geworden bin. Wer nichts wird, wird Wirt.

Und wer auch das verpasst, bleibt Gast, antworte ich und bestelle mir jetzt doch einen kleinen Rotwein. Dann reden wir ein bisschen über Andy, und ich mache einen schmierigen Witz mit «Bohrambitionen nur noch an den Wänden ausleben» und so. Tine argumentiert natürlich wieder mit dem Andere-Dinge-sind-wichtiger-Totschlag-Argument, und ihre Libido mache halt schon eine Weile Urlaub unter Palmen, und wenn es ihr doch nicht fehlt ... Man kann solche Dinge mit Langzeitpärchen nicht diskutieren, das habe ich schon des Öfteren festgestellt. Ich werfe also schnell die neue Beck-Platte als Gesprächsthema auf den Tisch, und darauf steigt Tine dankbar ein. Sie ist Beck-Fan, und als uns plötzlich der blonde Barmann fragt, ob wir mit ihm nicht eine Partie «Captain Beuf trinkt zum ersten Mal, Prost!» spielen wollen, flüstert Tine mir ins Ohr, dass sie außerdem finde, der Barmann habe Ähnlichkeit mit Beck. Beck ist ungefähr ein Meter zehn hoch, ergreife ich entrüstet Partei für den Korbgeber. Wir spielen vier Runden Captain Beuf, das dämlichste Trinkspiel aller dämlichen Trinkspiele: Es geht ungefähr so wie «Schlapp hatn Hut verlorn», nur, dass jeder Mitspieler einen kleinen Schnaps trinken muss, wenn er sich verspricht. Und da man sich umso mehr verspricht, je mehr Schnaps man trinken musste, wird das Spiel mit der Zeit eben immer lustiger. Ich kriege glücklicherweise in der vierten Runde die Kurve, ich sage: «Captain Beuf trinkt zum vierten Mal, Prost Prost Prostost!», habe mich damit versprochen, muss einen eiskalten polnischen Wodka kippen und steige aus. Und wie bestellt erscheint da auch Christian, kneift mir in den Hintern und sagt: Na los, Judith, wir suchen uns jetzt mal ein verschwiegenes Plätzchen! Gerne, sage ich, sonst fragt dich gleich meine Mutti aus. Tine guckt nämlich schon wieder so neugierig wie ein kurzsichtiges Hühnchen, wenn der Schlachter ausholt. Ich bugsiere Christian in eine dunkle Ecke des «Round Up», und wir erzählen uns, was sich gerade kennen lernende Gspusis so erzählen. Wie geht's, bist du denn neulich noch pünktlich gewesen und so weiter. Wenn man einigermaßen frisch verknallt ist, kommt einem am anderen ja immer alles interessant vor, auch die langweiligsten Details, was, du warst früher im Kindergarten? Toll! Oder ach nein, du isst auch so gerne Süßigkeiten? Bei euch hieß das «Was zu schlickern»? Ist ja süß, bei uns hieß das «Was zu naschen»! Wow! Oder: Du bist Fußball-Fan? Wie ungewöhnlich! Ich meine das gar nicht bitter, im Gegenteil, dieses Früh-Küsser-Süßholzgeraspel macht mir eigentlich großen Spaß, auch wenn ich weiß, wie rosarot die Brille ist, durch die ich verknallt schiele.

Ein paar Tage später muss ich zugeben, dass ich mich langsam und sicher doch ein wenig auf die Sonntagmorgens-Flohmarkt-Nummer zubewege. Christian und ich haben schon zwei Mal zusammen gekocht, das heißt beim ersten Mal hat er gekocht, während ich dabei saß und zur gegebenen Zeit das Eis aus dem Kühlfach holte, dass ich – immerhin! – gekauft hatte. Beim zweiten Mal machte ich Fertig-Tortellini, mit Rucolapaste gefüllt. Dafür, dass mir normalerweise sogar Wasser anbrennt, wurden sie sogar ganz gut. Ich hatte allerdings erst Tofu-Würstchen gebraten, ich dachte, das sei mal eine ganz neue, dufte Idee: Würstchen von glücklichen, an Altersschwäche gestorbenen Tofus. Leider habe ich die Plastikhülle nicht abgemacht, weil ich sie einfach nicht als Plastikhülle erkannt hatte: Die «Bratlinge» waren doppelt eingepackt, die äußere Verpackung schlitzte ich fachmännisch auf und warf sie weg, in den Grüner-Punkt-Müll. Der wird in den Müllanlagen immer schön wieder mit dem übrigen Müll vermixt, aber wir Exkatholiken nutzen ja leider jede, noch so billige Chance, um unser Gewissen zu erleichtern. Über die zweite Bratling-Hülle hatte ich nicht nachgedacht. Klar, dass «Soja-Bratlinge» nicht «im eigenen Darm» daherkommen, aber irgendwo in meinem verdrehten Kopf hatte ich vermutlich so etwas wie «Aga-Aga-Plastikersatz» oder «organische Zellulosehüllen» im Sinn. Erst als Christian und ich 20 Minuten lang an der verbrutzelten Plastikfolie herumschnitten und danach weitere 20 Minuten daran kauten, schaute ich nochmal auf die Packung. Christian fand das natürlich lustig, typisches Früh-Küsser-Verhalten, und ich kochte uns schnell die Fertig-Tortellini, die mir mal jemand beim Im-Supermarkt-Probieren aufgeschwatzt hatte. Ich muss immer etwas kaufen, wenn ich bei diesen armen ABM-Stellen-Frauen probiere, die im Kaufhaus stehen und klitzekleine Portiönchen Karotten-Sellerie-Salat, Meerrettich-Paste oder Nudeln mit Liliputaner-Löffelchen feilbieten und in ihrem früheren Leben ukrainische Professorinnen für Pädo-Linguistik an der Uni von L'Viv waren.

Jene Tortellini schmeckten recht lecker, aber in der ersten Zeit nimmt man es bekanntlich eh nicht so genau und sieht tolerant über kleinere Fehler hinweg, wenn der Sex und der Spaß stimmen. Mit Christian stimmt momentan noch beides, wir können uns an jede Nacht- und Tagaktion erinnern, und wir machen ganz viele Sachen zum ersten Mal, was darum sehr aufregend ist: ins Kino gehen, Essen gehen, Nachrichten gucken, zu den Freunden des anderen auf Partys gehen (und Pärchenstatus-Fragen erst einmal prophylaktisch verneinen), sich gegenseitig Bücher, Platten und Filme empfehlen, leihen, vorlesen und aufnehmen und die Toleranz, was die Gesprächsthemen betrifft. Aber machen wir uns nichts vor, ich merke andererseits, dass bereits ein paar kleine, alberne Anti-Toleranz-Teufel in meinem Hinterkopf herumturnen und sich zum Beispiel über die Art mokieren, wie Christian manchmal im Kino an unpassenden Stellen (wie unlustige Werbung, die schon hundertmal lief) laut lacht, sodass ich mich daneben im Sitz verkrümeln muss, um dem Gezischel der anderen Kinogänger zu entkommen, oder darüber, dass er unter seinem Bett eine Kiste mit mindestens 100 Stofftieren lagert, die er mir bei meinem ersten Besuch auch gleich gezeigt und, huah, persönlich vorgestellt hat, und das ist der Löwi, den hab ich schon ganz lange, und das ist Fanto. Natürlich freue ich mich, dass der Mann seine Kindheit und seine Gefühle so locker annimmt, trotzdem hätte ich seine Stofftiere einfach lieber ein wenig später kennen gelernt.

Dass er es sich nicht nehmen lässt, bei mir zu putzen, finde ich manchmal auch merkwürdig, spülen will er ebenfalls. Neulich hat er mal wieder heimlich gesaugt, und ich habe vorsichtshalber gleich unter www.putzzwang.de nachgegoogelt, und unter www.tourette.de. Klinisch gesehen scheint Christian ein (noch) nicht gefährdeter Grenzfall zu sein. Dass er sich allerdings sofort mit meinem Fehlsichtigkeits-Filmszenen-Sammlungs-System auseinander gesetzt und mir ein paar wirklich innovative Vorschläge zur effektiveren Sortierung gemacht hat, das begrüße ich natürlich, zugegeben.

13. Kapitel. In dem Judith einen Exliebhaber mit schrecklichem Musikgeschmack wiedertrifft, Orchesterwitze kennen lernt, Spielzeug klaut und nicht versteht, warum man Angst davor haben sollte, ein Werwolf zu werden

Heute ist Sonntag, und nachdem Christian und ich unsere Ausgeh- und Tanz-Kater und Muskelkater etwas gestreichelt und uns mit meiner ekligen Öko-Solezahnpasta, die aussieht und schmeckt wie Dijon-Senf, die Zähne geputzt haben – ich finde, wenn man viel getrunken hat, dann muss man auch büßen –, passiert, was passieren musste: Christian will die Sonntagmorgen-Flohmarkt-Pärchen-Nummer. Wie wär's mit Flohmarkt, sagt er folgerichtig an diesem Sonntagmittag, wir verputzen gerade jeder zwei Knack-und-Back-Brötchen und zwei Eier, denn das gibt Tinte auf dem Füller, behauptet

Christian. Ähem, sage ich. Jo, ich gehe eigentlich ganz gerne auf den Flohmarkt … aber es sieht nach Regen aus, findest du nicht? Überhaupt nicht, sagt Christian. Los, schmeiß dir was über, ich spüle mal eben. Aber man soll doch nur in Monaten mit R und Y auf den Flohmarkt gehen, versuche ich einen blöden Witz. Wieso, kontert Christian, schon bis zu den Ellenbogen im heißen Frosch-Reiniger, wir haben doch gerade Augryst. Also Flohmarkt. Ich kann ihm nichts entgegnen, ohne eine Statusdebatte vom Zaun zu brechen.

Weiß auch nicht, warum dieses diffuse Pärchengefühl für mich gerade in einem Flohmarkt-Besuch kulminiert, es mag damit zusammenhängen, dass Ins-Kino- und Auf-den-Flohmarkt-Gehen die ersten Erinnerungen sind, die ich mit Nach-Berlin-Ziehen verbinde. Als ich vor 100 Jahren in der Stadt ankam und niemanden kannte, waren das zusammen mit den Amerika-Gedenkbibliotheks-Besuchen meine Hauptbeschäftigungen. Auf den Flohmarkt ging ich jede Woche, weil ich ständig Möbel und Waschlappenhaken und Geschirr und Bilder und so weiter für meine Wohnung brauchte, ein Loch in Neukölln. Das Loch bestand aus einem 20-Quadratmeter-Zimmer mit Kachelofenheizung, einem Innenklo und einer Art Mulde in der Wand, in der ein 3-Liter-Boiler und ein 2-Platten-Gasherd standen. Jeder, der einmal mit einem Ofen gelebt hat, weiß, dass diese albernen Gerüchte, Ofenwärme sei aber doch «eine so tolle Wärme!», von nostalgischen Charlottenburger Brecht-Lesern mit Zentralheizung in die Welt gesetzt wurden. Ofenwärme ist das Allerletzte. Ein Ofen benimmt sich, wenn man Glück hat, wie ein widerspenstiges, extrem verzogenes Mamakind. Morgens wacht man in der arktisch kalten Bude auf und feuert ihn an, dann geht man seinem Tagewerk nach, und die Bude heizt sich vermutlich – ich war nie dabei – richtig auf. Nach ein paar Stunden ist allerdings die schmutzige Kohle runtergeglüht, die man am Abend mit schmerzenden Armen aus dem gruselig-dunklen, rattenverseuchten Keller vier Stockwerke hochgeschleppt hat, und statt Wärme erinnert nur noch der durchdringende Katzenpisse-Geruch daran, dass man ja irgendwann mal geheizt hatte. Man kommt also zerschlagen nach Hause in das zugige Iglu, schleppt die nächste Portion staubiger Kohle hoch, leert oben den Ruß aus Versehen über den todschicken und nicht waschbaren 60er-Jahre-Polyester-Minikleidern aus und heizt den Ofen wieder an. Bis man einschläft, bleibt er kalt, nur nachts, wenn man schläft, bullert er so sehr, dass man morgens trotz des mittlerweile wieder ausgekühlten Zimmers einen weiteren Tag mit dickem Kopf aufwacht. Ich habe während der fünf Winter, die ich in dem Neuköllner Loch zubrachte, mannigfaltige Arten und Weisen ausprobiert, mit einem Ofen glücklich zu werden, einmal habe ich mir sogar selbst Kohle gefertigt, um wenigstens das Geschleppe zu vermeiden. Aus Versehen allerdings. Da war ich nämlich abends angeschickert nach Hause gekommen und hatte mir noch schnell ein mittelgroßes Baguette-Brötchen mit Käse überbacken wollen. Soll ja gut sein, wenn man dem Magen außer den vielen Giften und Säuren auch hin und wieder ein paar Kohlehydrate hinwirft. Leider nickte ich während der Wartephase ein und erwachte erst früh am nächsten Morgen beziehungsweise weckte mich der starke Geruch nach verkohltem Brot und verbranntem Käse. Als ich mein zerknittertes Yoko-Ono-Gesicht aus dem Kissenberg gewühlt hatte, fiel mir das Käsebaguette wieder ein. Und siehe da, ich hatte ein echtes Brikett hergestellt, in genau der richtigen Verheizgröße. Ich überlegte kurz, ob das die Lösung für das vermaledeite Hochtragen sein sollte, verwarf sie aber – auf Dauer sind Käsebaguettes doch teurer als Briketts. Schließlich war ich damals bettelarm.

Denn immerhin, billig war die Studibude. Und an die nur drei Liter heißes Wasser gewöhnte ich mich, fing an, mir heimlich auf Partys die Zähne zu putzen, beim Schwimmengehen alle notwendigen Körpermaniküreaktionen zu erledigen, und wusch mich ansonsten mit Waschlappen. Das geht auch, sogar recht gut, wenn man die Waschlappen für unten und oben nicht verwechselt. Tine, die ich zu dieser Zeit kennen lernte, machte einmal den Witz des Jahres, indem sie mir zwischen meine beiden «Oben»- und «Unten»-Waschlappenhaken heimlich einen dritten Haken mit der Aufschrift «Mitte» anbrachte.

In dieser Zeit der vielen kalten Nächte und der katastrophalen Haushaltssituation habe ich das Auf-den-Flohmarkt- und Ins-Kino-Gehen (wegen Geld und Kohle sparen) lieben gelernt. Auf den Flohmärkten Berlins treiben sich immer eine Menge Pärchen herum. Sie schlendern Hand in Hand an diesen ganzen Geschirrständen vorbei, und die Frauen zeigen den Männern irgendwelche Gläser, oder die Männer kaufen beim türkischen Händler neue Duscharmaturen. Und dann grabbeln die beiden in Plattenkisten, und er behauptet «Die hab ich doch!», wenn sie eine Platte findet, die ihr gefällt.

Tue an unserem Premieren-Sonntags-Flohmarkt-Morgen also so, als wäre das nichts Besonderes, und schlendere mit Christian betont lässig an den Geschirr- und Plattenständen am Moritzplatz vorbei. Für Hand in Hand ist es zu warm, behaupte ich.

Natürlich treffe ich einen Exliebhaber. Normalerweise treffe ich nie einen, ich habe sogar manchmal das Gefühl, schizophren zu sein und mir die meisten meiner Verhältnisse nur eingebildet zu haben, so vom Erdboden verschluckt scheinen meine Exliebhaber. Aber heute muss ich auf dem Flohmarkt unbedingt einen treffen, mit dem ich einmal eine ziemlich grauslige Nacht verbrachte, ich war eigentlich nur auf ihn aufmerksam geworden, weil Franz behauptet hatte, der Mann sähe aber auch hundertprozentig genauso aus wie Radek Latal, einer der Schalke-Spieler. Manchmal reagiere ich aus unerklärlichen Gründen sehr empathisch auf das, was Franz sagt, und in diesem Augenblick sprang Franz' Begehren irgendwie auf mich über. Ich fand das Latal-Look-alike plötzlich ebenfalls rattenscharf. Das Ganze ereignete sich bei einem Soli-Konzert für vier Leute, die wegen angeblicher Mitgliedschaft in einer linksradikalen Gruppe in U-Haft in Moabit saßen. Man hatte ihnen zwar keine einzige Aktion nachweisen können, aber sie prophylaktisch trotzdem in U-Haft gesteckt, schließlich sind Knäste teuer und wollen benutzt sein. Leider spielten, wie das bei Soli-Konzerten manchmal so ist, nur recht schreckliche Bands, aktive Politik ist im Popgeschäft zwischenzeitlich so unmodern geworden wie Karottenhosen. Andererseits gab es sogar schon ein Schweißband-Revival.

Der Latal-Verschnitt, den ich nach einer schnellen Flirt-Aktion («Sag mal, kennst du mich nicht irgendwoher?») kennen gelernt hatte und von dem ich mich nach ein paar Stunden Geplänkel bei Halbliterfassbierfässern und «Duuuu bist nur scheiiiiiiiinbar glüüüüüücklich!!!!»-Geschreie von der Bühne galant in seine Wohnung einladen ließ, war zwar eigentlich sehr nett, ein unkomplizierter Berliner, hatte aber eine Marillion-Plattensammlung zu Hause. Ich fiel fast hintenüber. In Wohnungen mit Marillion-Plattensammlungen kann ich, glaube ich, nicht übernachten, sagte ich zu ihm. Es war aber schon so spät und weit fortgeschritten, dass Sich-Sträuben mir recht dumm und cock-teasing-mäßig vorgekommen wäre. Ich finde Frauen, die nur so tun, als ob sie mit Männern ins Bett wollen, meistens ziemlich albern. Aber wie kann eine Nacht mit einem Mann, der eine Marillion-Plattensammlung hat, denn schon sein, auch wenn er aussieht wie Radek Latal? Genau so war's auch.

Jener Mann kommt also vor dem Plattenstand auf mich zugekumpelt, wie Berliner das immer so machen, und haut mir auf den Rücken, Möööönsch, ick gloobs ja nich, kiekste nach Marillion? Genau, sage ich, ich wollte meine Sammlung vervollständigen. Das Latal-Look-alike guckt neugierig auf Christian, und jetzt kommt die Stelle, die mir immer so peinlich ist. Das ist Christian, sage ich, und die beiden schütteln sich die Hände, wie man es nur im Osten oder in den USA tut. Und das ist der Mann mit der Marillion-Plattensammlung.

Habe natürlich mal wieder den Namen vergessen. Das passiert mir sehr oft, ich habe ein unverhältnismäßig gutes Gedächtnis für unwichtigen Mist, aber überhaupt keines für Namen. Ick heiße Piet, sagt Piet und pustet gleich weiter vertrauensselig heraus: Ist das dein Freund? Christian grinst mich an, und ich mache natürlich einen Witz, um die Situation zu retten, was sonst. Nein, das ist ein texanischer Ölmillionär, den ich geangelt habe, um ihm mit meinen Riesen-Silikonhügeln seine Millionen abzuerben. Das ist zugegebenermaßen kein besonders prächtiger Witz, aber unter Druck arbeitet mein Gehirn nicht wirklich gut. Ganz im Gegensatz zu den Hirnen der Rolling Stones in den späten 60ern übrigens. Einige der schönsten Stones-Platten wurden in schlimmer Zeitnot und mit einer Masse Drogenproblemen innerhalb weniger Wochen ausgedacht und eingespielt.

Piet steht noch drei Minuten herum und guckt von einem zum anderen, weil ihm nichts mehr einfällt, der Exliebhaber-Kodex aber eine weitere Gesprächslinie vorschreibt. Putzte immer noch den Nollendorfplatz?, fragt er dann. Und ich denke ganz kurz darüber nach, ob es irgendeine Frage gibt, die ich noch weniger gern gestellt bekommen würde. Ich habe damals wirklich den Nollendorfplatz gefegt, ich arbeitete nämlich in der Küche einer schmierigen Pizzeria, und zu meinen Aufgaben gehörte es, am Abend, wenn alle Tische reingestellt waren, den großen, von Berlinern und Touristen stark frequentierten Nollendorfplatz zu fegen. Zwar finde ich, dass das Öffentliche-Plätze-Fegen im Gegensatz zu Waffenhandel, Trafficking, Hehlerei und sämtlichen Bank- und Versicherungsgeschäften ein wirklich extrem sauberer Job ist. Aber ich habe ihn damals ungern gemacht, allein wegen der perfiden Rückenschmerzen und des Aschenputtel-Gefühls, sodass ich nicht gerne daran zurückdenke. Nein, sage ich also, ich habe ihn eh nie ganz sauber gekriegt. Wegen der festgeklebten und platt getretenen Kaugummis. Aha, sagt Piet. Die Kiste mit M ist um die Ecke, sagt Christian und zieht mich ein wenig am Arm. Wir müssen weg, seufze ich also falsch in Piets Richtung. Macht ja nüscht, ruft der vergnügt, wir sehen uns ja bestimmt mal wieder, wa? Klaro, fange ich auch schon an mitzuberlinern, tschüssi!

Tschüssi, sagt Christian und kichert erst mal los, als Piet in Richtung M-Kiste davontapert. Mit dem hattest du doch bestimmt was, hmm? Und schon fangen wir an, uns von unseren Exverhältnissen und Exfreunden und -freundinnen zu erzählen, eine Sache, die, wie ich finde, meistens schon schwer in Richtung Gretchenfrage geht, nämlich: «Und willst du jetzt einen Freund/eine Freundin?» Ich erfahre zwar eine Menge topinteressanter Sachen dabei, zum Beispiel, dass Christians Exfreundin Fagottistin war, und das Lustige daran ist, dass die Fagottisten in klassischen Orchestern offenbar sozusagen die Ostfriesen des Ensembles sind. Es gibt jede Menge Witze über sie, die man aber überhaupt nicht versteht, wenn man noch nie in einem Orchester gespielt hat. Einen erzählt Christian mir: Gehen zwei Fagottisten nach der Probe nach Hause. Sagt der eine: Ey, geh mal zur Seite, ich will auch mal in der Mitte gehen. Finde ich nicht besonders komisch. Auch den anderen, den Christian mir erzählt, verstehe ich nicht: Ein Fagottist trifft im Wald eine gute Fee, die sagt: Du hast drei Wünsche frei. Oh, dann wünsche ich mir als Erstes, dass ich ganz viel Geld habe. Und bums, hat der Fagottist ein volles Portemonnaie in der Tasche. Und zweitens wünsche ich mir, dass ich super aussehe. Und bums, sieht er aus wie Brad Pitt oder Robert Redford oder so. Und drittens wünsche ich mir, dass ich ein ganz, ganz toller Musiker wäre. Und bums, hat er eine Geige in der Hand.

Die Pointe leuchtet mir nicht ein. Christian aber auch nicht, er sagt jedoch, dass sich seine Exfreundin immer darüber kringelig gelacht hätte, und das finde ich doch extrem sympathisch. Man muss ja nicht alles verstehen. Ich wette, es gibt in anderen Ländern und unter anderen Volksstämmen noch eine Menge Witze, die man überhaupt nicht versteht, zum Beispiel gibt es in Afrika bestimmt ganz andere Minderheiten-Witze als hier, Witze, die anfangen mit «Laufen zwei Massai durch die Wüste». Oder «Trifft ein Buschmann einen Löwen hinterm Kral». Wenn ich je nochmal eine Reise in fremde Kulturen mache, will ich sofort eine Ungewöhnliche-Minderheiten-Witze-Sammlung anlegen. Man könnte vermutlich auch tauschen, zwei Ostfriesen-Witze gegen einen Pygmäen-Witz. Oh ja, es lauern noch jede Menge Herausforderungen auf mich.

So wie die hier, mit einem medioker vertrauten Mann über den Flohmarkt zu schlendern und sich dabei so langsam zu überlegen, was man will. Ich lenke mich erst mal ab, indem ich mir für einen müden Euro eine Cherrie-Currie-Biographie kaufe und als Ausgleich noch eine Virginia-Woolf-Biographie hinterher, dann findet Christian ein tolles 200-Teile-Puzzle vom Atomium, und dann sehe ich einen kleinen blauen Spielzeug-Plastikbus mit Schalke-Emblem. Den klaue ich, während Christian die Verkäuferin ablenkt. Man kann für altes, gebrauchtes Spielzeug kein Geld bezahlen, das ist pietätlos. Es ist schließlich auf eine Art unbezahlbar, und andererseits ist alles, was man für einen schrabbeligen, klitzekleinen Plastikbus bezahlt, zu viel. Wenn man es richtig anstellt, könnte man ihn vielleicht auch geschenkt kriegen, aber das Klauen gibt einem immer so eine gewisse Genugtuung. Früher habe ich auch in Supermärkten geklaut, aus Geldgründen, heute lege ich eher anderen Leuten heimlich etwas in den Wagen und lache mich dann kaputt, wenn ich mir vorstelle, wie sie nach Hause kommen und sich fragen, warum sie das neue Katzenfutter mit Joghurt drin gekauft haben, obwohl sie keine Katze besitzen. Oder warum sie ihrer Männer-WG schwarze Slipeinlagen mitgebracht haben. Slipeinlagen des Teufels. Am besten noch in String-Tanga-Form, mit Flügeln. Hihi.

Christian kauft sich noch eine «Anrichteplatte», tja, so etwas braucht man natürlich nur, wenn man auch etwas anzurichten hat. Willst du heute Abend zum Essen kommen, fragt er mich, dann weihen wir die Platte ein. Das wäre bereits der vierte gemeinsame Tag in Folge, überlege ich und schiebe schnell ein Date mit Franz vor. Ich muss erst mal überlegen, was ich will. Habe entschieden etwas dagegen, mein Leben so plötzlich so exorbitant zu ändern.

Nach dem Flohmarktbesuch gehe ich darum allein nach Hause und puzzle ein bisschen vor mich hin. Außerdem muss ich noch zwei Filme auf Fehlsichtigkeitsszenen hin überprüfen, nämlich «Wolf» mit Jack Nicholson und «Das Haus der Lady Alquist» mit Ingrid Bergman. In «Wolf» gibt es tatsächlich eine Szene, in der Nicholson seine Brille absetzt, weil er sie nicht mehr braucht: Ein Werwolf hat ihn gebissen, und jetzt sind all die schönen Werwolf-Eigenschaften wie überdimensional gut Riechen, Hören und Sehen auf ihn übergesprungen. Feine Sache. Das würde ich auch sofort machen, mich von einem Werwolf beißen lassen, schaden kann das ja nichts, schließlich hat man nur bei Vollmond Probleme, und ich würde eben dafür sorgen, dass dann genug Fleisch im Haus ist, sodass ich nicht extra losdüsen und, je nach Gusto, kleine Kinder oder knackige Erwachsene reißen muss. Ich verstehe ohnehin nicht, warum das in den landläufigen Filmen zum Thema immer so problematisiert wird. Jedenfalls könnte man als Werwölfin endlich mal 100%ig sehen. Tolle Vorstellung. Einfach aufwachen und scharf sehen. Aber man muss ja nicht alles haben. In dem zweiten extrem spannenden Film finde ich leider nichts mit Brillen oder Kontaktlinsen, er spielt ohnehin eher während der Lorgnetten-Zeit. Dafür habe ich mich am Ende schon bis zur Mittelkugel gepuzzelt und rufe Franz an, um mich als Belohnung für den nächsten Tag mit ihm zu verabreden.

14. Kapitel. In dem Judith Ching-Chang-Chong um das Blindenspiel macht, Franz in Jazzmusiker von A bis Z besiegt und unter Gedankenkontrolle einer außerirdischen Macht gerät

Franz ist ganz und gar in Teufelslaune. Komm, wir gehen Studenten ärgern, sagt er. Das kann man natürlich am besten an Studententreffpunkten, also in Cafés und im Sommer in Parks in Uni-Nähe. Eigentlich hat Franz gar nichts Konkretes gegen Studenten, er hat schließlich selbst Maschinenbau studiert, bis zum bitteren Ende sogar, aber manchmal denke ich, dass er sich immer noch dafür schämt, mal im AStA gewesen zu sein und sogar eine schwule Studentengruppe geleitet zu haben. Er schämt sich für sein Engagement, weil er meint, es habe nichts gebracht. Man könnte das Ganze bestimmt freudianisch aufarbeiten, aber erstens finde ich Freud und seine ewigen Phallustheorien (eine besagt, dass sogar Frauen Erektionsangst haben können) bekloppt, und zweitens muss man nicht alles analysieren, sondern kann ruhig eine gesunde Portion bitterer Erfahrungen verdrängen. Schließlich will man im Alter ja auch noch an irgendetwas arbeiten. Ich glaube, dass Menschen, die ein paar ordentliche Geheimnisse verdrängen, die interessanteren sind: Man merkt ihnen die Abgründe an, und es gibt nichts Langweiligeres als Menschen, die in null Komma nichts zu durchschauen sind.

Wir fahren mit der U-Bahn zur TU. Dort liegen ein paar Studenten auf Decken in den umliegenden Grünflächen herum, aber wir können uns nicht richtig darüber einigen, wen wir ärgern wollen, ich sehe eine Gruppe typischer Geisteswissenschaftler, R.E.M.-Hörer, die bestimmt Geld von ihren Eltern kriegen, und zwar auch noch im 23. Semester, und sich trotzdem ständig über die furcht-ba-ren Studienvoraussetzungen echauffieren, so kann man ja nicht arbeiten, und so weiter. Aber Franz findet den einen jungen Mann süß und will ihm darum nichts tun. An einem Baum klebt ein Plakat mit der Aufschrift «Heute Studenten-Kino: Die Blechtrommel im Audimax». Super, sagt Franz und guckt mich an. Ich verstehe: Wir machen die Blindennummer.

Die geht so, dass einer von uns so tut, als sei er fast blind, und der andere die ganze Zeit laut erzählt, was auf der Leinwand zu sehen ist. Das ist, zugegeben, etwas unfair gegenüber stark Fehlsichtigen, auf der anderen Seite ist es eine hervorragende Toleranzübung für die Studenten. Außerdem arbeite ich an anderer Stelle wiederum für die Fehlsichtigen, zu denen ich mich im Übrigen auch zu zählen habe, und finde darum, dass man uns ab und an genauso veräppeln darf wie Nicht-Fehlsichtige.

Im Audimax sitzen nur ungefähr 30 Personen, das sieht man durch die großen, geöffneten Flügeltüren, den meisten ist es wohl zu heiß für einen Film. Franz und ich knobeln mit Ching-Chang-Chong darum, wer den fast Blinden spielen darf, das ist natürlich viel einfacher und weniger peinlich, weil man dann nicht reden muss, sondern das Opfer ist. Franz schlägt mich zweimal mit Brunnen, der blödesten aller Möglichkeiten. Ich weiß ehrlich gesagt gar nicht, warum sich «Brunnen» überhaupt beim Ching-Chang-Chong einbürgern konnte, schließlich heißt es «Schere – Stein – Papier» und nicht «Schere – Stein – Papier – Brunnen». Übrigens schon gar nicht «Schere – Stein – Papier – Brunnen – Panzer», wie ich es neulich erstaunt bei ein paar Kindern gehört habe. Den Panzer macht man, indem man einen Finger wie einen Fühler ausstreckt, und dann kann man alles außer dem Papier zermalmen, möchte mal wissen, was Papier gegen einen Panzer anrichten können soll! Muss man damit die Panzerfaust zustopfen? Oder die Reifen bekleben? Oder steht auf dem Papier so Interessantes, dass der Panzergrenadier sich festliest und vergisst zu schießen? Panzer zu Liebesromanen!

Aber nun bin ich dran, und Franz ist fast blind. Er setzt eine schwarze Brille auf, und ich führe ihn in die Mitte einer Reihe ziemlich weit vorne. Als es dunkel wird, sage ich laut:

«Jetzt wird es dunkel», und schon gucken ein paar rüber. Die «Blechtrommel» fängt natürlich gleich mit sehr herausragenden Szenen an, mit der Oma, die auf dem Feld sitzt und Kartoffeln röstet, und Oskars Opa, der sich unter ihren Röcken versteckt. Ich muss aufpassen, dass ich nur rede, wenn Oskar nicht redet, aber ich kenne den Film gut. Da sitzt eine Frau auf einem Acker, vor ihr glühen Kartoffeln, und jetzt kommt ein Mann so komisch zickzack hergelaufen. Jetzt kriecht der Mann unter die Röcke. Jetzt haben der Mann und die Frau Sex, man sieht es aber nicht, weil die Röcke drüber hängen, sage ich, und Franz sagt, woher weiß man es denn dann?

Ich schäme mich sehr, denn der Film ist einer meiner Lieblingsfilme, aber das Studentenärgern geht eben so. Neben mir tuscheln zwei Frauen und gucken irritiert rüber. Studenten sind extrem tolerant, Franz und ich haben das Spiel ein einziges Mal, wegen einer verlorenen Wette, in einem mit Berlinale-Publikum voll besetzten Saal gespielt, da wurden wir nach anderthalb Minuten um ein Haar gelyncht. Jetzt drehen sich zwei Studenten vor uns um und machen psscht! Ich tue so, als ob ich es nicht merke, und Franz blickt durch seine schwarze Sonnenbrille herausfordernd in ihre Richtung. Bei der Szene, in der Oskar hinter dem Zirkuszelt einen Liliputaner trifft und ihm mit den Worten «wiewohl ich ... wie Sie sehen, durchaus zu einem Kunststück fähig bin» etwas vortrommelt, ist es vorbei. Ein Mädchen links von mir ruft: Könnt ihr nicht mal aufhören zu quatschen? Ich verstehe ja, dass du blind bist, aber wieso leihst du dir den Film nicht auf Video aus? Wegen der Atmosphäre, sagt Franz würdevoll. Aber das Spiel ist aus, und ich gucke auf die Uhr: 45 Minuten, eine der längsten Zeiten, die es je gebraucht hat, bis der Erste eine Bemerkung macht. 45 Minuten, flüstere ich Franz zu, und der sagt: Wow, megatolerant, nicht schlecht! Den Rest des Films gucken wir natürlich brav mucksmäuschenstill, es geht ja nur darum, die Zeit zu stoppen, bis ein Student so genervt ist, dass er eingreift. Aber wir hauen lieber kurz vor Schluss ab, damit wir uns das Spalierlaufen sparen.

Danach ist Franz bester Laune, und wir rennen am Einsteinufer entlang und spielen «Jazzmusiker von A bis Z». Das war meine Idee, das kann ich nämlich gut, und da die Blindennummer seine Wahl war, bin ich jetzt dran. Wenn Franz sich etwas aussuchen darf, nimmt er immer «deutsche Herrscher von A bis Z» oder «Flüsse, die mehr als zwölf Nebenarme haben von A bis Z» oder «Fußballer von A bis Z» oder andere Dinge, von denen ich höchstens mal durch Zufall eines weiß. Adderley, sage ich, und schon ist Franz in der Bredouille. Ich will ihm helfen und versuche, ihn auf Clifford Brown zu bringen. Ist jung gestorben, sage ich. Na das sind sie alle!, antwortet Franz und hat ja auch Recht. Bei einem Autounfall ... aber Franz kommt nicht drauf. Der Nachname ist eine Farbe, sage ich, und Franz sagt: Francis Black von den Pixies? Das ist kein Jazz! Wir hören mit den Jazzern auf und unterhalten uns darüber, was wir machen würden, wenn wir in den Untergrund gingen, um eine kleine revolutionäre Zelle zu gründen. Franz betet sofort alle radikalen Positionen herunter, die er im Kopf hat, Attentate auf Führungspersönlichkeiten, Entführungen, Sabotage beim Militär. Mir fällt nur wieder ein, dass ich ein Attentat auf Mick Jagger und Keith Richards verüben würde, ein tödliches, damit die beiden endlich aufhören, Musik zu machen. Wenn man nämlich nur einen umbringt, macht der andere garantiert mit Rod Stewart oder Robert Plant oder Eric Clapton oder ähnlich Furchtbarem weiter. Gute Idee, sagt Franz, vielleicht sollte man vorsichtshalber doch gleich auch noch Charlie Watts und den Neuen miterledigen? Aber da bin ich dagegen. Ich habe nichts gegen Charlie Watts. Gegen Keith Richards hätte ich normalerweise auch nichts, wenn ich nicht mal gelesen hätte, dass er irgendwann in den 70ern ein wunderschönes, großes Gangschaltungsauto kaputtgemacht hat, weil er einfach immer im vierten Gang angefahren ist, angeblich konnte er nur Automatik. Das robuste Auto machte das eine ganze Zeit lang mit, bis das Getriebe schließlich doch völlig kaputtging. Das fand ich einigermaßen dekadent und muss jedes Mal daran denken, wenn mein alter Fiat heult, weil ich den Rückwärtsgang zu hart reinhaue. Mir ist schon klar, dass man Autos eher als Feind des Menschen betrachten sollte, denn sie sind die Mitursache für die Klimakatastrophe, durch sie kann sich schädlicher Kapitalismus ausbreiten, und dazu überfahren sie auch noch ständig unschuldige Menschen, verbrauchen Rohstoffe, stinken und sind laut. Aber ich versuche, mein schlechtes Gewissen zu beruhigen, indem ich meinen Fiat wie einen alten, treuen Klepper behandele und mir einrede, ich würde ihn davor bewahren, extrem umweltschädlich verschrottet zu werden. Ich gäbe ihm quasi ein Gnadenbrot. Also eher Gnadenbenzin. Und er hat einen Kat.

In Wirklichkeit weiß ich genau, dass das alles Quatsch ist. Franz weiß das auch, er sagt zwar, na ja, wenn du Auto fährst, fahre ich gerne mit, wird aber nie müde, mich wegen der Umwelt anzupupen. Nur beim Kartfahren ist das Thema ihm schnuppe.

Was ist eigentlich mit der Renn-Party von Schmargendorf, fragt Franz, die müsste doch eigentlich auch demnächst irgendwann stattfinden. Stimmt, sage ich, wir müssen da mal wieder hin. Und außerdem muss ich jetzt endlich mal die Herausforderung Doc Bob in Angriff nehmen, verdammt noch eins. Vielleicht schicke ich ihm mal eine kurze, coole Fan-Mail, die er aber trotzdem unwiderstehlich findet, ob des lakonischen Witzes und der Tiefsinnigkeit, die ich in zwei Sätze zu packen vermag.

Das ist ja mal eine Ansage, ruft Franz, das würde ich gerne sehen. Und er pfeift «Rangehen, rangehen, wenn du scharf bist, musst du rangehen» von Nina Hagen. Am nächsten Wochenende fahre ich mit Gerda nach Recklinghausen, in Warner Brothers Movie World, sagt er dann, Gerda möchte so gerne mal in einen Vergnügungspark.

Franz selber hasst Vergnügungsparks. Er war einmal mit mir im Spreepark, einem der tollsten Vergnügungsparks der Welt, in dem alle Geräte und Karussells und Schaukeln und Wippen so schön oll und rostig und ostig sind, dass es richtig aufregend ist einzusteigen. Man weiß nie, ob man es überlebt. Die Sicherheitsvorkehrungen sind, glaube ich, noch aus dem Krieg, und manche der Achterbahnen schunkeln so stark, dass Leute fliegend herauskotzen, der Sonne entgegen, wie beim Exorzisten. Ich bin von solchen Dingen natürlich begeistert, aber Franz hat sich bei unserem einzigen gemeinsamen Vergnügungsparkbesuch zuerst im «Aladin» übergeben, dann im Auto-Scooter seine Armbanduhr verloren, dann in der Wildwasser-Achterbahn seine schicke weiße Hose mit grünlich-brackigem Tümpelwasser voll gespritzt, das ging nie wieder raus, und dann oben auf dem Riesenrad einen Schwindelanfall bekommen, den ich ihm, trotz Radeberger und Zuckerwatte, nicht wieder ausreden konnte. Aber wieso machst du das mit Gerda, frage ich ihn, willst du die ganze Zeit unten stehen bleiben wie eine Lehrerin, während Gerda alleine durch die Filmsets von «Stuart Little II» und «Superman III» gerollt wird? Man muss eben tolerant sein in der Liebe, sagt Franz weise, im Gegensatz zur Politik.

Ich denke ein bisschen darüber nach, als wir in der U-Bahn nach Hause schunkeln. Vielleicht stelle ich ja viel zu hohe Ansprüche an Christian und bin zu intolerant und zu egoistisch oder habe einfach Angst. Mein Gott, es kann doch wohl Schlimmeres geben als einen Mann, der latent putzsüchtig ist und mit 37 noch ein Herz für Stofftiere hat. Vielleicht sollte ich das Ganze einfach mal ausprobieren und nicht immer gleich alles Schlechte sehen und den Pärchenstatus verachten und auf Abstand gehen.

Ich kenne mich selber nicht mehr und wundere mich, wo

diese Gedanken bloß herkommen. Vermutlich werde ich von einer außerirdischen Macht kontrolliert, einer Horde Amors in unsichtbaren Raumschiffen. Ich beschließe, sofort eine Alufolienmütze gegen die Strahlung zu basteln, wenn ich zu Hause bin. Natürlich muss ich mir auch schnell alle Amalganfüllungen herausschleifen lassen. Und danach rufe ich Christian an.

15. Kapitel. In dem Judith sich sehr hippieesk aufführt, Rotwein trinkt, eine flügellose Slipeinlage zweckentfremdet und ein neues Wort für Schamhügel lernt

Na bitte, geht doch. Christian und ich sitzen auf einer Decke im Park und versuchen zuzuhören, wie Ravi Shankar ziemlich weit entfernt auf seiner Sitar rumdüdelt. Leider ist Ravi Shankar ziemlich alt und die Sitar ziemlich leise, die Hippies um uns herum sind dagegen recht laut. Das letzte Mal war ich bei diesem Open-Air-Quatsch, als Queens of the Stone Age gespielt haben, versucht sich Christian zu rechtfertigen, und da sind noch in 30 Kilometer Entfernung die Gänseblümchenblätter abgefallen vom Druck ... Direkt neben uns sitzt eine glückliche Familie mit zwei flüggen Töchtern, oder einer Tochter und deren Freundin, das weiß man heutzutage ja nie so genau, weil alle Welt seine Eltern «Annette und Jörg» oder «Petra und Stefan» oder «Moritz und Ulf» nennt und nicht mehr Mama und Papa. Die Mädchen unterhalten sich über Cheerleader und sind sich nicht einig darüber, ob es eigentlich Cheerleader auch im Singular gibt. Bin ich ein Cheerlead?, fragt das größere Mädchen in die Runde, und Annette und Jörg lachen hilflos und versuchen, die Flasche Rotwein aufzumachen. Dass Hippies immer Rotwein trinken müssen. Und das Schlimmste: Auch wir haben Rotwein mit, weil es so gut passt und so gut schmeckt und weil Pärchen stets etwas Friedvolles, also Hippieeskes innewohnt. Ich verdränge den Gedanken, ob ich jemanden treffen könnte, den ich kenne, und sage mir, ach Quatsch, doch nicht bei Ravi Shankar! Und wenn, ist es für ihn genauso peinlich wie für mich. Unsere Flasche Rotwein ist außerdem bestimmt viel leckerer als die von Annette und Jörg.

Annette scheint Französin zu sein, sie spricht mit starkem Akzent, dieser Art Akzent, von dem man immer nicht genau weiß, ob er echt ist oder ob sich die Franzosen diesen Akzent nicht nur bewahrt haben, weil alle ihn charmant finden. Das Französischen-Akzent-charmant-Finden ist eines der wenigen immer währenden positiven Vorurteile der Welt, man findet es überall, in banalen Hollywood-Produktionen genauso wie in schlimmen, deutschen Fernsehfilmen. Ich wüsste gerne, ob die Franzosen selber eigentlich damit arbeiten. Ich habe einmal erlebt, wie eine französische Freundin von mir, Céline, in einer Bar einen anderen Franzosen namens Jean (wie sonst) kennen lernte. Beide dachten, das Gegenüber sei deutsch, und unterhielten sich darum auch auf Deutsch: Also du biest einö 'ardrockgitarriste? 'ast du einö Bände? Ja, iesch 'abe einö Bände, die Lievieing Skelletöns. Und du? Iesch arbeitö als Fotografe.

Lustig wurde es, als Céline plötzlich merkte, dass ihr Gegenüber mit starkem französischem Akzent sprach: Was soll dassö? Wielst du miesch verarschönn? Warum machst du meinen Ogsong nache? Und Jean konterte: Aber du wielst miesch verarschöne! 'ör doch mal auf!

Ich bin nicht dazwischengegangen, um das Missverständnis aufzuklären. Ich fand, dass die beiden selbst drauf kommen sollten, wo ihr Mutter-Idiom angesiedelt ist, ich kicherte nur vor mich hin und verzog mich nach hinten zu Tine, um ihr von dem französisch-französischen Zwist zu berichten. O, là, là!, sagte die nur lakonisch, Tine kann manchmal so trocken sein, dass es bröselt.

Aber unser Nebendecken-Hippiepärchen Annette und Jörg hat schon längst registriert, dass einer von ihnen aus Frankreich kommt, darum muss Annette auch als Erste den Vin rouge testen, den Jörg mit ein paar fachmännischen Drehungen vom Korken befreit. Oui oui, sagt sie nach dem ersten Schluck und strahlt Jörg an. Iesch 'abe miesch schon den ganzen Abönd darauf gefreute. Und je länger man etwas begehrte, desto bessör iest es immör.

Ich stoße Christian an und will mit ihm lästern. Tyyypisch Franzosen, sage ich, kennst du jemanden, der das Wort «begehren» in seinem aktiven Wortschatz hat? Hmmm? Aber Christian ist eisenhart und lässt nichts auf Annette kommen. Ja und, sagt er, du bist ja nur neidisch auf den Käse.

Bin ich allerdings. Ich liebe französischen Käse. All diese kleinen, weißen, fettigen, weichen Stückchen, die von weitem schon so stinken, als ob man eine Ziege geköpft und in seinem Kofferraum drei Wochen lang herumgefahren hat. Mmmmh. Am besten ist Käse, der so riecht wie eine Ziege am Arsch. Also nach ranziger Milch und Bakterien und dreckigem, kleinen Stall vor einer weiß gekalkten Hütte, von der aus der alte, faltige, sehr sympathische Ziegenkäsebauer mit der Pfeife und dem lustigen Halstuch die Lieblinge überwachen kann. So eine richtig glückliche Ziege mit großer Familie, die sich gerne an jede Begegnung mit dem Bock erinnert. Eine Genießerziege. Und dann muss man dem Käse natürlich genügend Wärme und Zuneigung geben, damit er einem entgegenläuft.

Hast du französischen Käse dabei?, frage ich Christian. Für den Wein?, sagt er. Leider nicht. Aber eigentlich müsste man eh indischen nehmen. Wegen Ravi. Indischer Käse wird ja in irgend so 'nem Tuch zurechtgedrückt, sage ich und erinnere mich daran, wie ich mal bei einem netten Mann eingeladen war, der für mich Wok-Essen kochen wollte. Alles schien perfekt, aber uns fehlte dieses kleine Tütchen, in dem man die würzigen Kräuter in den Wok hängt. Fast wäre die ganze

Abendeinladung wegen des fehlenden Tütchens geplatzt, der Mann hatte einfach nichts im Haus, in das man die Kräuter stopfen konnte, nichts Siebähnliches, auch keinen durchlässigen Stoff wie eine Nylonstrumpfhose. Glücklicherweise fiel mir ein, dass ich noch zufällig eine dieser neuen Dryweave-Oberflächen-Slipeinlagen in der Tasche hatte. Und aus der nicht nur bei Ersatzflüssigkeit ja so unglaublich saugfähigen Oberfläche bastelte ich damals ein kleines Indische-Kräuter-Sieb, das wir in die Schüssel hängten. Die Slipeinlage hielt, das Essen war prima, der Mann war mir allerdings später zu hausbacken. Ein netter Kerl und ein knorker Koch, aber nichts für untenrum. Das gibt es.

Christian setzt sich im Schneidersitz hin, guckt ganz angestrengt und versucht, etwas von den leisen Sitartönen einzufangen, die ab und an vorüberwehen. Dann stört uns wieder eines der flüggen Mädchen, das seiner Freundin erzählt, dass es eine Wette an «Wetten, dass?» geschickt hat. «Wetten, dass Sie es nicht schaffen, aus einer Auswahl von zwölf verschiedenen Ikea-Regalen zwei innerhalb von zehn Minuten aufzubauen?» Gar nicht schlecht für so ein junges Ding, sage ich leise zu Christian, das wäre doch mal eine Wette, die nah am Volk ist. Das könnten alle nachvollziehen. Christian nickt. Beim Ikea-Regal-Aufbauen gibt es ja immer dieses Gymnasiasten-Problem, sagt er, man denkt, das Ganze sei viel komplizierter, als es ist, und guckt darum an der einfachen Lösung vorbei. Ich habe für Boris bestimmt über zwei Stunden gebraucht, weil ich nicht verstanden habe, wie die kleinen Pinökel in die Wände geschraubt gehören. Dabei werden die da einfach reingekloppt.

Iiih, du hast Boris?, sage ich und mache mir schon wieder eine mentale Notiz, ohne es zu wollen. Und außerdem heißt das Pinöppel.

Ja, Boris steht in meinem Badezimmer, gibt Christian zu, für die Handtücher.

Ist mir nie aufgefallen, wahrscheinlich war ich immer so

geblendet von der farblichen Ordnung, in der die Handtücher schön gefaltet darin liegen, weiß auf grün-weiß gestreift auf weiß auf grün-weiß gestreift auf weiß. Damit Christian nicht aus Versehen mal ein gestreiftes Handtuch benutzt, obwohl doch Mittwoch ist. Bei so einer Ordnung möchte man am liebsten sofort eine wabbelige Gummispinne dazwischenschmuggeln oder eine Gummikrabbe, so eine, wie Ingrid Steeger als Gaby beim Vorspann von «Die Klimbims» immer mit der Zahnbürste bearbeitete. Aber ich schweife ab. Das Mädchen mit der Ikea-Wette erzählt jetzt davon, dass es später einmal Chauffeurin werden will, und ich mache mir noch eine mentale Notiz für die Shell-Studie. Nicht dass ich in meinem greisen Alter noch deswegen angeschrieben würde. Aber ich will doch im Hinterkopf behalten, dass es auch Mädchen gibt, die einen anderen Beruf als Web-Designerin erlernen wollen, wenn ich in dieser Studie das nächste Mal lese, wie sehr die Jugend von heute sich angeblich im Netz zu Hause fühlt. Chauffeurin. Das ist doch mal etwas Handfestes. Autos wird es vermutlich immer geben, so viele auch von den durch die von der Klimakatastrophe ausgelösten Flutwellen weggeschwemmt werden.

Christian hat sich inzwischen hingelegt und schlürft Wein aus einem todschicken Plastikbecher mit grünen und orangefarbenen Punkten drauf. Den werde ich auf jeden Fall ausspülen und wieder benutzen. Sollen wir eine Runde Teekesselchen spielen, fragt er. Prima Idee! Ich fange an: Mein eines Teekesselchen ist mehr oder weniger weiß und hart. Und mein anderes ist mehr oder weniger beige und lebendig. Zahn, sagt Christian, also einmal der Zahn, mit dem man kaut, und einmal der steile Zahn. Mist, woher weißt du das denn so schnell?, frage ich und ärgere mich. Tja, bin eben in allen Haushaltsdingen Experte, auch in Teekesselchen, sagt Christian. Mein eines Teekesselchen ist ein Tier, sagt er dann, und mein anderes ein Körperteil. Ich überlege. Hund, Katze, Maus, äh, Sittich, Kamel, Affe, Spinne, Wurm, Wurm?

Welcher Körperteil ist denn Wurm?, fragt Christian zurück. Oh, Sie haben aber einen gut entwickelten Wurm? Sie können das ruhig tragen, bei Ihrem klasse Wurm?

Schon gut, sage ich, ich habe ja nur laut überlegt, hab eben an Wurmfortsatz gedacht. Fliege, Walfisch, Pferd, Kuh, gib mir noch mal einen Tipp!

Gut, sagt Christian, mein eines Teekesselchen ist braun. Und mein anderes auch.

Ach was, sage ich, ein braunes Tier? Kein blaues oder grünes? Aber dann fällt mir ein, dass es ja am menschlichen Körper nicht allzu viele braune Parts gibt, jedenfalls an einem Körper wie meinem nicht, bei Mallorca-Lederhäuten sieht das schon wieder ganz anders aus. Braun ... Fußunterseiten? Nee, Haare. Kopfhaare, Achselhaare. Schamhaare. Fuchs!, sage ich. Nein, Biber!, sagt Christian. Verloren! Füchse sind außerdem rotbraun.

Komischer Ausdruck für den weiblichen Schambereich. Irgendwie leicht kindisch, aber glücklicherweise immerhin auf eine respektvolle Art kindisch, wenn es so etwas gibt. Passt ganz gut zum kindischen Mann. Denkt die Frau, die am liebsten in klitzekleinen Spielautos herumsaust, ertappe ich mich beim gedanklichen Lästern und verbiete mir für den Augenblick, schon wieder auf Christian herumzuhacken. Außerdem bin ich wieder dran und will mir ein neues Teekesselchen überlegen, werde jedoch von einer Geschichte gefesselt, die Jörg-von-der-Nachbardecke seiner Freundin oder Lebensabschnittspartnerin oder was weiß ich erzählt. Er habe vor ein paar Tagen eine Arbeitskollegin im Auto mitgenommen, sagt er und fummelt sich versonnen an den nackten Zehen herum, eine, die er eigentlich gar nicht mag, aber es habe sich nun mal angeboten, und während der Fahrt habe er das Gefühl gehabt, dass «irgendetwas Böses» von ihr rüberkäme. Annette nickt mit verstehend zusammengezogenen Augenbrauen, sie macht dieses auch in der Affenwelt bekannte «Mirroring», das darin besteht, dass man seinen

Gesichtsausdruck der Stimmung seines Gegenübers anpasst. Das kommt im Allgemeinen sehr gut an und ist, das muss ich zugeben, auch äußerst sympathisch. Jetzt guckt sie also ganz mitfühlend, und Jörg erzählt mit leicht panischem Unterton weiter. Das Komische war, ich hatte ja getankt, bevor ich zur Arbeit gefahren bin, ganz sicher, ich hab sogar noch die Quittung. Aber als die Kollegin ausgestiegen ist, hab ich gemerkt, dass ganz viel Benzin fehlt! Ich glaube, die hat mir Benzin weggezaubert!

Annette kommt etwas aus ihrem Mirroring-Konzept und zieht ein gequältes Gesicht zwischen Mitleid und unterdrücktem Lachen. Ein Affe könnte so etwas nicht. Iesch versteh niescht, sagt sie, weggezaubörte?

Ja, sagt Jörg und klopft unterstützend auf die Hippiedecke, sodass die Weinflasche wackelt, also das kann doch nicht mit rechten Dingen zugehen, dass der Tank plötzlich so leer war! Diese Frau hat irgendwie das Benzin verhext. Vielleischt 'ast du niescht richtig geguckt?, sagt Annette. Aber Jörg glaubt an solcherlei Schmu und lässt sich nichts sagen. Du kennst doch so was, versucht er seine Freundin zu überzeugen, dass Leute einem was Böses tun wollen ... Christian stupst mich mit dem Fuß an, und ich gucke weg, damit ich nicht lachen muss. Pass auf, gleich pendeln sie das aus, flüstert er mir ins Ohr, und ich trinke schnell von unserem Wein. Glücklicherweise hat sich Ravi in dem Augenblick entschieden, sozusagen ein Heavy-Metal-Solo zu spielen, und für die nächsten fünf Minuten weht glasklares, lautes Sitar-Gedüdel über den Park, sodass man unauffällig nichts sagen muss und das Kichern unterdrücken kann. Ich sammle als Übersprungshandlung einen kleinen Scheiterhaufen mit dünnen Baumästen zusammen und erzähle etwas über Ravi Shankar und die Beatles und Mick Jagger und Mia Farrow und Donovan in Indien. In der «Hurdy Gurdy Man»-Live-Version redet Donovan nämlich so nett von seinem Guru-Trip «with two Beatles, one Rolling Stone and Mia Farrow» und wie John Lennon ständig bekifft versucht hat, weise zu sein. Immerhin hat ihn Mias Schwester Prudence zu «Dear Prudence» inspiriert, also war der ganze Trip doch eigentlich ein sinnvoller. Prudence Farrow. Manche Menschen haben Namen, da möchte man am liebsten Visitenkarte sein. Prudence Farrow, Steuerberatung und Massage. Prudence Farrow, Prominente im Sack.

Dann kommen wir auf Madame Tussaud, denn Christian hat vor ein paar Wochen eine «Madame Tussaud's on Tour»-Ausstellung besucht, in der man sich neben Wachs-Beatles, Wachs-Rolling Stones, Tina Turner, Jon Bon Jovi und diese ganzen Schrullen stellen konnte und dann vor allem gesehen habe, wie klein diese Leute waren. Mick Jagger ging mir nicht mal bis zum Adamsapfel, sagt Christian, und vor allem die Spice Girls sind richtig kleine Pupus.

Hast du ein Foto von dir mit den Spice Girls gemacht?, frage ich ihn, denn das stelle ich mir sehr lustig vor: Auf Schnappschüssen mit echten Menschen und Wachsfiguren sehen ja normalerweise alle gleich lebendig beziehungsweise wächsern aus. Nee, hatte keinen Fotoapparat dabei, bedauert Christian. Ich habe aber meine Hände in die Handabdrücke von dem Stranglers-Gitarristen gelegt, der hat viel kleinere Hände, und in die von Jimi Hendrix. Die sind natürlich groß.

Dass Jimi Hendrix große Hände hat und, wie wir von den Plaster Casters wissen, die in den 60ern Wachsabdrücke von Musiker-Schwänzen genommen haben, auch einen amtlichen Riemen, das ist nur fair, das müssen Christian und ich zugeben. Wenn man so grandios spielt wie Jimi Hendrix, dann braucht man sich auch keine Hasenpfoten vorne reinzustopfen.

Christian ist kurz ruhig, weil er wahrscheinlich an das Foto von dem Plaster-Casters-Schwanzabdruck-Regal denkt, das wir uns neulich angeschaut haben, darin stehen nebeneinander der Skyscraper von Jimi Hendrix, ein immerhin Iduna-Hochhaus großer Abdruck von Noel Reddings Familienjuwelen, dann ein kleines, gebogenes Würstchen, das angeblich einem «Freund» der Plaster Casters gehört, und dann noch etwas, das aussieht wie eine Filzstiftkappe und der Abdruck des Tourmanager-Dödels sein soll. Da kann man schon mal schweigen bei so viel bzw. wenig Wachs.

Ich war einmal in einem österreichischen Wachsfigurenkabinett, einem Museum mit Wachspuppen, da habe ich mich natürlich mit der kleinen, langhaarigen Sisi fotografieren lassen und hätte Franzl fast mit meinem Feuerzeug die Wange angeschmolzen, nur so, aus reinem jugendlichen Vandalismus. Und in einer US-amerikanischen Ausstellung habe ich mich in Burt Reynolds Arme gelegt, das Foto war der Hit. Ich verstehe überhaupt nicht, wieso Wachsfigurenausstellungen nicht mehr so hip sind wie früher, ich habe größten Respekt vor dieser Kunst. Wenn ich fingerfertiger wäre, dann würde ich mein Knäckebrot mit Wachsfiguren-Basteln oder Origami oder so verdienen, ganz bestimmt. Dieses ganze kleinteilige, fisselige Herumgeknete ist extrem beeindruckend. Wie Menschen aus großen Papierblättern klitzekleine, bewegliche Schwäne falzen können, werde ich nie verstehen, oder kleine Pferde, die mit dem Kopf nicken können, oder ganze Familiensituationen, in denen Mütter am Herd stehen und Reis in den Kochtopf streuen und Väter mit kleinen Tsing-Tao-Bierflaschen auf dem Sofa hocken, alles aus Papier. Unglaublich. Ich verfalze mich schon bei Renovierungs-Papierhüten, und Himmel und Hölle sieht bei mir auch immer aus wie ein zusammengeknülltes Stück Löschblatt.

Inzwischen ist Ravi fast am Ende, die Mädchen von der Nachbardecke sind wieder aufgetaucht und kichern sich einen ins Bauchnabelpiercing, nachdem sie irgendeinen «voll süßen» Jungen aus der Parallelklasse getroffen haben, und erzählen Annette und Jörg, dass eine ihrer Mitschülerinnen schwanger sei. Aber die habe da «voll Bock drauf», und ihr Freund auch, und die Mutter sowieso. Annette guckt etwas alarmiert und will ein ernstes Gespräch über «das ist doch vielleicht noch etwas zu früh» anfangen, merkt aber, dass Christian und ich schon die Ohren spitzen, und wendet sich darum ab. Selber schuld, vielleicht war das die Chance für die erste, richtige Aufklärungsdiskussion, schön bei Ravi Shankar, Rotwein und dem Lebensabschnittspartner ganz nah bei sich. Aber ich will ja nicht lästern, so einfach ist das für eine Mutter eben nicht, wenn das Kind sie plötzlich zur Oma macht, so mir nichts, dir nichts. Vor zwei Jahren wollte ich so einen Scherz mal mit Reintrauts Mutter machen. Die würde sich nämlich freuen, wenn Reintraut «jemanden für länger» fände, sich schwängern ließe und sie endlich wieder kleine Fäustlinge stricken dürfte. Reintraut war damals gerade umgezogen und wollte ihrer sehr neugierigen Mutter Fotos von der neuen, tollen Wohnung, Stuck, Parkett, goldene Wasserhähne und so weiter schicken, die ich machen sollte, weil ich doch so gut mit der Einmalkamera umgehen kann. Und ich hatte mir überlegt, dass wir auf einigen Fotos einfach ein paar Kleinkindutensilien unauffällig im Hintergrund deponieren, wie zufällig. Zum Beispiel könnte doch ein Paar ganz niedliche Wollschühchen in Größe 8 auf dem Boden herumliegen oder ein nicht richtig zu erkennendes Ultraschall-Bild über dem Schreibtisch angepikt hängen oder die Spitze einer Babywiege in der geöffneten Tür zu sehen sein. Aber Reintraut wollte dann doch nicht, ihre Mutter tat ihr Leid, und das kann ich schon verstehen. Trotzdem wäre es ein großer Spaß gewesen.

Lass uns mal nach Hause gehen, sage ich zu Christian, gleich fängt Doc Bob an. Ach ja, Christian grient, auf den stehst du ja so. Das ist dein Held, was?

Ich kenne ihn überhaupt nicht, leider, sage ich, weiß nur, dass er wahrscheinlich irgendwo aus Niedersachsen kommt und einen super Musikgeschmack hat.

Christian und ich schütteln die Decke über Annette und Jörg und den gepiercten Teenies aus, stellen die leere Weinflasche zum von leeren Weinflaschen wimmelnden Mülleimer, neben eine Lambrusco-2-Liter-Bombe, an die jemand ein Post-it mit «Bitte in den Glascontainer bringen!» geklebt hat, auf das jemand anders «Geh doch selber, Faulpelz!» druntergekrakelt hat, und radeln angeschickert nach Hause. Und während ich zuhöre, wie Doc Bob ein Conga-Special spielt, einen Conga nach dem anderen, die Lecuano Cuban Boys mit «Ay sí, ay no» und Perez Prado mit «Ruletero», und dazu erzählt, dass man sich beim Conga wie bei einer Polonaise hintereinander einhaken und bei jener typischen Conga-Betonung auf der Vier einen Fuß zur Seite raustreten muss, ratatatata – Ta!, eins-und-zwei-und-drei – Vier!, schläft Christian schon mit ungeputzten, rotweingefärbten Zähnen auf meinem Bett ein. Obwohl ich solche Lust hätte, die ganze Nacht wachzubleiben, Tequila-Cocktails zu trinken und Conga zu tanzen. Ich bin ganz bestimmt keine dieser Tango-Rumba-Fan-Frauen, die ständig Tanzkurse machen und bei jedem lateinamerikanischen Rhythmus mit einem «Ich hab's in den Hüften ich hab's in den Hüften»-Ausdruck die Tanzfläche stürmen. Und fortwährend davon erzählen, wie locker und entspannt es doch in Kuba ist und wie toll es ist, wenn Leute gut gelaunt sind, die nicht genug zu beißen oder keinen Job haben. Aber der Conga hat etwas, auch für eine alte Deutsche wie mich in spätkapitalistischen Sicherheitsverhältnissen und ganz ohne puertoricanischen Fettsteiß. Darum ärgere ich mich, dass Christian schon laut schnorchelt. Und denke heimlich, verdammt, Doc Bob, der wäre jetzt noch wach und quietschfidel, ganz bestimmt, und wenn wir keinen Tequila zu Hause hätten, dann würden wir jetzt in einer Conga-Polonaise zur Tanke tanzen und ein paar Dosen Tequila-O-Saft-Fertigmix kaufen. Hach, wär das schön!

16. Kapitel. In dem Judith ein völlig neues Eisvergnügen, Champagner-Eis nämlich, kennen lernt, an das Opus Dei denken muss, ihrer Freundin Reintraut eine Geschäftsidee ausreden möchte und fast die beste Radiosendung aller Zeiten verpasst

Reintraut ruft an und behauptet, sie kriege gar nichts mehr von mir mit und ob ich denn jetzt schon so ein verknotetes Pärchen sei, dass ich überhaupt keine Zeit mehr für meine alten Freundinnen hätte. Na, die bekommt etwas zu hören. Reintraut, sage ich, nur weil ich in meiner kargen Freizeit von zwei Wochen pro Monat ein paar Tage lang mit demselben Mann getändelt habe, brauchst du noch lange nichts Falsches von mir zu denken. Erstens: Ich bin kein Pärchen. Ich habe nur zufällig meine Promiskuitäts-Frequenz ein wenig gedämpft, weil Christian sich unerwarteterweise als ziemlich pflegeleicht und amüsant herausgestellt hat. Und zweitens, wieso, ich hab doch Zeit für dich!

Na dann komm doch gleich mal vorbei, sagt Reintraut, wenn du mir hilfst, das Eisfach aufzutauen, dann könnten wir die Flasche Champagner herauspickeln, die noch da drin liegt.

Reintraut wohnt im Prenzlauer Berg, und man muss sich im Hausflur erst einmal an sieben verschiedenen Kinderwagen vorbeischlängeln, bis man die Treppe gefunden hat. Als sie die Tür aufmacht, erschrecke ich mich aber doch: Ihre wilden, nußbraunen Locken, die immer ein bisschen so wirken, als sei sie eine 70er-Jahre-Braut, die den lieben langen Tag «Soul Train» guckt und außerdem mindestens bei den Black Panthern eingestiegen ist, sehen aus wie ein Möhrensalat. Ich wollte mal eine andere Farbe ausprobieren, sagt Reintraut und guckt ganz unglücklich. Wie heißt denn die Farbe, frage ich vorsichtig, Carrot Cake? Sieht jedenfalls lecker aus, ich kriege sofort Lust auf einen A-C-E-Vitamin-Drink.

Reintraut winkt ab, führt mich in ihre Küche, und wir setzen uns mit zwei Spachteln an das vereiste Kühlfach. Dazu läuft eine alte Salt ’n Pepa-Platte, denn Reintraut steht auf Old School Hip-Hop. Und so kratzen wir am Eis herum und rappen «Somebody’s getting on my nerves» und «I love you in your big jeans … you give me nice dreams … you make me wanna scream».

Sollen wir nachher zusammen zu einem Frauen-Medien-Treffen gehen, fragt sie dann, ich habe eine Einladung bekommen, weil ich doch in der Kommunikationsbranche arbeite, und da kann man andere Frauen treffen, um Netzwerke zu bilden, vielleicht ist das ja nett …

Klar, sage ich, Netzwerke sind bestimmt genauso praktisch wie Netzstrümpfe, vor allem beim Einkaufen, wenn man keine Tüte dabei hat. Wir besteigen jetzt diesen Mount Everest hier, dann belohnen wir uns mit einem Drink.

Der Champagner ist leider Champagner-Eis, als wir ihn endlich herausgeschlagen haben, aber wir stellen uns vor, wir seien Imelda Marcos und Evita Perón, die ausschließlich Champagner-Eis an ihre dekadenten Mündchen lassen, darunter lutschen wir gar nichts. Ist das denn überhaupt sinnvoll mit den Netzwerken, sage ich und sauge an meiner Veuve-Perrier-Endmoräne, was bringt das, sag mal ehrlich! Sollte man nicht lieber versuchen, die Welt so umzubügeln, dass es auch ohne ungerechte Frauen-, Katholiken- oder Freimaurernetzwerke funktioniert?

Reintraut hat als Programmiererin aber ganz andere Erfahrungen mit Männern gemacht, sehr viel frustrierende nämlich, glaubt auch nicht an die Koedukation, sondern daran, dass man sich heutzutage erst recht über das Geschlecht definieren muss, einfach weil die Männer es ebenfalls tun.

Du hast gut reden, sagt sie, so schnell ändert sich die Welt nicht, die 50er Jahre sind nur einen Wimpernschlag vorbei, der Petticoat im Schrank schwingt sozusagen noch vom Weghängen.

Da hat sie natürlich Recht, auch wenn man lieber eine moderne, unbekümmerte, gleichberechtigte und egoistische Shell-Studien-Maus sein möchte, geht das noch gar nicht. Jedenfalls nicht, solange in Indien Brautmangel herrscht, weil die weiblichen Babys abgetrieben werden. Na gut, sage ich und breche mir ein neues Stück Champagner ab, wir kämpfen gemeinsam weiter und treffen heute all die Medienweiber, bilden Banden, kommen in Logen zusammen, die sich über die ganze Welt erstrecken, und helfen uns gegenseitig in schwesterlicher Solidarität. Die große matriarchalische Welt-Verschwörung. Ich habe meinen Bornemann gelesen!

Genau, sagt Reintraut, und wir stoßen unsere Eis-Stückchen aneinander, dass es klong macht. Dann erzähle ich ihr von diesem merkwürdigen Zwillings-Buch, das ich gerade lese: In dem hat der eine Zwilling einen schizophrenen anderen Zwilling, und weil die beiden Männer sich natürlich sehr nahe stehen, macht der nicht schizophrene Bruder sich erstens dauernd Sorgen, dass er selbst auch in Richtung multiple Persönlichkeiten abdriften könnte, und zweitens liebt er seinen Bruder und leidet mit ihm. Reintraut ist sehr empathisch und kann das alles gut verstehen, sie hat nämlich sechs Geschwister, und auch wenn die meisten davon ganz unangenehme Tölpel sind, einer ist bei Opus Dei, zwei Brüder sind Autoverkäufer und alle drei Schwestern sind Krankenschwestern – trotzdem kann sie diese ohnmächtige Familien-Affenliebe nachvollziehen. Huch, sagt sie und lutscht den goldfarbenen Champagner aus ihrem Eis, als wär's ein Lifti, das muss schrecklich sein! Dann fällt ihr mal wieder ein Beispiel aus der Tierwelt ein: Ich war doch neulich im Pongoland, das ist die Affenwaisen-Aufzuchtstation im Leipziger Zoo. Wir hatten da in der Nähe eine Tagung, und ich bin an meinem freien Nachmittag die Tiere angucken gegangen. Das war vielleicht mitreißend: Da werden kleine Affenbaby-Waisen von menschlichen Pflegern aufgezogen, und zwar so, dass die Menschen sich die ganze Zeit benehmen wie ausgewachsene Schimpansen, um dem Nachwuchs das richtige Verhalten beizubringen!

Wie, sage ich, und bekomme schon wieder Beklemmungen wegen der Bonobos, was machen diese Pfleger denn, wenn ich mal fragen darf?

Sie hauen zum Beispiel auf dem Boden herum wie ein Silberrücken, um den kleinen, einsamen Affenpupsis das nötige Imponiergehabe beizubiegen, oder sie schmeißen Äste und Bananenscheiben durch die Gegend oder lausen den kleinen Äffchen den Pelz.

Aha, sage ich und versuche die Transferleistung zum Zwillingsthema zu erbringen, und diesen armen Affenwaisen merkt man auch den Verlust ihrer Geschwister an? Vor allem, wenn es schizophrene Affenbrüder waren?

Sei doch nicht so, ruft Reintraut und wirft ihr ausgelutschtes Eis in das Spülbecken, ich meine doch nur, dass das schlimme Familienverhältnisse sind.

Reintraut hat wirklich einen starken Familien-Tick, das merke ich immer wieder. Aber bei den Waltons aufzuwachsen prägt eben. Ich habe Reintrauts Eltern nur einmal getroffen, bei der großen Party zum 40. Geburtstag einer der Krankenschwesterschwestern. Die hat sie nämlich in Berlin gefeiert, und ich habe Reintraut dorthin begleitet, um zu gucken, ob sie ihren Geschwistern auch tüchtig ähnlich sieht. Familienähnlichkeiten sind etwas extrem Sympathisches. Bei dem Fest auf einem Spree-Ausflugsdampfer, der so niedrig war, dass für Reintraut die Hälfte der geladenen männlichen Gäste, also die, die sich im Unterdeck nicht bücken mussten, gleich ausfiel – sie steht auf große Männer, und bei ihren eigenen 1,86 Meter Gardemaß sind gar nicht mehr so viele größer –, liefen auch tatsächlich ein paar erwachsene Menschen mit Reintrauts Locken und Reintrauts Gesicht herum. Ich lächelte jeden von ihnen schon mal prophylaktisch beseelt an, weil ich die Ähnlichkeit so nett finde. Welcher der Afrobrüder der Opus-Dei-Bruder war, habe ich nicht gleich herausgefunden, erst, als er anfing, sich mit seiner Mutter zu streiten. Sie hatte nämlich jedem ihrer Kinder etwas mitgebracht, nicht nur dem Geburtstagskind, um Rivalitäten zu vermeiden. Dem Opus-Dei-Bruder schenkte sie ein paar Socken, Größe 45, was ich eigentlich sehr reizend fand, ob nun selbst gestrickt oder nicht. Ich fühlte mich an meine grandiose Oma erinnert, die mir auch zum Dreißigsten noch wunderschöne, Yves-Klein-blaue Wollfäustlinge gestrickt hatte, mit einem Band dazwischen, um keinen zu verlieren. Außerdem schickte sie mich bis an ihr Lebensende mit zwei Mark auf den Jahrmarkt, «hier, kannste 'n bisschen Karussell fahren», aber das ist eine andere Geschichte.

Reintrauts Bruder gab die Socken seiner Mutter jedenfalls nach einem kurzen Blick darauf wortlos zurück, drehte sich um und ging beleidigt ins Unterdeck, beten oder so. Ich war sehr verwundert und fragte mich, ob Opus-Dei-Mitglieder denn wohl keine Socken tragen dürfen, vielleicht passen die nicht in die Jesuslatschen? Oder sind Luxus? Reintraut, die das Ganze beobachtet hatte, lief gleich zu ihrer Mutter und erklärte mir später den Sachverhalt: Auf den Socken war «Gott hält Wort» eingestickt gewesen, zusammen mit einem freichristlichen Regenbogen. Die arme Mutter hatte gedacht, das sei doch bestimmt etwas für ihren erzkatholischen Sohn, aber damit hatte sie ihn schwer getroffen, denn Gottes Namen darf man natürlich nicht mit Füßen treten. Ich musste mich sehr zusammenreißen, um nicht um die Socken zu bitten: Franz hätte sich darüber bestimmt einen zweiten Bauchnabel gelacht.

Ansonsten durfte ich auf dieser Party zum ersten Mal jene merkwürdigen Spiele und Aufführungen miterleben, die auf Familienfesten offenbar gang und gäbe sind, alle paar Minuten ging jemand anders nach vorne und sagte entweder ein selbst gemachtes Gedicht für Olga (so heißt die Schwester) auf, in dem mindestens einmal «die Olga wird heut vierzig Jahr', wir bringen unseren Glückwunsch dar» und ähnliche

Stolperreime drin vorkamen, oder brachte Gäste dazu, auf Zuruf «Ohh! Ahh!» oder «Brummmbrummmm» zu machen. Und dreimal bekamen wir Zettel mit Liedtexten ausgehändigt, eine schaurige Sache, es waren immer neue Texte auf bekannte Melodien, zum Beispiel «Olga wi-hird heut vierzig Ja-ha-har, faria faria ho!» auf «Lustig ist das Ziegeunerleben», was ja in dreierlei Hinsicht fragwürdig ist: Das Reimmaß stinkt, die Info auch, und das Original ist nicht politisch korrekt. Außerdem, aber das fand ich wiederum so rührend, dass ich gleich ein Glas Bowle exen musste, um mich abzulenken, klaffte auf den selbst getippten, kopierten Textzetteln ursprünglich immer da, wo der Name des Geburtstagskindes reingekritzelt war, eine Lücke, wahrscheinlich, klamüserte ich mir in meinem Bowlenhirn zusammen, um das dufte Lied auch noch auf anderen Verwandtengeburtstagen anzuwenden. Und irgendjemand hatte also in jede Lücke fein säuberlich mit dickem Kuli in schöner Schreibschrift «Olga» eingetragen, als ob die Gäste nach der ersten Strophe nicht mehr wüssten, auf wessen Geburtstag sie eigentlich tanzten!

Genau aus diesen Gründen hat Reintraut jenen «große Familie = gute Familie»-Habitus, und um sie abzulenken, frage ich bei unserem Champagnereislutschwettbewerb nach ihrer Arbeit und nach dem langwimprigen Pfälzer.

Ach Menno, sagt Reintraut, das ist ganz schön schwierig, du weißt ja, dass ich darüber nachgedacht habe, mich selbständig zu machen. Ja, das weiß ich, sage ich, die Idee mit den Waldorfschul-Computerspielen ...

Jedenfalls, sagt Reintraut und bricht das letzte Stück Millionärseis für uns in zwei handliche, steinzeitschneidewerkzeuggroße Klumpen, hatte ich daran gedacht, das mit meinem Techniker, also dem Pfälzer zusammen zu machen, ich brauche ohnehin so jemanden, und wir verstehen uns dermaßen gut ...

Wie, frage ich, was ist denn mit der Katzengeschichte, hast du das alles schon wieder vergessen? Ich denke, der redet mit seinen komischen Katzen, die im Übrigen bellen, und er löffelt jeden Morgen Hühnerei-Gehirne aus!

Aber er ist ein prima Techniker, sagt Reintraut, und hat wirklich tolle Wimpern. Und die gruseligen Katzen hat er aus einem Tierheim in der Schweiz, vielleicht haben sie dort ja fremde Idiome gelernt, in die sie bei Stress zurückfallen, ich habe nochmal nachgefragt, ob alles okay wäre, aber er hat sich bedankt und gemeint, die Katzen seien nach einer Woche in meiner Obhut ja so fidel gewesen, und er habe das Gefühl, sie hätten sich kein Stück gelangweilt.

Ach Reintraut, sage ich, und sie sagt nochmal, ach Menno. Obwohl sie natürlich genau weiß, wie ich heiße.

Du darfst aber jetzt nicht Sympathie und Libido mit kühlen Geschäftsinteressen verwechseln, fange ich vorsichtig an, ich meine, willst du mit dem Mann ins Bett oder eine Firma gründen?

Also wirklich, Judith, sagt Reintraut, das eine schließt das andere doch nicht aus, vielleicht gründe ich erst einmal mit ihm eine kleine Firma und dann eine kleine Familie! Oder umgekehrt!

Dir hamse doch ins Jehirn jepupt, sage ich und zitiere damit die Kartbahn-Jungs. Und dann gründest du noch ’ne kleine Farm, oder was?

Erzähl du mal lieber, schlängelt sich Reintraut aus dem Thema heraus, was ist denn mit King Chrischan? Habe gehört, man sieht euch kaum noch getrennt, hat der dich vielleicht verhext?

Die ganze Geschichte mit Christian und dass es zwar alles sehr nett ist, ich mich aber noch nicht so richtig mit dem Gedanken anfreunden kann, weil mich doch zu viele Dinge stören, dieser ganze Schmu mit dem Zweitschlüssel und dem Gemeinsam-Auftauchen und so weiter, die erkläre ich Reintraut in vier Sätzen auf dem Weg zum Medienweiber-Treffen. Ich bin in solchen Sachen eher schnell, ich finde, dass meistens das stimmt, was man als Erstes gefühlt hat, und je öfter man über eine Situation nachdenkt oder versucht, sie zu analysieren, desto falscher wird das Ergebnis. Darum habe ich auch gar keine Lust, Liebesabenteuer länger im Gehirn herumzurollen, als sie ohnehin Platz beanspruchen. Hab schließlich nur eine begrenzte Anzahl Gehirnzellen, und täglich werden es weniger. Immerhin muss man sich auch andere Dinge merken, zum Beispiel die Namen von lustigen Schokoladenzigarettenpackungen wie «Guitare» (Corporate Identity mit «Gitanes») oder «Best» (sieht aus wie «West»). Es reicht ja schon, dass ich neuerdings Christians Nummer auswendig kann. Und überhaupt, mein Herz ist übervoll, sitze immer noch wie ein Backstreet-Boys-Fan vor dem Radio, wenn ein mir völlig fremder Mann moderiert. Was mich daran erinnert, dass ich nicht länger als bis kurz vor 22 Uhr beim Medientreffen bleiben darf, denn dann kommt Doc Bob zu mir nach Hause. Also in das kleine Wega 2000, versteht sich.

17. Kapitel. In dem Judith bei sich im Haus Jazz-Fans vermutet, mit Gemüse schmust, die intimsten Stellen ganz vieler nackter Männer auf einmal sieht und eine geniale Idee ihrer Freundin Bernie im Kopf bewegt

Ein Beo weckt mich. Der Beo gehört seit ein paar Wochen einem Nachbarn zwischen Franz und mir, irgendwo im zweiten Stock, und sein Käfig hängt am geöffneten Fenster, wahrscheinlich, damit das arme Viech einen schönen Ausblick aus seinem Gefängnis hat und denkt, meine Fresse, beziehungsweise mein Schnabel, was gäb ich drum, wenn ich doch nur in dieser dreckigen Stadt herumflattern dürfte! Der Vogel pfeift laut und vernehmlich immer wieder eine große Sexte, phüü-hüü, phüü-hüü, und jedes Mal, wenn ich es höre, muss ich an Thelonious Monks «Misterioso» denken, denn das beginnt auch mit großen Sexten. Ob der Beo-Besitzer Jazz-Fan ist und dem Vogel sein Lieblings-Monk-Stück beigebracht hat? Beschließe, demnächst mal einen Zettel unten ans Nachbarschaftsbrettl zu piksen, «verschenke Jazz-LPs, vornehmlich Hard Bop», mal sehen, wer sich meldet.

Um richtig wachzuwerden, versuche ich, noch andere Stücke mit dem gleichen Intervall am Anfang zu erinnern, mir fällt aber nur noch das Trinklied aus «La Traviata» ein, «Libiamo ne' lieti calici», und dann natürlich die Schicksalsmelodie, aber die beginnt ja mit einer kleinen, mickrigen, traurigen Sexte, nicht mit einer freudigen großen. Also hoffe ich, dass der Beo das Monk-Stück pfeift und ein groovy Jazz-Bird ist und nicht ein spießiger Verdi-Vogel. Ich hüpfe aus dem Bett und lege aus gegebenem Anlass gleich eine dufte Monk-Platte auf, und zwar «At the Blackhawk».

Beim Medien-Mädchentreffen gestern hab ich tatsächlich früh genug die Kurve gekratzt, um Doc Bob zu hören (eine ganze Sendung über Stücke, in denen Flugzeuge vorkommen, ich bin nicht ganz sicher, ob er in den Urlaub fliegen oder an die Zeit nach dem 11. September erinnern wollte, in der keine Flugzeugstücke im Radio gespielt werden durften) und so nüchtern zu bleiben, dass ich sogar noch ein paar Seiten Zwillingsroman lesen konnte vorm Schlafengehen. Nur Christian wollte ich nicht mehr anrufen, obwohl er mir auf meinen Anrufbeantworter gesäuselt hat: Hallo Judith, ich muss dich sofort küssen, sonst werde ich ohnmächtig. Und da niemand meinen Wohnungsschlüssel hat und auch Löwi und Fanto und die anderen sich nicht mucksen können, würde das keiner merken, wenn ich ohnmächtig auf irgendeine Stuhlkante falle und verblute, und erst nach Wochen, wenn es schon stinkt, würde die Bewag kommen, um die

Schulden einzutreiben, und dann läge ich da, noch bevor ich dir eine total bekloppte Folge von «Sketchup» aufnehmen konnte, in der Diether Krebs nämlich schön bescheuert aussieht mit der dicken Brille, die er in einem dieser unlustigen und pointenlosen Sketche aufhat, also könntest ... Piiieep! Da war mein Speicherplatz voll. Ich finde die Nachricht eigentlich reizend, habe aber ständig im Ohr, wie «Löwi und Fanto und die anderen sich nicht mucksen können», und hatte darum gestern Abend keine Lust mehr, mich zu melden. Nur nicht zu viele Gedanken machen! Stattdessen frühstücke ich lieber einen lecker-fetten dänischen Vanillequark, hergestellt aus Milch, dermaßen sahnig, dass ich fast einen Handstand-Überschlag machen könnte, weil ich so glücklich bin, keine Milchallergie zu haben, dazu eine Kanne Rotbusch-Tee, mit leichter Hand gezupft von den Nachkommen der Sklaven der blöden Kolonial-Buren, und ich hoffe nur, dass ich damit wirklich all die gerechten Öko-Brunnen-Sozial-Frauen-Kinder-Projekte unterstütze, wie es auf der Fair-Handel-Tee-Tüte steht, und dass ich, indem ich diese kleinen, harten, stacheligen Rotbusch-Blätter verbrühe, mithelfe, das bodenlose Unrecht, das Weiße an afrikanischen Völkern begangen haben und begehen, irgendwie zu mindern.

Oh ja, ich bin in allerbester Politisierlaune! Franz muss her, ich will Reden schwingen, will auf den Marktplatz gehen und anprangern, will Löcher in Laken reißen, damit sie nicht vom Wind ausgebeult werden, und sich überhaupt kein Stück reimende Parolen wie «El Salvador, Nicaragua, Türkei, Libanon, Kosovo, Kurdistan, Afghanistan, Irak, bei jeder Schweinerei ist die BRD dabei!» draufpinseln und sie demonstrierend durch Berlin tragen. Wozu lebe ich schließlich in der Regierungsstadt! Wozu wandele ich auf heiligem Boden, getränkt mit dem Schweiß und Blut braver Arbeiter! Wozu habe ich noch eine Woche, bis diese verdammte, systemstabilisierende Tretmühle namens «Morgenstund» mich wieder am Schlafittchen hat!

Franz nimmt aber nicht ab, als ich ihn anrufe, und ärgerlicherweise haben wir den Dosentelefon-Feldversuch (mit zwei Dosenmilchdosen an Bändern) irgendwie nie richtig angeleiert. Ich könnte natürlich runtergehen und klopfen, aber mein bester Freund ist ein Morgenmuffel, wie es keinen übleren geben kann, und zeigt sein einem zerknüllten Geschirrhandtuch gleichendes Morgengesicht nicht gerne herum. Also rühre ich im Tee und überlege, was man sonst noch anstellen könnte. Da kommt mir der Gedanke an Bernie Palolo gerade recht. Die wollte ich nämlich unbedingt zum Kartbahn-Geburtstag übernächste Woche einladen, jetzt, wo wir so gut befreundet sind und uns gegenseitig schon Thermalwasser ins Gesicht gespritzt haben. Sie hatte mir bei unserem lustigen Hamburg-Abend stundenlang (so kam es mir vor) von ihrer Leidenschaft für Autorennen erzählt und natürlich, ganz Künstlerin, vor allem auf das Inspirations-Potenzial des Doppler-Effekt-Gebrumms hingewiesen, «das lässt einen doch fast in Trance fallen», so behauptete sie. Bernie ist auch schon wach und in ihrem Atelier, sie «küsst gerade ihre Blumen» (?), und ich verabrede mich mit ihr zum Kaffee am Nachmittag. Bis dahin spendiere ich meinen Kontaktlinsen ein Bad in einer Protein-Entfernungs-Lösung, lese die «taz», unterschreibe im Internet bei einer amnesty international urgent action, damit eine algerische Menschenrechtlerin endlich aus dem Gefängnis kommt, und weil ich gerade so gut in Fahrt bin und mir vorkomme wie diese indischen Mönche, die immer mit einem kleinen Besen den Weg vor sich sauber wedeln und sich erst hinsetzen, wenn sie ihre Sarongs ausgeschüttelt haben, damit nicht aus Versehen ein Einzeller oder Wimperntierchen oder so stirbt, das es sich in den Falten ihres Gewandes gemütlich gemacht hat, darum küsse ich auch noch meinen Basilikum. Ich glaube natürlich nicht daran, dass Pflanzen wirklich merken, ob oder was man mit ihnen spricht oder ob man sie nun küsst oder nicht, bin ja nicht Prince Charles, aber wenn es Bernie noch nicht geschadet hat, sollte man es ruhig einmal ausprobieren. Passieren kann doch wohl hoffentlich nichts ... Normalerweise habe ich nämlich einen schwarzen Daumen, und wenn ich eine Pflanze, ob nun Basilikum, Kaktus oder Schnittblume, nur angucke, wird sie schon grau, wendet sich ab und stirbt. Den Basilikumtopf hatte ich mir gestern gekauft, er hat sich mal wieder quasi auf dem Weg vom Gemüsehändler bis zu mir nach Hause ängstlich zusammengekrümmt, aber vielleicht kann ich ihn so ein bisschen länger grün halten, bevor ich ihn brutal abrupfe. Hallo, mein kleiner, süßer Basil, sage ich zu dem Topf, du bist aber mal schön grün heute, unglaublich, so ein saftiges Grün gibt's normalerweise nur auf Golfplätzen, mein Schätzelchen! Komm her, du bist so grün, ich muss dich küssen. Dann küsse ich vorsichtig erst die drei größten Blätter in der Krone und danach probehalber auch noch ein paar zartere weiter unten. Ich hoffe nur, dass man sich nicht irgend so eine dämliche, nur durch Chlorophyll übertragbare Pflanzen-Krankheit dabei holen kann, wer weiß, die Lippen werden blau oder so, und alle wissen, dass man seinen Basilikum geküsst hat. Der Basilikum zittert ein wenig, wirft aber nicht alle Blätter auf einmal ab, da bin ich schon mal beruhigt. War schließlich auch kein Zungenkuss.

Um drei fahre ich meinen Fiat zu Bernie, deren Atelier in Friedrichshain liegt, da, wo die Wohnungen billig sind und die Gemüsehändler um 18 Uhr den Spargel fallen lassen und den Laden schließen. Bernie arbeitet gerade an einer neuen Fotoreihe. Ich frage mich immer, wenn ich junge, arbeitswütige Künstler sehe, wer das eigentlich alles bezahlen soll. Bernie, wer bezahlt das hier eigentlich alles?, sage ich darum, als ich mich die Treppen hinaufgeschnauft habe. Also deine Ateliermiete plus dein ganz normales Leben. Verkaufst du so viel, dass Geld für Fotopapier und Geräte und so weiter drin ist? Ach hör auf, sagt Bernie und guckt sich durch eine Art kleines Fernglas ein paar Dias auf einem Fototisch an, das Atelier ist glücklicherweise nicht so teuer, ich teile mir das noch mit zwei anderen Fotografen. Aber ansonsten mache ich natürlich auch alle Auftragsarbeiten, was selten genug vorkommt, höchstens mal Familienfotos von Bekannten, ab und an auch ein Zeitungsjob. Einer der Mitnutzer hier ist nämlich Fotojournalist, und alle Jubeljahre schafft er einen Auftrag nicht. Und dann gebe ich viermal im Monat einen Fotokurs an der Volkshochschule Friedrichshain.

Macht das Spaß, was für Leute sind denn in deinen Kursen?, frage ich sie. Das ist wirklich niedlich, sagt sie, da sind ein paar Hausfrauen mit Zeit, so Kinder-nachmittags-aus-dem-Haus-Muttis, die noch etwas für sich tun wollen, und dann ein paar nette Mädels, die nebenbei eine Lehre machen oder einfach nur rumhängen. Die Muttis machen ständig Fotos von ihren Blagen, und die Mädels versuchen immer Kunst.

Und dann zeigt sie mir eine dicke Mappe mit Fotos, die ihre Kursteilnehmer im letzten Winter gemacht haben. Mindestens 21 verschiedene als Engel verkleidete Kleinkinder sind auf den ersten paar Seiten, mit weißen Nachthemden, Papierflügeln, Lametta und allem Pipapo, die meisten plärren natürlich, oh Gott, sage ich, mussten die Muttis das machen, oder haben die sich das selbst ausgedacht?

Was denkst du denn, das ist ein Phänomen, sagt Bernie, es gibt wirklich eine Art Kinder-Engel-Foto-Verschwörung, jedes Jahr kommen die Muttis mit dieser Idee, und wir lernen dann, wie man die Engel ein bisschen am Computer retuschiert, dann hauen wir mit Photoshop noch «Fröhliche Weihnachten wünschen euch die kleine Anna-Lena und ihre Eltern» auf das Foto, ziehen es zwanzigmal ab, und schon kriegen wieder hundert Leute grässliche, persönliche Engelpostkarten ... Ich selbst habe letztes Jahr allein sieben bekommen, ein Engel verheulter als der andere.

Dann weiß ich ja schon, was ich dir dieses Jahr schicke, kichere ich und denke an meinen Studentenjob als Engel, den ich vor Jahren gemacht habe. Das war sehr lustig, ich musste am Heiligabend nach einer vorher natürlich genau festgelegten Route fünfzehn Familien in Steglitz bescheren, zusammen mit dem Weihnachtsmann, meinem Studienfreund Klaus. Schon beim ersten Engeltreffen im Audimax der Uni bekam ich vor Lachen Schluckauf, denn nachdem wir damals die wichtigsten Engel-und-Weihnachtsmann-Regeln eingebläut bekommen hatten (ein Weihnachtsmann klingelt nicht, er pocht an die Tür, ein Weihnachtsmann trägt keine Digitaluhren, und die gemeinste: ein Engel trägt keine Brille, ein paar der Mitengel waren wirklich verzweifelt, weil sie ständig die Kinder verwechselten und die falschen Geschenke bescherten), mussten sich die Engel im Damenklo umziehen, die Weihnachtsmänner blieben dazu im Audimax. Dort sollte nämlich noch der Kostümcheck stattfinden. Auf dem Damenklo stiegen wir Engel in spe also in unsere selbst gebastelten Kostüme: Oma-Nachthemden, Aufsetz-Heiligenscheine und ausgeschnittene Flügel an Schultergurten. Ein Mitengel eroberte sich sofort einen Platz in der kuscheligsten Ecke meines Herzens, eine kleine, ziemlich dickliche Person mit extrem kurzen Haaren, die sich in eine Art meterlanges Laken gerollt hatte wie ein römischer Senator, der zwei Togen auf einmal trägt. Dazu hatte sie eine selbst gemachte Watteperücke über den Kopf gestülpt, was wirkte, als hätte man ihr Kissenfüllmaterial auf die Birne geklebt, ganz platt gedrückt und wuschig. Und als Heiligenschein trug sie einen dieser aufsetzbaren Haarreifen, an denen zwei Antennen baumeln, mit batteriebetriebenen blinkenden Sternen an den Spitzen. Sie sah wirklich aus wie ein gruseliger, nudeldicker Angel from Outer Space. Ich hätte gerne die Familie gesehen, die ihre Kinder von diesem möppeligen, modernen Ausnahme-Engel erschrecken ließ, bestimmt ein großer Spaß. Als ich mit den Engeln in voller Montur zurück ins Audimax kam, hatten sich die vielen Studenten in bärtige, rotweiße Weihnachtsmänner verwandelt, und ich erkannte meinen Freund Klaus nicht mehr. Klaus?, rief ich darum in die Reihen hoch, und mindestens zwanzig Studentenjungs antworteten: Ja?

Klaus und ich sorgten ein paar Heiligabende dafür, dass einige Berliner Kinder ganz schnell erwachsen wurden. Mehrmals passierte es nämlich, dass wir nach der Bescherung schnell in unser Weihnachtsmannauto (den «Schlitten») hasteten, den Briefumschlag mit der Bezahlung in der Hand, und auf dem Weg schob Klaus den Bart hoch, ich schwang die Flügel an Gummibändern von den Schultern, und während wir den Umschlag aufrissen, um zu gucken, wie viel Trinkgeld es gegeben hatte, sahen wir, dass da am Fenster hinter uns, selig beschienen vom Kerzenlicht, noch die kleinen Kinder hockten. Ihr zartes Hinterherwinken stoppte plötzlich, als sie begriffen, was es bedeutet, wenn der Weihnachtsmann und sein Engel auf einmal die ganzen Utensilien abrupfen und mit quietschenden Reifen davonbrausen. Aber heutzutage kann man Kinder nicht früh genug desillusionieren.

Aus dieser Zeit gibt es noch alberne Fotos, auf denen Klaus und ich im Kostüm in einer Straßenecke liegen, zwischen leeren Branntweinflaschen, und wie ich vor einer Schaufensterscheibe eines Juweliergeschäfts stehe und so tue, als ob ich einen Stein hineinwerfen würde. So eines werde ich auf jeden Fall Bernie zu Weihnachten schicken.

Aber jetzt lasse ich mir erst einmal einen Kaffee machen, denn das passt so gut in die Atelieratmosphäre, jedenfalls wenn es für Pernod noch zu früh ist, und mir Bernies Lebenslauf geben, ich möchte sie schließlich demnächst mal als Kunst-Gast in die «Morgenstund» einschleusen. In ein paar Monaten ist nämlich eine Themenwoche «Dekoration» geplant. Dann zeigt mir Bernie ihre Blumen, die sie immer küsst. Sie ranken zwei riesengroße Fenster ein, durch die man einen Blick in den Hinterhof und damit in die Fenster ein paar anderer Fabriketagen bekommt. Wow, sage ich, die scheinen ja richtig verliebt in dich zu sein, wachsen ja wie die Hölle. Bald musst du ihnen Miete abknöpfen.

In dem einen großen Fenster gegenüber, im Stockwerk über uns, sehe ich plötzlich etwas Komisches, sich Bewegendes, Hautfarbenes. Bernie, sage ich, was ist das denn da, ist das ein Pornofilm-Studio? Oh, sagt Bernie, ist da wieder der Nackt-Yoga-Kurs? Der ist immer donnerstags nachmittags.

Du spinnst, sage ich, das gibt's doch wohl nicht!

Doch! Bernie beharrt drauf, da findet wirklich jeden Donnerstag ein Nackt-Yoga-Kurs statt, nur mit Männern übrigens, guck doch mal genau hin!

Und tatsächlich, wenn ich den Kopf etwas drehe, kann ich schräg über uns ungefähr sieben hängende Säcke und Penisse sehen, die locker herumschwingen, weil die dazugehörigen Männer gerade eine merkwürdige Knoten-Oma-Übung zu machen scheinen, bei der man sich auf alle viere stellen und das eine Bein über das andere legen muss.

Das ist ja unglaublich, sage ich, hast du das schon mal fotografiert? Damit kann man doch bestimmt prima die Kursteilnehmer erpressen! Was soll das denn überhaupt!

Keine Ahnung, sagt Bernie und kichert ein bisschen vor sich hin, ich finde auch, dass das bekloppt aussieht, aber ich habe mir mal spaßeshalber das Programm von diesem Sport-und-Gymnastik-e.V. mitgenommen, das liegt immer unten im Flur, es gibt außer Nackt-Yoga für Anfänger und Fortgeschrittene auch noch Power-Yoga und Schwangeren-Yoga ...

Sind die auch nackt, die Kugeln?, frage ich.

Nee, die sitzen immer in ihren Zelten auf dem Boden und scheinen sich kaum zu bewegen. Aber ich mach jetzt mal schnell ein paar Fotos, das ist eine gute Idee.

Bernie holt eine ihrer Kameras, eine digitale, ganz kleine, mit der man die Fotos direkt auf einen Rechner zaubern und sich angucken kann, was man gemacht hat, und klickt ein paar Mal aus verschiedenen Perspektiven in das gegenüber liegende Fenster.

Sie stöpselt den Apparat an ihren Computer, und wir lachen uns schief, weil die Fotos von den baumelnden Familienjuwelen, umrahmt von Blütenblättern, so lustig aussehen. Wäre das nicht prima, frage ich Bernie, wenn man mal einen wieder erkennen würde? Da landet man mit einem Fremden im Bett, und dann sagt man, Mööönsch, die Eier kenn ich doch!

Ich weiß nicht, sagt Bernie, ob ich meine nächsten Liebhaber unbedingt aus dieser Yoga-Gruppe akquirieren will.

Trotzdem, schick mir doch mal das beste Bild, bitte ich Bernie, das wird mein neuer Schreibtischhintergrund bei der «Morgenstund». Wenn mir was gefällt, kann ich mich ja immer noch anmelden. Hast du da drüben denn schon mal eine Erektion gesehen?

Nee, sagt Bernie, es geht bei Yoga, soviel ich weiß, ja eher um Entspannung ...

Da kriegt man richtig Lust auf Dicke-Eier-Sport wie Rennfahren, sage ich, sollen wir nicht mal kurz zur Kartbahn düsen? Dann kennst du dich da schon mal 'n büschen aus, wenn demnächst die Party stattfindet!

Prima Idee, sagt Bernie und greift nach einem altmodischen Halbschalen-Helm.

Auf der Kartbahn kommt mir Thomas entgegen und zieht die Augenbrauen so sehr zusammen, dass es aussieht, als ob der liebe Gott ihm nur eine gegeben hätte. Een Glück, dass de da bist, Judith, jammert er los, ick weeß ü-ber-haupt noch nicht, wie wir dit allet schaffen sollen bis übernächsten Samstag, ick hab noch nich mal 'n Disc-Jockey! Die sind ja alle viel zu teuer!

Thommi hat keene Ahnung, sagt Rainer, der dazukommt und auch ganz ruiniert aussieht, der hätte fast so 'n Ossi mit 'ner fahrenden Diskothek anjeschleppt, mit Mikro und Ansagen und so. Weißt du nicht vielleicht eenen, der moderne Tanzmusik ufflegt? Oder willst du dit nicht machen? Du stehst doch ooch uff Musicke!

Ach ich kann das nicht, sage ich, ich hab ja nicht mal einen Kampfnamen!

Genau, mach du das doch, mischt sich Bernie ein, das ist 'ne Super-Idee, wir nennen dich DJ Bubu, und dann fährst du endlich mal wieder deine Platten aus!

Ich wollte aber bei der Kartbahnparty schön ein paar Runden herumsausen und dann das Buffet leer futtern und mit euch und Franz einen heben, sage ich, nee, wirklich nicht.

Frag doch diesen Super-Moderator, in den du so verknallt bist, sagt Bernie, das wäre doch die Chance, an den ranzukommen, ich meine, mehr als nein sagen kann er ja nicht.

Während Rainer Bernie die Regeln erklärt und ich meine Hasskappe und den Helm aus meinem Spind hole, denke ich darüber nach. Vielleicht wirklich gar nicht so dumm, Doc Bob zu fragen, der wirkt schließlich immer so, als würde er jeden Scheiß mitmachen, und eventuell könnte man das Ganze ja auch ganz groß aufziehen und bei der Number One Station als Abendtipp ankündigen. Und zuuufällig bin ich die Kontaktperson zur Kartrennbahn, und schwupps, lernen Doc Bob und ich uns in ungezwungener Atmosphäre unauffällig kennen, und schwupps, verknallt er sich in mich.

Der Gedanke beflügelt mich so, dass ich bei den nächsten Runden sogar zweimal 43 Sekunden schaffe. Bernie macht sich für den Anfang ebenfalls sehr gut und braucht nur 52 Sekunden in ihrer schnellsten Runde, der siebten.

Boahhh, Madame kennt sich wohl aus, was?, fragt Rainer und zeigt sein schlechtes Gebiss. Willste noch 'ne Runde umsonst fahren? Ick muss dir nur noch mal kurz uffbocken …

Klar, sagt Bernie, und ich muss doch ein bisschen grinsen, denn ich bin nicht sicher, ob das vielleicht schon der Anfang eines Flirts war und ob nicht nur Bernie, die mir kurz zugluckst, bevor sie den Helm aufsetzt, sondern auch Rainer die pennälerhafte Zweideutigkeit des Wortes versteht. Wäre doch zu spaßig, wenn Bernie plötzlich ihr Herz für prollignette Kartbahnbesitzer entdeckte. Wo es doch schließlich und endlich einzig und allein auf die inneren Werte ankommt, meine ich.

18. Kapitel. *In dem Judith über Wirtschaftssysteme nachdenkt, von Franz den Kopf gewaschen bekommt, Aloha sagt, Bing Crosby hört und sich an ihren alten Freund erinnert, einen Münsteraner Fruchtfliegenexperten*

Die nächste Arbeits-Fortnight rückt näher, nur noch ein Freitag-Ausgehabend, ein Samstag-Ausruhtag, und dann steh ich Sonntagmorgen wieder Gewehr bei Fuß im Morgengrauen an der Biegung am Fluss oder wie das fehlgeleitete Zeitsoldaten immer so poetisch ausdrücken. Der Job ist mies, aber ich brauch den Kies, und wenn ich daran denke, kriege ich schlechte Laune. Mich ärgert, dass ich nicht mit einem goldenen Löffel im Mund geboren wurde, dass ich weder einen ordentlichen Freiherrn zum Einheiraten noch eine Million Euro in einer alten Plastiktüte unter einer Bank finde, dass ich nicht ein skrupelloser Geschäftsmann oder Politiker oder beides bin, der durch Kapitalverschiebung, Bestechung, Vetternwirtschaft und Filz jede Menge Knete auf Schweizer Nummernkonten schaffen kann. Dann ärgere ich mich, dass sich bei mir anscheinend immer alles nur um Knete dreht, und frage mich, ob ich im Sozialismus glücklicher wäre. Ich beschließe, sofort einen utopischen Sachbuch-Bestseller über eine Welt zu schreiben, in der sich Kapitalismus und Sozialismus alle zehn Jahre abwechseln. Immer wenn ein Land zehn Jahre lang wie blöd gewirtschaftet und jeder so viel Privatbesitz angehäuft hat, dass es wehtut, werden das gesamte Kapital und die persönliche Habe in die anderen Länder transferiert, die nämlich zehn Jahre lang einzig und allein für die Allgemeinheit gearbeitet haben, mit magerer, gleicher Bezahlung und ohne Besitzansprüche. Das wird der Hit im Ressort Wirtschaft/Politik, ich bin mir sicher! Judith Herzberg gleich neben Noam Chomsky und Marx und Kostolany. Tolle Sache. Vielleicht nenne ich das Buch «Zweierland», das klingt mysteriös und interessant und erinnert mich an Mathe in der Grundschule, da gab es ein «Dreierland» im Mathebuch, in dem wohnten Affen, die nur bis drei zählen konnten, um danach mit 100, 101, 110 weiterzumachen, die dämlichen Viecher. Leider weiß ich nicht mehr, wie das System hieß, das wir kleinen i-Männeken dadurch lernen sollten, das trinäre System? Ich dachte jedenfalls eine ganze Zeit lang in meinem jugendlichen Leichtsinn, man könne wirklich ins Dreierland fahren, so wie nach England oder Griechenland. Mein Vorschlag, dorthin doch mal einen Schullandheim-Aufenthalt zu planen, wurde jedoch nicht weiter berücksichtigt.

Von dem vielen Geld, das ich mit dem Verkauf von «Zweierland» verdiene, unterstütze ich ganz klar erst mal die NGOs, die das Richtige wollen, und alle hehren Sozial- und Umweltprojekte, dann unterstütze ich noch jede Menge kleine Forschungsgruppen, also zum Beispiel solche, die nach Atlantis suchen, die die Affensprache oder Bienensprache oder warum amerikanische Spielfilme immer so bekloppt auf Deutsch übersetzt sind erforschen, dann die Gruppe, die neulich in der Cheopspyramide einen ultraschlauen Miniroboter einen mysteriösen, engen Gang hochgeschickt hat, leider entdeckte der Robbi hinter der Tür am Ende nur eine zweite Tür. Und dann unterstütze ich natürlich die bemannte Raumfahrt. Obwohl, das könnte schon wieder ein Problem werden: Raumfahrt ist ja so extrem energieverschwendend! Und dieser ganze Weltraummüll! Was mache ich nur mit der bemannten Raumfahrt, was mache ich bloß? Dieselraketen? Holzsonden? Kohle statt Teflon? Verdammt, daran habe ich nicht gedacht. Eventuell muss die Raumfahrt doch auf die Spenden von Judith Herzberg, der großen Wirtschaftsutopistin, verzichten. Vielleicht bleibt auch gar nicht so viel übrig.

Ein Anruf von Christian stört mich in meinen wichtigen Überlegungen. Wassn los, fragt er, hast du mich vergessen?

Nö, sage ich, hatte einfach nur zu tun.

Womit, fragt Christian, und da ich keine zickige Terrormaus sein will, die ihre Freunde ständig im Unklaren darüber lässt, warum sie schon wieder schlecht gelaunt ist, und immer nur sagt: Kannst du da nicht selbst drauf kommen?, erkläre ich, ich war gestern den ganzen Tag mit Bernie auf der Kartbahn, und heute sitze ich herum und ärgere mich über meinen Job.

Klingt ja alles extrem wichtig, sagt Christian, soll ich nachher mal vorbeikommen und mich ein bisschen mitärgern? Geteilter Ärger ist doch doppelter Ärger.

Mach doch, sage ich, und bring ruhig die «Sketch-Up»-Folge mit, ich hab die nämlich noch nicht auf Video.

Oh, sagt Christian, na ja, ich schaffe es doch noch nicht richtig, meinen Videorecorder zu programmieren, tut mir Leid, hat doch nicht geklappt mit dem Aufnehmen.

Na ja, denke ich, typisch. Wieder einer, den die doofen Nerds, die die Gebrauchsanleitungen für technische Geräte verfassen, ins Bockshorn gejagt haben. Ich bin sicher, dass das ein richtiger Sport unter Gebrauchsanleitung-Nerds ist: So, wir müssen jetzt dem Benutzer sagen, dass er den roten Knopf drücken soll, wenn er etwas aufnehmen will. Wie kann man das bloß möglichst schwierig und unverständlich verpacken? Ich hab's: «Den Rec Source Auswahlschalter auf TV stellen. Den Aufnahmebetrieb durch jeweiliges Drücken der REC/OTR-Taste auswählen und die Anzeige auf dem Anzeigenfeld verändern. Achtung: Bei vorheriger Kanalabstimmung können nur die voreingestellten Kanäle ausgewählt werden!» Ja, das ist gut! Das verwirrt sie, hähähä.

Dann setze ich mich vor den runden Spiegel und versuche ganz genau hinzugucken, ob ich mich auf Christian freue. Spieglein, Spieglein an der Wand, setzt man Herrn Christian doch besser in'n Sand? Ich sehe eigentlich ganz erfreut aus. Andererseits sehe ich meistens relativ freudig aus, wenn ich nicht gerade arbeite oder eine Abtreibung habe. Darum hüpfe ich kurz nach unten zu Franz und frage nach. Franz stopft klitzekleine Portiönchen Spinat-Käse-Matsch in noch kleinere Blätterteig-Handtäschchen und steckt sie elegant mit kleinen, abgebrochenen Schaschlikspießchen an den Seiten zu: Er hat so eine Art «Pastete Spezial» gemacht, mal eben so aus dem Handgelenk. Dabei hat er gleichzeitig eine Radio-Dokumentation über die Schlacht bei El Alamein gehört, einem HIV-Projekt Geld überwiesen und das Badezimmer gewischt. Eine Perle, dieser Franz.

Sehe ich aus, als ob ich mich über mein Gspusi freue, frage ich ihn, oder wirke ich etwas gequält?

Allein die Frage bedeutet doch wohl schon, dass du dich nicht so hundertprozentig freust, sagt der weise Mann. Aber was habe ich denn gegen Christian, sage ich, er sieht super aus, riecht gut, räumt bei mir auf, ist lustig und nimmt mir ständig Brillensequenzen auf, der Kerl ist doch top! Okay, hin und wieder ist er ein bisschen schwer von Kapee, hat einen beginnenden Putzfimmel, und außerdem macht er manchmal auf Infantilist.

Was, sagt Franz, will er, dass du ihn mit Inkontinenz-Windeln wickelst und ihm aus einer riesigen Babyflasche mit Saugschnuller warme Milch einflößt?

Quatsch, sage ich, das war jetzt übertrieben, aber ich hab dir doch von den Stofftieren erzählt. Trotzdem, er ist schon wirklich reizend, wenn ich an diese gemeinen Kerle denke, die ständig Billie Holiday schlagen, und sie kann gar nichts dagegen machen und liebt sie weiterhin ...

Soll Christian dich vielleicht auch hauen, fragt Franz und bastelt am Teigtäschchen, als wäre ein Nippes-Töpfer an ihm verloren gegangen, vielleicht warst du in deinem ersten Leben eine extrem leidensfähige schwarze Bluessängerin, und diese ganzen modernen, offenen und gleichberechtigten Beziehungen sind einfach nichts für dich.

Glaub ich nicht, sage ich, ich habe ungefähr so viel Feuer in der Stimme wie ein Sprachroboter und kriege schon blaue Flecken tief wie die Beringsee, wenn du nur zart in meine Richtung wedelst, also nix da mit leidensfähiger schwarzer

Bluesstimme. Und außerdem ist der Glaube an Reinkarnation auch nur eine Methode, um das arme Volk dumm und zufrieden zu halten.

Tja, dann weiß ich auch nicht, wieso du zweifelst. Komm, wir lenken dich ab, sagt Franz und bietet mir zwei wirklich leckere Bio-Salamis an, so hart, dass man damit einem Jungtier den Kopf einschlagen könnte, und aus Fleisch, das das Schwein dem Schlachter gerne überlassen hat, als es nach einem langen und erfüllten Leben sanft entschlafen ist. Dann kriege ich noch einen Apfel und ein wenig Spinat-Lachs-Salat «vom Vortag» und komme mir vor wie ein kleines Kind, das mit Essen getröstet werden soll, folgerichtig später eine ausgewachsene Essstörung entwickelt und sich mit den anderen Bulimikerinnen immer am «All you can eat»-Buffet bei Karstadt verabreden wird.

Ich gehe zu Franz' Plattensammlung und lege die letzte Johnny Cash auf, Franz ist Countryfan, glücklicherweise kann er aber durchaus zwischen gutem und bösem Country unterscheiden. Johnny Cash ist fast schon der modernste Country, den Franz hören mag, normalerweise hört das für ihn 1965 auf.

Wenn man so mit Franz in der Küche sitzt und ihm beim Herumpusseln zuguckt, während dabei Johnny Cash singt, dass er ein Lonesome Ranger ist, travelling through this mighty land, bekommt man richtig Lust auf Prärie und Weite und Stacheldrahtnarben auf dem muskulösen, sonnenverbrannten Oberkörper und «Schneid mir die Kugel raus!» mit zusammengebissenen Zähnen. Und auf Einsamer-Wolf-Sein, der allein auf seinem treuen, potent schnaubenden Hengst durch den Canyon galoppiert. Wenn man dazu bloß nicht Amerikaner werden müsste!

Glaube, ich muss Christian Aloha sagen, raune ich Franz zu und stecke mir ein Stückchen Schaschlikspieß zwischen die Zähne, zum Draufherumkauen beim Zielen. Dann versuche ich, ihn wie ein Cowboy anzugucken, mit einer Mischung aus tief sitzender Verwundbarkeit und unrasierter Männlichkeit, in meinem Fall natürlich eher weiser Weiblichkeit, allerdings nicht ohne einen erheblichen Testosteron-Anteil. Ich kann richtig fühlen, wie sich meine Hose wölbt.

Also Judith, diese ganze Geschichte ist doch sehr unausgegoren, sagt Franz, sag ihm doch einfach Aloha und guck, wie es dir danach geht. Wenn es der Wahrheitsfindung dient. Vielleicht grübelst du dann ja nicht mehr andauernd.

Der alte Sheriff hat natürlich wieder mal Recht, und ich höre jetzt mal auf, über solche schwer greifbaren Dinge nachzudenken, stattdessen stimme ich mit Franz kurz zum Thema «Soll man mit bekloppten, frauen- und schwulenfeindlichen Fußballfans in einem klitzekleinen Auto zusammengepfercht auf Schalke fahren, ja oder nein?» ab, Franz ist dafür, ich dagegen, es gibt nämlich eine Ecke in Franz' sonst so hellem und unrechtsbewusstem Hirn, und die ist blau-weiß, und absolut jeder darf drin wohnen, selbst des Teufels Großmutter, wenn sie nur ein Nordkurve-T-Shirt trägt oder sich eine Schalke-Mütze über die Hörner stülpt. Dann gehe ich wieder nach oben und lege, weil ich gerade so in Country-und-Freiheits-Stimmung bin, Bing Crosby auf: Give me land, lots of land, under starry skies above, don't fence me in, let me ride on the wide open country that I love, don't fence me in. Da klingelt Christian und sagt als Begrüßung gleich, ich hab eine Hand voll Schlagzeugerwitze für dich, wie findest du das?

Super, sage ich, die kommen gleich neben die Fagottwitze in meinem Gehirn, beziehungsweise, die gehören in den Übungsraum, die Fagottwitze sind in der Konzerthalle.

Also, sagt Christian, es sind drei, zwei sind richtig gut, einer ist eher bekloppt, willst du ab- oder aufsteigende Reihenfolge? Absteigende, sage ich.

Gut. Für den besten musst du mir zwei Fragen stellen, zuerst: «Was bist du?» und dann: «Und was ist dein Problem?»

Okay, sage ich. Was bist du? Schlagzeuger, sagt Christian. Und was ist … Timing, sagt Christian.

Da muss ich schon mal sehr lachen, obwohl es in mir stetig «don't fence me in, don't fence me in» summt. Der zweite, fängt Christian an, geht so: Wie viele Schlagzeuger braucht man, um eine Glühbirne einzuschrauben? Ähm, weiß nicht, sage ich, drei, damit man die Birne in Synkopen eintrommeln kann oder so? Nee, dreißig, sagt Christian, einer schraubt die Glühbirne ein, und die anderen unterhalten sich darüber, wie Ginger Baker das gemacht hätte.

Kchhkcchkch, mache ich, meinst du, Ginger Baker kennt den? Der hat den bestimmt erfunden, sagt Christian. Also der dritte ist ziemlich schwach: Was haben ein Schlagzeuger und ein Kondom gemeinsam? Äh, die Form oder Konsistenz vielleicht?, frage ich vorsichtig. Nein, erklärt Christian, ohne ist es schöner, aber mit ist es sicherer.

Verstehe ich nicht, sage ich, welcher Musikstil ist denn ohne schöner? Gregorianische Gesänge?

Ich sag ja, der ist schwach, sagt Christian.

Dann hören wir ein bisschen Bing Crosby und spielen eine Partie Superhirn, die ich natürlich gewinne, denn ich gewinne immer beim Superhirn. Ich glaube, wenn es doch so etwas wie Reinkarnation geben sollte, dann war ich wahrscheinlich diese asiatisch aussehende Frau, die auf der Superhirn-Schachtel immer hinter dem bärtigen Mann steht und ihn quasi durch Handauflegen inspiriert. Das würde auch meine Hautfarbe und mein Yoko-Ono-Gesicht morgens erklären. Ich errate die Kombination Rot-Blau-Rot-Beige-Rot in fünf Zügen, und Christian sagt, das macht einfach keinen Spaß mit dir!

Das wäre das Stichwort, also wenn ich etwas zum Thema kein Spaß äußern sollte, dann jetzt. Christian, sage ich, wie sieht das eigentlich aus, bist du verliebt in mich?

Wieso, fragt Christian und klingt ein bisschen erschrocken, weil ich gesagt hab, das macht keinen Spaß?

Ich weiß auch nicht, sage ich, ich meine nur, wir verbringen doch schon eine Masse Zeit miteinander …

Zu viel Zeit?, fragt Christian. Ja, das glaub ich manchmal, sage ich. Ich habe das Gefühl, dass ich nicht wirklich verliebt bin, denn ich denke ständig darüber nach und stelle infrage, ob ich dich treffen will, ich glaube, das macht man nicht, wenn es richtig geschnackelt hat.

Aha, sagt Christian, und weil du nicht verliebt bist, ist dir das jetzt schon alles zu eng?

Hmm, sage ich und hole Luft, genießen kann ich dieses Gespräch denn doch nicht, aber er soll mich nicht einfencen, verflixt. Ehrlich gesagt ja, sage ich, ich finde, für so ein loses Verhältnis sehen wir uns 'n büschen zu oft.

Hm, sagt Christian, na dann weiß ich auch nicht, was schlägst du denn vor?

Lass uns doch mal 'ne Zeit lang auf den Zufall hoffen und uns nicht mehr verabreden, sage ich. Und merke, als ich es sage, dass es mich erleichtert, komischerweise, obwohl Christian ein netter Mann ist und mir gerade eben ein paar Super-Schlagzeugerwitze mitgebracht hat und sogar fast die «Sketch-Up»-Folge mit der bescheuerten Brille auf Diether Krebs' Nase. Aber: Es fehlt halt das Salz.

Judith, ich will mich ja nicht aufdrängen, sagt Christian und zieht seine Schuhe an, denn obwohl ich ständig zu ihm sage, dass es mir ü-ber-haupt nichts ausmacht, wenn er meinen Teppich mit Schuhen betritt, kann er das Gefühl, ein kleines Krümchen Weg auf meinen blauen Boden umzupflanzen, anscheinend nicht ertragen, also sehen wir uns jetzt mal eine Zeit lang nicht, und wenn wir dann merken, dass es unbedingt sein muss, kann man sich ja immer noch treffen. Dann geh ich mal jetzt. Spricht's und macht sozusagen auf dem Absatz kehrt.

Das klingt peripher zwar ein wenig schnippisch, vielleicht sogar gekränkt, aber ich bin ganz begeistert von so viel Toleranz und Coolness. Das ist doch mal wirklich ein

21.-Jahrhundert-Gespräch. Und dieses ganze Herumgeschreie und Geweine, ppphö, nicht mit Judith.

Muss an einen alten Freund denken, einen Münsteraner, der mich auch in die tieferen Gefilde der Masematte eingeführt hat. Der Mann machte konsequent alle paar Jahre mit seiner jeweiligen Freundin Schluss, einfach nur, weil er das regelmäßige Alleinsein liebte. «Ich will mal wieder eine Zeit lang problemlos Pornos gucken und popeln», erklärte er. Obwohl das natürlich auch mit Beziehung geht, wenn das Herzblatt mag, oder wenn man alleine wohnt, so wie ich, glücklicherweise. Mein alter Freund meinte damit aber eher, dass er die eigene Zeiteinteilung brauche. Argumente wie «bist du denn nicht verliebt, ihr versteht euch doch so gut» prallten an ihm ab. Dieser Münsteraner war abgesehen davon ein Spaßbold erster Kajüte, mit ihm redete ich oft stundenlang wie Meister Joda, das naseweise, großäugige Kobold-Dings aus «Star Wars», das ich zufällig neulich in einer «Welt der Tiere»-Sendung wieder erkannt habe, es lebt jetzt an irgendwelchen australischen Bäumen, vielleicht, um dem neuen Starrummel durch die Remakes zu entkommen.

Der Münsteraner und ich amüsierten uns zu jener Zeit wie Bolle über Sätze wie «ein ziemlicher Angeber er ist» oder «noch zwei große Biere sie bestellt» oder «den Mann schon mal gesehen er hat», wobei wir zusätzlich beim Sprechen den Kopf langsam und gedankenvoll hin und her kippen ließen, eben wie Meister Joda. Später zog mein Freund von Münster nach Köln, um dort an der Universität als Forscher im Bereich Biologie der Frage nachzugehen, inwieweit sich das Kölner Klima auf die Fruchtfliegenentwicklung in der Stadt auswirkt, seine ureigenste Idee, er hatte bei einem Besuch angeblich festgestellt, dass es in Köln keine Fruchtfliegen gibt. In der Wohnung seines Gastgebers hatte er Obst in verschiedenen Ecken deponiert, um es bei den nächsten Besuchen auf Fruchtfliegen zu untersuchen. Der Versuchsaufbau war umso erstaunlicher, weil der Gastgeber ein äußerst zwielichtiges

Individuum war, das es nie schaffte, Bierdosen ganz auszutrinken, sondern stattdessen eine der überflüssigsten Erfindungen der Welt, einen Bierdosenverschluss – Himmelarschundzwirn! –, auf die Dose schraubte, um sie dann vielleicht am nächsten Abend zu leeren, der verdammte Spießer. Ich habe mich immer gefragt, wie ein Mann, der nicht mal eine Babydose Hansapils oder Kölsch oder was man dort trinkt schafft, wie solch ein Mann nichts gegen Versuche mit faulendem Obst in seiner Maisonette haben kann. Aber der Münsteraner konnte äußerst charmant sein, und außerdem benahm sich das Obst ja ganz seiner Theorie gemäß: Ich war einmal dabei, wie er eine drei Wochen alte Banane aus einer Wohnzimmerecke hinter dem Sofa kratzte, braun und matschig, aber keine einzige Fruchtfliege. Leider verloren der Münsteraner und ich uns aus den Augen, er blieb als Fruchtfliegenexperte an der Uni in Köln, und ich hatte in Berlin viel zu tun. Hätte direkt Lust, mich jetzt mal wieder bei ihm zu melden, um ihm zu sagen, dass ich just Aloha gesagt habe, ganz nach seinem Gusto.

Zur Bestätigung lege ich gleich die Runaways auf, «Neon Angels on the Road to Ruin» von der «Live in Japan»-LP, und setze als nächstes Buch meine neue Biographie der Runaways-Sängerin Cherrie Currie auf meine Leseliste. Und dann gehe ich in die Küche und überlege mir neue Namen für Cocktails, am besten solche, in die nicht allzu viel frisches Obst hineinmuss. In Berlin gibt es nämlich jede Menge Fruchtfliegen, und sie fliegen mir in meiner Küche sogar manchmal schon entgegen, noch bevor ich überhaupt Obst gekauft habe.

19. Kapitel. *In dem Judith einen Cholesterin-Tipp nicht ernst nimmt, an einen Mord denkt, den sie mal begangen hat, sich einen Guten-Morgen-Cocktail hinter die Binde (oder, wie die moderne Frau sagt, hinter den Tampon) kippt und endlich Doc Bob kontaktiert*

«Ist ja echt ne Schau: ein Taxi mit TV» steht auf dem Sticker, der an dem Taxi prangt, das mich nach der ersten Nachtschicht nach Hause bringt. Ich bin nach diesen Nächten nämlich manchmal so müde, dass ich nicht mehr Fiat fahren kann, sogar für die U-Bahn bin ich zu kaputt. Habe immer Angst, ich schlafe auf der Fahrt ein, und wache mit auf den Augäpfeln festgewachsenen Kontaktlinsen auf, an Händen und Füßen gefesselt allein in einem Raum voller glutäugiger Verehrer. Zumindest das mit den Linsen werde ich aber zu vermeiden wissen, ich habe fest vor, mir bei nächster Gelegenheit «Achtung! Bitte erst Linsen rausnehmen!» auf beide Lider zu tätowieren. Andererseits könnte ich dann keinen bunten Lidschatten mehr tragen ... werde das Problem nochmal mit wachem Kopf ventilieren.

Jedenfalls sitze ich im Taxi und suche das schaue TV. Es steht zwischen den Vordersitzen, und natürlich läuft die «Morgenstund». Und wenn Sie sich mal mit dem Fahrgast streiten, weil er ein anderes Programm will?, frage ich den Taxifahrer, um nicht einzuschlafen. Bei mir jibt's keen Streit, sagt der Taxifahrer. Genauso sieht er aus, einer von der Sorte, die «und wat kann ick jejen Sie tun?» fragen, wenn man sich reinsetzt, und alle Sätze mit «ick persönlich seh dit ja anders ...» anfangen. Aber entweder mit dem Alleswisser reden oder einschlafen und sich von ihm wachrütteln lassen müssen. Also beiße ich in den sauren Apfel, nebenbei ein Spruch, der mir noch nie eingeleuchtet hat: Saure Äpfel sind doch wohl eindeutig die leckereren Äpfel.

Hamse wat anne Augen?, fragt der Taxifahrer, weil meine müden, noch untätowierten Liddeckel immer wieder herunterklappen. Habe Kontaktlinsen, sage ich, bin kurzsichtig wie ein Nilpferd.

Hättense halt als Kind mehr Butter essen sollen, sagt der Taxifahrer, dit ist richtich jut für de Augen.

Wie, sage ich, bei uns gab es doch Butter, Margarine mochte ich noch nie.

Ick meene aber pur, sont isset nich jenuch, sagt der Taxifahrer, man muss seinen Kindern jeden Tach ’n Stücken jute Butter einfach so jeben, dit is besser als jede Medizin.

Oh Gott, denke ich, ich habe den Cholesterin-Mörder von Berlin gefunden!

Was mich schmerzhaft daran erinnert, dass ich persönlich jemanden auf dem Gewissen habe, tot aufgrund von Cholesterin-Missachtung, ich bin zur Mörderin geworden, als ich vor Jahren für die Arbeiterwohlfahrt Essen ausfuhr. Das Essen ging an mehr oder minder rüstige Senioren, die zwar noch alleine wohnen, aber nicht mehr kochen konnten. Obwohl ich nicht meine Hand dafür ins Feuer legen möchte, dass nicht ein paar dieser Senioren überhaupt noch nie kochen konnten. Ich selbst zum Beispiel werde ja später vermutlich verhungern, wenn es den Sozialstaat so nicht mehr gibt und mir keiner Essen bringt. Meine Route war genau festgelegt, und ungefähr die Hälfte der Greise bekam ein anfangs dampfendes, am Ende der Route eher klammes Alufolientablett mit einem roten Punkt, darunter war dann cholesterinfreies Essen, glaube ich jedenfalls. Nachgeguckt habe ich nie, es müffelte immer so krankenhausartig aus dem Kofferraum des Fahrbarer-Mittagstisch-Autos heraus. Die Letzte auf meiner Route war Oma Grabowski, eine richtig nette Person, auf eine kuschelige Weise zu dick und mit all den Attributen ausgestattet, die man an Omas mag: Sie summte manchmal vor sich hin, vergaß, ihre Zähne einzusetzen, und guckte den ganzen Tag in einer ohrenbetäubenden Lautstärke «General Hospital», wobei sie das immer so aussprach, als ob es sich um einen General mit dem Namen Hospital handelte. Ich weiß gar nicht, ob sie je gemerkt hat, dass in dem Fernseh-Krankenhaus überhaupt kein General auftritt.

Außerdem mochte mich Oma Grabowski, weil ich ihr einmal das Leben gerettet habe, tragischerweise noch kurz bevor ich sie umbrachte: Ich klingelte mit meinem rot gepunkteten Alufolientablett an ihrer Tür, aber sie machte nicht auf. Als ich mein Ohr an das Holz drückte, hörte ich ganz leise, unterdrückte Schreie: «Hilfe, Hilfe!» Also rief ich die Feuerwehr, die kam die Treppe heraufgepoltert (und fragte nicht «Wo brennt's denn?», wie ich mir das in meinen Feuerwehrträumen immer ausgemalt hatte) und trat Oma Grabowskis Tür ein: Die Oma war aus ihrem Lieblingssessel gefallen. Und lag nun auf dem Rücken wie ein Riesenkäfer, ohne ihren fülligen Oma-Leib eigenständig wieder umdrehen zu können.

Glücklicherweise hatte sie sich aber außer ein paar Quetschungen an weit entfernten Körperrundungen nichts getan, und seitdem drehte sie «General Hospital» mir zu Ehren immer noch ein wenig lauter, wenn ich mit dem Essen klingelte. Leider kam der Tag, an dem ich vor Oma Grabowskis Haustür feststellen musste, dass ich nur noch ein Essen ohne roten Punkt in meinem Kofferraum hatte. Wahrscheinlich hatte ich irgendwann auf der Strecke eines verwechselt. Was sollte ich nur machen? Die Oma hungrig da oben vor «General Hospital» und ich mit einem immer kälter werdenden Mittagstisch auf der Straße. Nach ein paar Schreckminuten wühlte ich einen Stift aus meiner Tasche und malte einen roten Punkt auf die Alufolie, ich konnte doch nicht mit leeren Händen vor der Oma stehen! Die mich so mochte! Puh, hatte ich ein schlechtes Gewissen, als ich der Oma schnell das Essen auf den Tisch knallte und mit quietschenden Reifen abfuhr. Noch schlimmer wurde es am nächsten Tag, als Oma Grabowski auf meiner Mittagstisch-Liste fehlte! Ich zitterte so, dass ich die Arbeiterwohlfahrts-Kolleginnen kaum zu fragen wagte, ob sie wüssten, warum die Oma nicht mehr auf der Liste … aber sie wussten es leider nicht.

Einen Tag später suchte ich mir einen anderen Studentenjob. Und jetzt erscheint mir Oma Grabowski immer noch manchmal im Traum, wankt mir füllig entgegen und ruft: Ich muss sofort zu «General Hospital»! Mein Cholesterinspiegel ist zerbrochen!

Schreckliche, ganz tief nach unten verdrängte Geschichte, die der Taxifahrer da in mir aufgewühlt hat. Ich muss sofort das Thema wechseln: Kennen Sie denn auch den Wurstwasser-Tipp?, frage ich ihn. Wat für 'n Wasser?, fragt der zurück. Na, das, was in den Gläsern mit den Wiener Würstchen ist. Das sollte man am besten austrinken, wenn man die Würstchen aufgebraucht hat. Es heißt nämlich: Wurstwasser schärft den Verstand.

Ach nee, ehrlich?, sagt der Taxifahrer interessiert. Können diese Augen lügen?, sage ich als Antwort und klimpere mit den rot umrandeten Schlitzen. Dann sind wir glücklicherweise angekommen, und ich freue mich beim Raufgehen, dass ich dem Taxifahrer eins ausgewischt habe. Wahrscheinlich freut er sich genauso, weil er denkt, dass ich das mit der Butter glaube.

Der Postbote war schon da und hat mir mal wieder einen Brief vom Polizeipräsidenten gebracht. Als der Polizeipräsident mir das erste Mal schrieb, war ich richtig aufgeregt, ich vermutete natürlich Fanpost, liebe Judith Herzberg, könnten wir uns nicht einmal treffen und neue Strategien bei der Verbrechensbekämpfung besprechen? Ich habe Ihre sehr interessante redaktionelle Arbeit für das Special «Gefahren lauern überall» in der «Morgenstund» verfolgt und denke, Sie sind die Richtige, um die neue Deeskalationstaktik der Berliner Polizei zu beurteilen. Wir haben nämlich vor, ab sofort kein Tränengas mehr auf friedliche Demonstranten zu sprühen, sondern lieber direkt zuzuschlagen.

Leider lautete der Brief jedoch, wie alle folgenden Briefe

auch, so: Ihnen wird vorgeworfen, am Soundsovielten um soundsoviel Uhr folgende Ordnungswidrigkeit begangen zu haben: Sie parkten Ihr Fiat 128 Sportcoupé verkehrswidrig auf dem Fußweg der Soundsostraße, sodass kein Zwillingskinderwagen mehr vorbeipasste und so weiter. Ziemlich enttäuschend, die ganze Sache, da bekommt man schon mal Präsidentenpost, und dann so etwas.

Ansonsten steckt eine Einladung zu Bernie Palolos neuer Ausstellung im Briefkasten, auf die sie gekritzelt hat: What's up with Bob?, und eine Werbebroschüre für ein neues Handy. Ich bin so müde, dass ich zu faul bin, um ins Bett zu gehen, und sitze darum zwinkernd auf meinem Sofa und lese die Broschüre ganz durch. Das neue Handy hat als besonderes Feature fünf standardisierte Nachrichten im SMS-Programm: 1. Komme später, 2. Bin gleich da, 3. Ich liebe dich, 4. Ich mache Schluss, du Eumel und 5. Triff mich um 12 Uhr an der Ecke Knaus-Ogino-Straße/Thusneldaallee und bring bitte alle Papiere mit. Wobei ich nicht sicher bin, ob mir meine Phantasie aufgrund meines Zustandes nicht wieder einen Streich spielt. Außerdem kann man im neuen Handy zwischen 127 Klingeltönen wählen, unter anderem auch Fliegeralarm und «Smoke on the Water».

Nein, ich muss ins Bett, es hilft alles nichts. Aber ich könnte mir noch einen klitzekleinen Gute-Nacht-Cocktail mixen, es hat schließlich so etwas schön Bohemienmäßiges, wenn man morgens um sieben einen Cocktail trinkt, wo alle anderen nüchtern und kaffeegeputscht in ihren Alltag starten. Meine neuen Cocktail-Kreationen heißen Fret Saw Blade und Warding File. Ich habe mich einfach an die klassische Tradition gehalten, Cocktails nach Werkzeugen (Screwdriver, Gimlet, Rusty Nail) zu benennen, ein Fret Saw Blade ist ein Laubsägeblatt, und mit der Warding File feilt man sich Schlösser in Form. Und zu meinem jetzigen Zustand passt am besten eine Laubsägearbeit: Wodka, roter Traubensaft und ein Mychen Zitronenkonzentrat, und schon tränen mir die Augen, so lecker ist das. Ich werde wieder ein bisschen munterer und freue mich darüber, dass man die verheerende Wirkung von Alkohol auf die Zellen durch Zugabe von Saft mildern kann, daran glaube ich jedenfalls. Man muss natürlich Direktsaft nehmen, nicht Indirektsaft. Wenn man doppelt so viel Saft wie Wodka nimmt, wird die Wodkawirkung um die Hälfte reduziert. Das ist genauso wie beim kalorienreichen Essen: Wenn man zusätzlich zur kalorienreichen die gleiche Menge kalorienarme Nahrung zu sich nimmt, dann kommt plus/minus null heraus. Das finde ich ganz praktisch und esse nach einem großen Stückchen Sahnetorte normalerweise immer ein noch größeres Stückchen Gurke hinterher, dann habe ich sogar abgenommen. Das funktioniert auch hervorragend mit Tiramisu und Feldsalat.

Und weil ich gerade so in Fahrt bin, schreibe ich eine Mail an Doc Bob. Lieber Doc Bob, tippe ich und klimpere fachmännisch mit dem Fret Saw Blade, du bist mein Lieblings-DJ, und auf meiner Lieblings-Kartbahn ist am nächsten Wochenende eine Party. Da ich genau weiß, dass du extrem aufregende Auto-Musik hast, zum Beispiel die allerbeste Version von «Route 66» (Nat King Cole), «Stop this Car I'm Getting out» von Jonathan Richman, «Devil in My Car» von den B-52's und sogar «Motorbike Beat» von den Revillos, und da ich außerdem weiß, dass du samstags frei hast, möchte ich dich im Namen der schüchternen Kartbahnbetreiber bitten, am Samstag ein paar Stunden lang auf ihrer Party aufzulegen. Für die Hin- und Rückfahrt ist gesorgt, eventuell chauffiere ich dich sogar persönlich mit meinem unglaublich scharfen Sportflitzer von 1971. Außerdem gibt es noch eine Gage (verhandelbar), viel zu trinken und eine Menge nette Personen. Bitte sag doch Bescheid, ob du kannst, du würdest eine arme alte Journalistin damit sehr glücklich machen. Grüße, Judith H.

Danach ist der Drink leer, und ich überlege nochmal kurz, ob ich wirklich «arme alte Journalistin» schreiben soll, ist doch eigentlich relativ, aber was soll's, positiv überraschen (jung, reich!) kann man immer noch, nehme dann aber den Part mit dem Sportflitzer heraus. Sonst denkt er noch, ich hätte einen kleinen Schwanz. Senden? Ja! An: DoktorBob@NumberOneStation.de. Und schwupps, ab die Post. Schließlich ist Christian so passé wie Tamagotchis (und fehlt mir bis jetzt überhaupt noch nicht), und ich kann ja nicht ewig darauf warten, dass Doc Bob sich mal aus Versehen bei mir verklingelt.

20. Kapitel. *In dem Judith ohne Narkose Drillinge bekommt (und dabei den unvergesslichen Satz sagt: «Das war eine Traumgeburt von siebzehn Stunden»), einen Weltkrieg verhindert, ohne Seil Bungee jumpt, eine schmutzige Atombombe entschärft und ein Soufflee backt, das sich gewaschen hat. Ach, lest doch selbst.*

Am Dienstag, mitten in meiner Arbeitswoche, einen Tag nach meiner mutigen Kontaktaufnahme, treffe ich mich mit Reintraut. Sie kommt zum Frühstück, also um sieben Uhr abends nach der Morgenstund'schen Zeitrechnung, und bringt Sushi und Sake mit. Das passt immer. Ich wickele meinen Bademantel schön schräg mit einem Karategürtel, stecke Reintraut die Locken hoch und stopfe zwei Essstäbchen hinein, hole zwei Porzellan-Eierbecher für die Sojasauce und lege Pizzicato Five auf. Dann setzen wir uns auf den Boden und verbeugen uns voreinander. Ich möchte wirklich wissen, ob Japaner sich auch hin und wieder einen deutschen Abend machen, mit Rammstein, Würstchen, Augen mit den Fingern aufhalten und die ganze Zeit «Achtung! Panzer!»-Schreien. Hoffentlich gibt es dort weniger peinliche Kultur-Exporte, vielleicht hören Japaner ja auch Die Sterne, oder

Die Ärzte, oder von mir aus Seeed oder Zwei-Raum-Wohnung. Wo die doch alle in kleinen Pappkartönchen hausen, also die Japaner.

Reintraut hat etwas von ihrem Pfälzer zu erzählen. Es hätte neulich nämlich fast geschnackelt, die beiden haben sich getroffen, um die Idee mit der eigenen Computerspiel-Firma «festzuklopfen», und dann hätte der Pfälzer beinahe Reintraut sozusagen festgeklopft. Der ist soooo reizend, sagt Reintraut, weißt du, ich glaube, der ist einfach ziemlich schüchtern und darum immer sehr nervös, wenn wir bei der Arbeit so nah zusammensitzen, deshalb auch immer diese Übersprungshandlungen mit der Katze.

Wenn Freundesauge sich nicht täuscht … murmele ich.

Ich hab ihn auf jeden Fall vorsichtshalber zu der Kartbahnparty eingeladen, und er will auch kommen, sagt Reintraut.

Na prima, sage ich, dann soll er doch mal zeigen, was in ihm steckt. Ich habe übrigens auch jemanden eingeladen, und nun rate mal, wen …

Hast du endlich mal Nägel mit Köpfen beziehungsweise Nageln mit Köpfchen gemacht, fragt Reintraut, und bei Doktor Bob vorgesprochen?

Ganz genau, gebe ich zu, ich habe ihm gestern früh gemailt wegen DJ und so.

Und, hat er schon zurückgemailt?, fragt Reintraut und nimmt aus Versehen eine Riesenkugel Wasabi mit den Stäbchen auf, tunkt sie in die Sojasauce und schiebt sie in den Mund, als wär's ein Stückchen sanfter junger Gouda. Deshalb muss sie auch weinen, als ich ihr erzähle, dass Doc Bob bis heute Morgen jedenfalls noch nicht geantwortet hat.

Ist nicht so schlimm, sage ich, du darfst nicht vergessen, ich kenne den Mann noch gar nicht. Aber Reintraut möchte mich unbedingt in ihre Frisch-verknallt-Seligkeit mit einbeziehen, was an sich ja ein netter Charakterzug ist. Ach Judith, sagt sie und stützt sich mit einer Hand auf mein größtes Atomium-Modell, mit dem Christian ist auch schon wieder alles vorbei, und wie ich das so sehe, staubt jetzt keiner mehr hier ab ... Das sagt sie, nachdem sie einen Blick auf ihre Handfläche geworfen hat.

Das wird trotzdem super. Doc Bob hin oder her, sage ich, und jetzt erzähle mir mal lieber, ob und wann du selbständig werden willst und ob ich dann einen Job als Computerpinsel-Roadie bei dir haben kann. Die «Morgenstund» geht mir extrem auf die Nerven gerade.

Was ist denn euer Thema diese Woche?, fragt Reintraut mitfühlend.

Sport, sage ich. Natürlich nur so Hausfrauenquatsch wie Step-Aerobic und Walken. Iiiih, Walken, quietscht Reintraut.

Genau, sage ich, und heute früh musste ich schon einen Kollegen zum Schweißbandkaufen delegieren, denn morgen werden drei Schweißbänder verlost. Ungebrauchte.

Reintraut schüttelt sich, dass die Essstäbchen aus den Haaren fliegen. Du Arme, sagt sie.

Und nächste Sendewoche driftet das Ganze dann in den Wellness-Bereich ab, erkläre ich, das ist noch schlimmer, dann muss ich Tausende von Texten über Chi Gong und Win Chi und so weiter verfassen, und über PZG.

Ähhhh, Pantoffel-Zirkus-Gnome?, fragt Reintraut.

Promblemzonengymnastik, sage ich seufzend, Bauch-Beine-Po, und ärgere mich mal wieder über mein exorbitant gutes Quatsch-Gedächtnis. Problemzonengymnastik! An die Stelle im Hirn gehören doch wohl alle amerikanischen Bundeshauptstädte oder die Geschichte des Nahostkonflikts, oder von mir aus ein paar Kuchenrezepte, aber doch nicht Problemzonengymnastik. Ich muss mein Hirn unbedingt mal resetten und neu ordnen, beizeiten. Sport ist aber auch so ein doofes Thema, wenn man selber höchstens mal die normale Treppe statt der Rolltreppe nimmt und den Zehnkampf auch nur wegen der Schenkel guckt. Heute musste ich schon ein Telefoninterview mit einer Profi-Wintersportlerin führen, erzähle ich Reintraut, die irgendwann in dieser Woche im «Morgenstund»-Studio zu Gast sein wird, und das war äußerst schwierig. Hallo, ist da Gritt Habermeyer? fragte ich. Haijoh, ihoabfeinetgdachtdösschosofruhaanruafkummatuanjoa kam aus dem Hörer. Wir würden gerne übermorgen früh mit Ihnen über Ihre letzten Medaillenerfolge reden und kämen Sie um 6 Uhr abholen, ist das okay? fragte ich vorsichtig weiter. Haijohihoabfeischoopoardingvordöswürdfeischoaguadsoawennsminauklingeletuawürdn. Ähm, sagte ich, also bis übermorgen, 6 Uhr dann ... Ein freundliches Servus! kam aus dem Hörer, ich hoffe, sie hat nicht abgesagt.

Aber eigentlich wäre mir das egal. Eigentlich, und das versuche ich auch Reintraut zu erklären, bin ich momentan sehr unzufrieden mit mir, weil ich schon so lange meinen Job wechseln möchte und es aus reiner Bequemlichkeit nicht hinbekomme. Judith, du bist einfach nur vorsichtig, sagt Reintraut in vermittelnder Verliebtheitsstimmung, so einfach ist das in deinem Alter schließlich auch nicht, etwas Neues anzufangen.

Ppphö, sage ich empört und pikse sie mit dem Stäbchen, nur weil ich zu alt bin, um irgendwelche teuren Schulen zu machen, und zwangsexmatrikuliert wurde, ist das vermaledeite Leben noch lange nicht festgelegt! Ich könnte mich doch zum Beispiel sofort selbständig machen und mit einem Fahrrad rumfahren und Eis verkaufen, drei dolle, selbst gemachte Biosorten. Möhre, Spargel und Kautschuk zum Beispiel, mit ’ner Klingel und allem Drum und Dran. Dann rufen immer alle «der Eissi kommt!», und um mich herum sind nur lachende Kindergesichter.

Und im Winter?, fragt Reintraut.

Da mach ich mir Schneeketten dran und gieße Suppen in die Töpfe, Möhre, Spargel und Kautschuk, und strampele schön um die Mittagszeit in Bürogegenden herum. Das ist außerdem gut für die Beine, von wegen PZG!

Judith, du kannst nicht kochen und nicht frieren, gibt Reintraut zu bedenken.

Aber ich kann's doch lernen, ereifere ich mich, wieso denken immer alle, man müsste die Gehirnzellen über 30 quasi nur noch reduzieren?

Na gut, sagt Reintraut, klingt ja sehr realistisch, mach das doch, ich kaufe auch welches, sogar Spargel.

Zur Not könnte ich auch einen Kredit aufnehmen und eine Pilotenausbildung machen, denke ich weiter nach, ich habe mal gehört, dass die Piloten und Stewardessen bei jedem Flug so ein schönes Spiel machen: Sie schreiben mit Edding ihre Initialen auf die dicken Flugzeugreifen, und wessen Initialen dann beim Landen oben stehen, der muss die anderen abends aushalten.

Reintraut versucht, das Ganze auf eine zukunftsorientiertere Ebene zu ziehen, na ja, sagt sie, willst du nicht erst einmal als Stewardess anfangen? Außerdem dachte ich, du bist aus Umweltgründen gegen das Fliegen.

Ach ja, sage ich, stimmt, aber dann eben Hilfsgütertransportpilotin, und die neue pfeilschnelle Sonic Cruiser nur im Simulator.

Okay, sagt Reintraut, ich glaube wirklich, du musst mal etwas ändern. Ich bin jedenfalls jetzt mit dem Pfälzer verabredet, er hat im Internet ein paar Existenzgründertipps gefunden, und die soll ich mir mal anschauen.

Hmmmm, sage ich und versuche, anzüglich zu gucken, und da fährst du jetzt um halb zehn gaaanz alleiiin in die Pfälzerwohnung? Soll ich nicht lieber vorher mit einem Lkw oder einer alten Moto-Guzzi bei ihm vorbeibrettern, damit durch das Vibrieren die Vitrine mit den Leonardo-Gläsern kaputtgeht? Ich habe ein ganz schlechtes Gefühl, wenn ich dich sonst zu ihm gehen lasse …

Kokolores, sagt Reintraut, sie ist die einzige meiner Freunde, die dieses Wort in ihrem aktiven Wortschatz hat, und ich freue mich jedes Mal, wenn sie es benutzt. Mir macht die Vitrine nichts aus, Hauptsache, der Cowboy kann küssen, sagt sie.

Und so fährt sie dahin, und ich habe Gitte mit «Ich will 'nen Coooooooooooowboy als Mann» im Ohr. Glücklicherweise nicht lange, denn um zehn erfüllt das engelsgleiche Norddeutschenidiom des besten DJs aller Zeiten meine Wohnung: Doc Bob hat seine Sendung am heutigen Abend unter das Thema «Asien» gestellt, als ob er von meinem japanischen Abend gewusst hätte, und spielt als Erstes «Bangkok» von Alex Chilton und dann «Hong Kong Garden» von Siouxsie and the Banshees. Ich lese beim Zuhören ein wenig in meinem Recherchematerial zu asiatischen Kampfsportarten, denn ich muss nachher bei der Arbeit Karatetexte schreiben. Um mich einzustimmen, gucke ich im Schnelllauf in einen alten Bruce-Lee-Film rein, den ich neulich mal aufgenommen habe, obwohl mir eigentlich klar ist, dass in Bruce-Lee-Filmen sehr selten Brillen oder Kontaktlinsenszenen vorkommen. Doch ich habe tatsächlich Glück: In einer langen Haiii!-haiiii!-Kampfsportsequenz schlägt Bruce einem bösen Angreifer die Sonnenbrille von der Nase, wenn das kein gutes Zeichen ist! Ich fresse einen Besen, oder von mir aus auch einen Wileda-Wischmop, wenn bei der Arbeit nicht schon eine freundliche Doc-Bob-Mail auf mich wartet. Mal sehen.

21. Kapitel. *In dem alles Hand und Fuß und Bauch und Herz und Gestalt annimmt, sich heftig gestritten wird und Judith im 129er etwas ausheckt, was man mit Fug und Recht als einen teuflischen Plan bezeichnen könnte*

In der nächtlichen Arbeitspause gegen drei Uhr morgens teilt Franz seine Stullen mit mir. Es sind Knäckebrotstullen, die er sich geschmiert hat, sehr rührend, weil sie ihn an

Gerda erinnern. Weil er so ein Knochentrockener ist?, frage ich ihn, oder wegen der Härte, harhar …

Nee, weil die doch aus Skandinavien kommen … Franz kann manchmal richtig romantisch sein. Was machst du, fragt er mich zwischen zwei krachenden Bissen, hast du die Karatetexte fertig? Klar, sage ich, morgen gibt's ein paar Tipps für extrasoften Frauenverteidigungssport, wobei ich natürlich in Wirklichkeit die härtesten Kampfsportadressen ausgewählt habe, denn was nützt einem Selbstverteidigung, wenn man nur lernt, den anderen wegzustreicheln? Genau, zeig's ihnen, sagt Franz. Und außerdem, rücke ich endlich heraus, hat mein Radioidol mir zurückgemail … Nein!!, ruft Franz. Doch!!, rufe ich. Schick das mal sofort an mich weiter, ich will mir mein eigenes Urteil bilden.

Als ob man bei einer Mail auch auf die Handschrift achten könnte. Aber ich mache das nur zu gerne, denn die Nachricht von Doc Bob ist extrem prima: Liebe arme Journalistin, hat er geschrieben, die Idee mit der Kartbahnparty klingt verlockend, ich wollte ohnehin immer schon mal nach Schmargendorf und habe das letzte Mal einen Helm aufgehabt, als mein Bruder sich seine Puch frisiert hat. Man sollte das Ganze auch vielleicht bei uns ankündigen, was meinst du? Allerdings könnte ich am Samstag erst ziemlich spät, denn ich habe am frühen Abend einen unaufschiebbaren Termin. Wenn es also okay wäre, dass ich erst so gegen 23 oder 0 Uhr anfinge, dann schick doch mal die Adresse deiner schüchternen Kartbahnjungs zwecks Gagenforderungen (unverschämt hoher) vorbei. Viele Grüße, Dr. Bob

Jungejunge, so eine nette Mail. Und er hat einen Bruder, wie toll!! Judith, schelte ich mich, Ball flach halten, auch Arschlöcher haben Brüder. Trotzdem kann ich gar nicht fassen, dass alles so klappt, wie ich es mir wünsche. War ich brav? Habe ich meinen Teller aufgegessen? Folgen jetzt die sieben fetten Jahre? Oder ist Doc Bob in Wirklichkeit ein solch sozialgestörter und unansehnlicher Kauz, dass er nach jedem Strohhalm greift, der ihn mit einem anderen Menschen verbinden könnte? Ich find es ja am Samstag heraus, jippie.

Leider ist ansonsten gar nichts jippie, denn bis Freitag streite ich mich so mit Gina und Ina, dass ich kurz überlege, die Haiii!-haiii!-Technik anzuwenden, um den beiden mit einem einzigen, gut platzierten Handkantenschlag das Genick zu brechen. Judith, zitieren die beiden mich am Mittwoch in ihr Büro, wir haben eine tolle Idee: Wir machen in der nächsten Woche einen interaktiven Deal mit den Zuschauerinnen für eine neue Sport-Diät, für jedes abgenommene Pfund gibt es einen Euro von der Redaktion.

Seid ihr verrückt, frage ich, abgesehen davon, dass man das doch wohl nicht nachprüfen kann, oder sollen die jeden Tag ein Polaroidfoto von ihren Füßen auf der Waage mit 'ner Bildzeitung daneben schicken, so wie die RAF. Außerdem finde ich es eine Schnapsidee, Frauen Geld zu geben, damit sie dünner werden.

Gina und Ina sind sauer. Das ist praktische Lebenshilfe, das wollen die Zuschauerinnen, das ist INTERAKTIV, sagt Ina. Das ist Quatsch und fördert ungesundes Hungern. Und außerdem ist es dekadent, sage ich.

Diese Einstellung finde ich nicht in Ordnung, sagt Gina wie eine Betriebsaufputschpsychologin, du hast hier das zu tun, was redaktionell entschieden wird, und nicht dauernd daran herumzumäkeln.

Am liebsten würde ich den Mund wie ein Goldfisch ein paar Mal auf und zu klappen, so empört bin ich. Aber ich bin doch Redaktionsmitglied, sage ich und versuche, mir einen gefährlichen Unterton beizumischen, indem ich an Bruce Lee und die Stahlkralle denke, und als solches habe ich Anteil an den Entscheidungen.

Du scheinst in einer anderen Welt als die «Morgenstund»-Zuschauerinnen zu leben, sagt Ina, die «Morgenstund»-Zuschauerin achtet auf ihr Äußeres und will sich ständig verbessern, wir geben doch nur den Anreiz dazu.

Ich glaube, ihr Lieben, sage ich, ich gehe jetzt mal kurz in mein Büro, sonst werde ich nämlich ausfallend. Und das mit dem Geld-für-Körperfett mache ich nicht mit. Ich habe damals auch Kein-Blut-für-Öl-Buttons getragen.

Gina und Ina wissen nicht, was ich meine, weil sie sich, wenn's hoch kommt, vielleicht noch an die Schulterpolster der 80er erinnern, sagen aber nichts, als ich mich zurück an meinen Platz schleppe. Franz findet die Idee natürlich ebenfalls bekloppt und kratzt sich mit etwas, das aussieht wie ein kleines Krokodil, aber eine Art Kabelklemme ist, im langsam, das muss eine Freundin einmal feststellen dürfen, schütteren Haar. Was willst du denn dann nächste Woche machen?, fragt er. Mal sehen, sage ich, vielleicht meldet der Sender ja schon am Wochenende Konkurs an, und huppsdiwupps sind wir alle arbeitslos, denk nur mal an Kirch.

Freitag früh kurz vor Sendebeginn stoße ich noch einmal mit Gina zusammen, als ich gerade aus der Behindertentoilette komme, ich gehe meistens dorthin, weil sie gemütlicher ist als die anderen Toiletten. Das ist ein Behindertenklo, sagt Gina. Das weiß ich, deshalb auch das Rollstuhlpiktogramm und die niedrigen Spiegel, sage ich. Ich möchte dich bitten, in Zukunft die Nichtbehindertenklos zu benutzen, sagt Gina. Aber es gibt hier keinen einzigen Rollstuhlfahrer, weil in eurer Redaktion kein Fahrstuhl eingebaut wurde, Gina, sage ich und versuche, mit den Augen Blitze zu schießen, wie ich das mal in einem Kinderbuch gelesen habe. Ich finde das unmöglich, sagt Gina, und ich antworte, Gina, nun benimm dich doch mal ein bisschen so, wie dein Name klingt, und nicht, als ob du Elfriede heißen würdest. Aber da ist sie schon weg.

Freitagabend fahre ich mit dem 129er den ganzen Weg bis zur Hundekehle. Der 129er ist mein Lieblingsbus, denn fast alle Stationen haben interessante Namen oder sind an interessanten Ecken. Und wenn man über etwas nachdenken muss, gibt es kaum etwas Besseres, als im 129er-Doppeldeckerbus ganz oben links zu sitzen und sich auf dem Weg von Kreuzberg nach Halensee ein bisschen durchschubbern zu lassen. Außerdem sammle ich schon sehr lange Arten, wie Busfahrer sich grüßen. Mein Lieblingsgruß war, als einmal der Busfahrer eines 110ers dem 129er entgegenkam: Er hielt sich die Busfahrer-Fenster-Gardine halb vor das Gesicht wie Bela Lugosi. Dazu zog er die Augenbrauen hoch, und man konnte an den Augen sehen, dass er hinter der Gardine vor sich hin kicherte. Ein anderer warf meinem Fahrer mindestens sieben Kusshände zu, und ich freute mich, dass eine derart theatralische Geste bis in die bieder-heterosexuellen Busfahrergefilde der Berliner Verkehrs-Gemeinschaft gelangen konnte.

Am Moritzplatz weiß ich noch nicht, was ich nächste Woche mit meinem Job machen soll. Ich gucke auf den Flohmarkt an der Ecke, und mir fällt ein, dass ich dort mal wieder nach Büchern schauen könnte – habe dort einst für 50 Pfennig ein Lexikon von 1952 erstanden, in dem ganz erstaunliche Dinge über Jazzmusik und die Ehe drinstehen, nämlich dass Jazz eine «aus Negergesängen in Amerika hevorgegangene Musik von vorwärtstreibendem Rhythmus und durch Schlagzeug, Banjo und Bläser bedingter Klangfarbe» sei und dass man eine Ehescheidung bei «Ehebruch, Verweigerung der Fortpflanzung, Sittlichkeitsverbrechen, Geisteskrankheit, böswilligem Verlassen, Lebensnachstellung und ehrlosem Verhalten» erwirken kann. Was mich nur wieder davon überzeugte, dass ich, bei aller Liebe zur Musik aus alten Zeiten, doch froh bin, nicht erst die Fortpflanzung verweigern zu müssen, um den ungeliebten Jazzbanjospieler zu verjagen. Der Bus fährt weiter die Oranienstraße entlang, an dem Springer-Neubau vorbei, der es gerade noch geschafft hat, seinen Eingang in die extra mit viel Bildzeitungs-Geld gekaufte Axel-Springer-Straße zu verlegen, hihi, und hält am Anhalter Bahnhof. Dort gucke ich in die bushohen Fenster des Deutschlandhauses und sehe eine Art Seniorenkreis, der sich just zu einem bunten Stelldichein in einem grell erleuchteten Raum versammelt hat, eine mürrische Schwester hält die Tür auf, durch die in Zeitlupe kleine, hutzelige Weißhäupter hineingeschlurft kommen. Hoffentlich wird mein Greisenleben ein anderes, eines voller Likörchen ab 12 Uhr mittags – wieso nicht, wie lange benutze ich meine Leber denn dann noch, hmm? – und voller lieber alter Freunde und Freundinnen, schließlich wird das Land schön überaltert sein, und auch ich habe vor, mit Millionen kleiner Hormonmittelchen süße 100 zu werden. Da brauche ich doch nicht so viele Jahre meines Lebens der «Morgenstund» in den gefräßigen Rachen zu werfen, überlege ich, ich sollte Sinnvolleres anstellen, anstatt reaktionäre Hausfrauenszenarien textlich zu begleiten. Am Reichspietschufer zuckelt der Bus den Potsdamer Platz ab, vorbei an der Neuen Nationalgalerie mit ihrem Kunstgarten, vorbei an der Gedenkstätte Deutscher Widerstand, am hübschen Bauhausarchiv und der hässlichen CDU-Parteizentrale mit den ungastlichen Jalousien, die sie immer ein wenig wie ein Ruhrpott-Parkhaus aussehen lassen.

Am Wittenbergplatz habe ich meine Entschlüsse schon fast vor meinem inneren Senat abgesegnet: Ich werde einen neuen Lebensabschnitt beginnen, mit einem neuen Job. Mal sehen, entweder veröffentliche ich die Brillen- und Kontaktlinsenszenen als Fehlsichtigen-Kunstvideo, schließlich gibt es sogar Menschen, die S-Bahn-Videos sammeln. So einen habe ich tatsächlich mal kennen gelernt, der sämtliche S-Bahn-Nachtfahrten im SFB-Fernsehen aufgenommen hatte. Er behauptete außerdem, in den S-Bahn-Kaufvideos, die es in der BVG-Zentrale gibt, seien nicht jugendfreie Stellen rausgeschnitten worden.

Oder ich stelle meine Atomium-Modelle als Privatausstellung aus, oder ich werde Ghostwriterin für irgendeine neue feministische Krimireihe, in der alternde Frauen nachts nach Hause kommen, sich dreifingerbreit Whisky einschenken und den jugendlichen Liebhaber (irgend so ein Stenz aus dem Polizeibüro, in dem die alternde Frau tagsüber als Kommissarin arbeitet) rausschmeißen, um besser nachdenken zu können. Außerdem hat mich neulich eine der netten freien «Morgenstund»-Kolleginnen gefragt, ob ich ihr bei einem Projekt behilflich sein könne, sie will mir demnächst Details mitteilen.

Und dann kann man immer noch sehen, ob aus dem neuen Lebensabschnitt auch ein neuer Partner herausspringen sollte. Wenn ich einen benötige. Wo ein Wille ist, da ist auch ein Gebüsch.

Der Bus fährt langsam den Ku'Damm runter, wo eifrige Touristen ihre Penunzen in bizepsgroße Ledertäschchen und überteuerte Berliner Weiße mit Himbeerschuss umtauschen, und ganz am Ende, wo die 365-Tage-im-Jahr-Eisdiele in den Abend leuchtet, bin ich mir sicher, dass ich gerade den genialsten Lebensplan der Welt geschmiedet habe, plus, sozusagen als Bonus, herzergreifend knalliger Kündigung. Oh ja, ich weiß schon, wie ich mich aus dem Hausfrauennest verabschiede. Lieber im Stehen sterben als auf Knien leben, ha, ihr werdet Judith Herzberg kennen lernen, potzblitz. Das werde ich alles am Montag in die Wege leiten. Zuerst springe ich aber an der Hundekehle aus dem Bus und renne auf die Kartbahn, um Thomas und Rainer mitzuteilen, dass morgen ein DJ die Party schmeißt, der sich gewaschen hat. Hoffentlich. Ich will ihm schließlich eventuell näher kommen.

22. Kapitel. *In dem Judith durch die Berliner Nacht-Nacht-Nacht spaziert, fast Bekanntschaft mit einer Ton-Bild-Schere macht, ein Rentier mit einem dringenden Bedürfnis sieht und erst spät einschlafen kann*

Wenn wa dich nicht hätten, sagt Rainer, und Thomas haut mir auf den Arm und sagt, dann müssten wa dich erfinden. Höhö. Ich lache natürlich mit und hätte vor Übermut fast eine Flasche Bier mit der Augenhöhle geköpft, glücklicherweise fällt mir aber noch ein, dass ich das überhaupt nicht beherrsche. Doc Bobs Angebot kommt hervorragend an, die beiden Ober-Kartfahrer wollen ohnehin bis 23 Uhr Rennen stattfinden lassen und erst danach das tun, was sie trotz meiner händeringenden Bitte, es nicht zu tun, immer wieder mit dem schrecklichen Wort «Schwofen» bezeichnen. Huah. Es gibt Wörter, von denen bekomme ich spontan Neurodermitis, sagte ein alter Freund von mir immer, und ich kann das nachvollziehen. Schwofen gehört dazu, dann noch das Berliner Wort «juti», «alldieweil» und, ganz schlimm, «sodele». Ich weiß nicht, welcher Schwabe sich «sodele» je in seinem nudelverklebten Hirn ausgedacht hat. Wegen «sodele» würde ich Kriege beginnen oder sie zumindest nicht versuchen zu verhindern.

Aber trotz Schwofaussichten bin ich bester Laune, als ich mich auf meinen 129er-Rückweg mache, und darum grüße ich diesmal sogar selbst ein paar Busfahrer, die uns entgegenkommen. Dann tue ich bei einem 119er so, als hätte ich an seinem Bus vorne etwas Komisches gesehen, und deute mit beiden Händen und wilden Gesten fassungslos auf seine Kühlerhaube, aus der es gerade «Pffffffffff» macht, dieses typische Busgeräusch, das einen immer erschreckt, wenn man träumend mit dem Fahrrad an der Ampel steht, und lautlos nähert sich der Bus von hinten, wie ein großes, nur notdürftig gezähmtes Tier, ein Mammut oder so. Der Fahrer guckt alarmiert zu mir hoch, sieht mich hinter der Oberdeckscheibe herumzappeln und schaut dann fragend seinen Kollegen an. Aber ich hüpfe diesmal am Anhalter Bahnhof raus und gehe den Rest zu Fuß, um mich in meinen Umsturzplänen zu bestärken. Außerdem ist die Nacht zum Anbeißen. In einem Café nicht weit entfernt vom Checkpoint Charlie bestelle ich einen Pimm's No. 1, das ist Pimm's mit Ginger Ale und einem Stückchen Gurke, und setze mich an die Theke, um ein bisschen mysteriös gucken zu üben. Um mich herum wedeln Touristen mit Stadtplänen. Der eine, der schräg hinter mir sitzt, hat einen echten Berliner im Gepäck oder einen, der schon so lange hier wohnt, dass er sämtliche Fremddialektspuren durch breites Ballinan weggeixt hat, manche Menschen neigen eben zur schnellen Adaption. Und denn, sagt der Berliner, stand dahinten, direkt anne Mauer, 'ne janze Zeit lang Käferman. Kaffermän?, fragt sein Gegenüber, offensichtlich ein muttersprachlicher Anglizist. Käferman, sagt der Berliner, dit war son großet Wesen, so 'ne Skulptur aus 'nem ollen VW Käfer jebaut, die Füße warn so Badewannen, und der Kopf kiekte fast bis übere Mauer drüber. Der sollte natürlich son Zeichen dafür sein, dass die Mauer weg soll. Und det Ding is – keen Jahr später war se weg!

Aber das kann doch nikt die Schuld von die Kaffermän sein, wendet der Tourist ein. Wer weiß, sagt der Berliner, Sachen jibts ...

Ich sauge schnell die zweite Hälfte Pimm's durch den Strohhalm und komme mir vor wie eine distinguierte britische Alkoholikerin, denn das sind normalerweise die Kandidatinnen für Pimm's No 1. Schade, dass es in Kneipen nicht diese lustigen Strohhalme mit den extrem langen und gewundenen Wegen gibt, dann hätte ich jetzt etwas zum Draufgucken. So spanne ich wieder ein wenig im Café herum. Der Mann, der glaubt, dass Käferman für den Fall der Mauer verantwortlich war, ist eine klare Ton-Bild-Schere, so nennt man beim Fernsehen das Phänomen, wenn im Bild etwas anderes zu sehen ist, als der Text erzählt. Er ist nämlich auffällig hübsch, hat blaue Augen (oder blaue Kontaktlinsen, heutzutage werden die einem ja hinterhergeschmissen und man muss sich bücken, um sie nicht abzukriegen), lange, blonde Jazzwimpern, die sich von selbst in einem eleganten Schwung nach oben biegen, und Robert-Redford-Haare, die immer so fallen, als ob ihm 10 000 teure Stylistinnen stundenlang daran herumgeprökelt hätten. Dabei sind das einfach nur die richtigen Wirbel. Dazu trägt er ein oben nicht ganz zugeknöpftes Leinenhemd, und ich weiß aus zwei Meter Entfernung, wie gut es riecht, nach blondem Mann mit blondem Körperhaar nämlich. Komischerweise riechen Leinenhemden an blonden Männern besser als an dunkelhaarigen. Die Ton-Bild-Schere guckt jetzt zurück, denn ich habe sie aus Versehen zu lange angestarrt. Nee, denke ich, sauge schnell das Glas leer und nicke dem Ober wegen der Rechnung zu. Die Zeiten sind vorbei, an denen ich Quatschreder einfach leiser drehen beziehungsweise ausblenden konnte, wenn ich mich nur auf den blonden Vliesansatz unter dem Schlüsselbein konzentriert habe.

Dann schlendere ich durch die frühe Freitagnacht ins «Round Up», in dem überraschenderweise Reintraut mit einem mächtigen Dunkelhaarigen sitzt, ganz klar, der Pfälzer. Schön, dass du da bist, sagt Reintraut, das ist Ulf. So ein kurzer Name für einen solchen Berg, denke ich und sage: Ulf, es ist mir eine Ehre. Mir auch, sagt Ulf, der eine Stimme hat, mit der er Bösewichte synchronisieren könnte, so eine typische Piratenstimme, eine, die es gewohnt ist, Sachen zu sagen wie «Wetzt die Messer, holt die Lunten, Leinen los zum Entern!». Aber durchaus angenehm. Ich habe gerade die Modalitäten für unsere Firmengründung mit Ulf festgezurrt, sagt Reintraut ganz professionell, klingt dabei aber, als ob die beiden unter dem Tisch füßeln. Ach, ihr sucht doch nur einen Grund, um zu feiern, sage ich und versuche, mir vorzustellen, wie Ulf zu Hause die Vitrine für die Leonardo-Gläser putzt, wie er den Katzen Katzenfutter mit Joghurt in die Näpfe füllt und wie er vorsichtig seine Eiergehirne köpft. Nun ja, man sieht den Menschen eben nicht immer an, wie sie sind.

Reintraut und Ulf und ich sitzen ein bisschen herum, reden höflich über die IT-Krise und nehmen einen Drink, dann steht Ulf auf und drückt für Reintraut ein Red-Hot-Chili-Peppers-Lied in der Juke Box, und Reintraut guckt mich an und sagt leise, wehe du lästerst jetzt, ich finde die Chili Peppers ja auch nicht mehr so toll, aber früher waren sie doch prima, und der hört eben so modernen Charts-Quatsch. Ach Reintraut, sage ich, ich bin schon seit Jahrzehnten aus dem Alter raus, in dem das Wichtigste beim Menschen die Plattensammlung ist, sogar das Bücherregal interessiert mich nicht mehr so, ich sag immer: Hauptsache, gesund! Da kommt Ulf schon wieder, und ich verabschiede mich, denn es ist kurz vor zehn, und um zehn kommt die letzte Doc-Bob-Sendung der Woche, und die letzte, die ich höre, ohne ein konkretes Bild vor Augen zu haben. Das muss ich doch noch einmal auskosten.

Zu Hause bügel ich mein neues Atomium-Bügelbild für morgen auf meine Autofahrer-Windjacke und höre dazu Radio. Doc Bob spielt als Erstes «1 4 U», ein wunderschönes Stück von den Strangemen aus Berlin, die es schon seit Jahren nicht mehr gibt. Das ist eindeutig als Zeichen an mich gerichtet! Er will mir unverblümt sagen, dass er der Richtige für mich ist! Bei dem Gedanken, dass er konsequenterweise jetzt am besten gleich «1 2 x U» von den Adverts hinterherspielen könnte, um mir ohne unnötigen Tamtam gleich durchzurufen, was Sache ist, muss ich grinsen.

Das nächste Stück hat eine enorme persönliche Bedeutung für mich, sagt Doc Bob, es geht darin um einen Mann und eine Frau, die zueinander finden, na ja, ihr wisst bestimmt alle, was ich meine, da brauche ich mich hier ja gar nicht erst groß um Kopf und Kragen zu reden. Und dann spielt er «Sand» von Lee Hazlewood mit Nancy Sinatra, eines der schönsten aus der Nancy-und-Lee-Phase, und ich bin sicher, dass der Doc ein ganz Romantischer ist, der statt eindeutig zweideutiger Angebote lieber erst einmal sein Herz sprechen lässt. Reizend! Ich freue mich so, dass ich fast das Bügeleisen mit der Spitze auf der rechten Außenkugel des Bügelbilds stehen lasse. Zur Feier des Tages bügele ich auch noch ein paar Taschentücher, die sich richtig erschrecken, weil sie seit ihrer Geburt im Taschentuch-Textilwerk nicht mehr gebügelt worden sind. Aber man muss eben das Eisen schmieden, solange es heiß ist.

Um kurz vor 12 bin ich immer noch quietschfidel, weil in meiner internen Judith-Herzberg-Sonnenuhr schließlich früher Nachmittag ist. Franz, der ebenfalls nach der Nachtschichtwoche im umgekehrten Rhythmus schwimmt, ruft an und kommt vorbei, um mir eine lustige Karte von Gerda vorzulesen. Gerda wird immer eigenartiger, sagt Franz, er hat mir das erste Mal komplett auf Deutsch geschrieben, und ich bin nicht sicher, was er meint. Also hör mal zu: Liebe Franz, ich werden schreiben nur weil lernen deutsch, plus vermissen in Sprachen Ohr, mein Liebling. Habe Wodka gekaufen gestern für monatliche Entlohnung, in Getränkefachhandel mit very cute boy, der kommt von Edinborough und Punk ist. Groß Leistung? Wenn ich nochmal in Getränkefachhandel, und nochmal und nochmal vielleicht Junge, aber kein Geld für Reise. Küsse Küsse und Grüße Judith Gerda

Vorne auf der Karte guckt ein Rentier so, als ob es dringend mal müsste.

Ist doch sonnenklar, sage ich zu Franz, Gerda will im Getränkefachhandel in Edinburgh arbeiten, damit der monatliche Lohn erhöht wird, und macht sich außerdem Sorgen, dass du Punker werden könntest.

Ich glaube, sagt Franz, dass er schizophren geworden ist und sich für seine Mutter hält und quasi verschlüsselt anfragen will, ob er mir, seinem kleinen süßen Sohn, ein Care-Paket mit Wodka drin schicken soll, und zwar nächsten Monat.

Franz und ich denken uns noch ein paar mehr Bedeutungen aus, bis ich Schluckauf bekomme. Dagegen hilft nur andersrum trinken, sagt Franz, macht eine der niedlichen 50er-Jahre-Portions-Campari-Soda-Flaschen auf, die ich für Notfälle im Gemüsefach des Kühlschranks aufbewahre, und gießt sie in ein Glas. Ich beuge mich mit dem Kopf ganz tief nach unten und nehme einen Schluck Campari-Soda, der gleich darauf durch die Nasenlöcher wieder herausläuft und medioker brennt. Nützt nichts, schnaufe ich Franz an. Bei der zweiten Flasche ist der Schluckauf sogar noch schlimmer, und Franz macht sich auch eine auf, nur aus Solidarität. Was hast du gestern gegessen?, fragt er plötzlich. Ich denke kurz nach und sage, ähem, also ich war, glaube ich, in der Kantine, oder nee, ich hatte mir Obst mitgenommen und habe um vier Uhr einen Riesenbecher Quark verputzt, wieso? Ist der Schluckauf weg?, fragt Franz.

Tatsächlich. Welch ein Trick! Darauf trinken wir gleich noch einen Campari-Soda, und dann überlegen wir, was Franz Gerda antworten könnte.

Du musst ihm auch so ein Haiku schreiben, schlage ich vor. Lieber Gerda, das Schiff mit den weißen Masten. Ein Haus guckt mich an. Rrroar.

Vor ein paar Jahren haben Franz und ich bei jeder Gelegenheit Haikus gedichtet und sie uns gegenseitig geschickt. Der andere musste dann immer raten, was das Haiku bedeutete. Eines meiner Lieblingshaikus von Franz lautete «Hitze auf gebrannter Kälte. Im Kasten der ewige Mann. Gemeinsamkeit», und war eine Einladung zum warmen Abendessen (etwas Heißes auf einem kalten Porzellanteller) um 8 Uhr abends (wenn der Mann im Fernseher sprach, bei der «Tagesschau» nämlich). Ich marschierte damals einfach zur richtigen Zeit mit einer Flasche kaltem Elbling zu Franz, ein paar seiner Freunde hatten sogar darauf gewettet, dass ich das Einladungshaiku nicht verstünde. Dabei hatte ich zu der Zeit meine beste Haiku-Analyse-Form.

So, jetzt ist es halb drei, sage ich dann zu Franz, und ich

muss mich hinlegen, damit ich morgen bei der Kartbahnparty nicht durch schlafkrümelige Faltenschlitze flirten muss. Hast du nochmal über die «Morgenstund» nachgedacht, fragt Franz. Erzähle ich dir alles morgen, sage ich und umarme ihn so wie Jack Lemmon und diese unbekannte Betrunkene sich in «Das Apartment» umarmen, die er Weihnachten in einer Bar trifft und mit der er hundert Martinis trinkt.

Na gut, meine Liebe, sagt Franz, dann schlaf gut, und morgen hauen wir richtig rein und fahren unter 40 Sekunden und reißen Doktor Bob auf und überhaupt. Und dann stricken wir dir einen neuen Job.

Prima, sage ich, trödele noch etwas in meiner staubigen Wohnung herum, gucke kurz in einen Michael-Caine-Agenten-Film rein, in dem Michael Caine seinen strengen Blick dankenswerterweise die ganze Zeit durch dick umrahmte 60er-Jahre-Colaflaschenbodengläser schickt, und lege zum Schlafengehen die 15 Walzer von Chopin auf, Opus 18 bis Opus 70, gespielt von Arthur Rubinsteins fleckigen, virtuosen Wunderhänden. Denn es ist plötzlich doch schon wieder halb fünf Uhr geworden, das Morgenlicht guckt schüchtern um die Ecke, und zu dieser Nach-Nachtschicht-Frühmorgens-Stimmung passt der alte Wahlfranzose einfach am besten. Zu meiner Stimmung außerdem auch. Ich will nämlich heute im Dreivierteltakt träumen.

23. Kapitel. *In dem Judith zuerst wie Steve McQueen aussieht und später, bei der großen Kartbahnparty, auch noch mindestens wie Steve McQueen fährt, wenn nicht sogar schneller. Dazu singt fast die ganze Zeit Isaac Hayes*

Am Samstag wache ich auf, weil Bernie anruft und mich fragt, ob ich mit ihr bummeln gehen möchte. Ich überlege kurz, ob mir etwas einfällt, was ich gerade dringend brauche, um so einen Bummelzug zu begründen, denke «Parmesanreibe!» und sage zu. Bernie schleppt mich als Erstes in einen Klamottenladen für halbe Portionen und greift dort nach einem Stück Stoff, das aussieht wie eine Serviette mit Schlaufen. Wie zieht man das denn an?, frage ich. Bernie nimmt mich mit in die Umkleidekabine und bindet sich die Serviette vor den Oberkörper. Ich finde das nicht wirklich schick, bin jedoch etwas hin- und hergerissen zwischen Wahrheit und Freundes-Loyalität und sage darum ja, Bernie, ich glaube, vor allem beim Essen ist das bestimmt sehr praktisch.

Dann gehen Bernie und ich in einen großen Buchladen und lesen uns gegenseitig unsere Lieblings-Heinz-Erhardt-Gedichte vor, Bernie mag das mit der Mona Lisa am liebsten («Zu Tizian, dem Maler schlich / die holde Mona Lisa und / sie bat ihn, bitte maln Sie mich / von vorne, und auch recht schön bunt»), und mir gefällt am allerbesten die G-Geschichte: «Getränk gefällig? Gutes Gesöff!» Bernie zeigt mir ein Kunstbuch mit den hässlichsten Postkarten der Welt, sehr amüsant, nur Karten, auf denen Autobahnraststätten und Flughäfen und Hochhaussiedlungen abgebildet sind. Und danach gehen wir in ein Geschäft, das nach Parmesanreibe aussieht. Ein echter Millionärs-Shop: nur Sachen, die man eigentlich nicht braucht. Zum Beispiel ein etwa pampelmusengroßes, halbrundes, ufoartiges Ding, das an der Unterseite ein ganz kleines Saugloch hat. Man kann damit Krümel aufsaugen, besser gesagt einen einzelnen Krümel nach dem anderen, und auch nur, wenn man es direkt über den Krümel hält. Ist das für Menschen, die aus gesundheitlichen Gründen die Krümel nicht vom Tisch fegen dürfen, weil die Wedelbewegung den Tennisarm überstrapaziert?, frage ich Bernie, und Bernie meint, wahrscheinlich ist man als Multimillionär so gelangweilt, dass man sogar im Krümel-vom-Tisch-Fegen das Besondere sucht. Sie zeigt mir noch so etwas Unsinniges: eine Art Löffel mit Loch unten drin, mit dem man gekochte Eier aus dem siedenden Wasser angeln soll. Wenn man in einem Haushalt gefangen ist, in dem es keine normalen Löffel gibt. Daneben liegen ein Sektquirl, mit dem man die leckeren Blasen aus dem Champagner rühren kann, damit sie den empfindlichen, trüffelgefüllten Millionärsmagen nicht übersäuern, und eine Art Tonsurbrenner für Mönche, auf dem aber «Pralinenschaber» steht.

Haben Sie auch Parmesanreiben?, frage ich eine Verkäuferin mit dunkel umrahmten Augen und dunkel umrahmten Lippen, komischerweise aber nicht dunkel umrahmter Nase. Natürlich, sagt die würdevoll, wir führen vier verschiedene Modelle. Möchten sie eine mit oder ohne Motor? Wennschon – dennschon, denke ich und sage, wie viel PS? Die Verkäuferin zieht die Lefzen hoch und ignoriert die Frage. Sie führt mich zur Parmesanreiben-Ecke. Ich entscheide mich für ein Luxusmodell aus Chirurgen-Stahl, 1,6-Liter-Motor, stufenlose Reibstärkenverstellbarkeit, das außer Parmesan reiben auch noch die Küche aufräumen und faxen kann, und setze mich nach diesem schweren Kauf erst einmal in einen Ledersessel, den es ebenfalls in dem merkwürdigen Millionärsladen gibt. In Halshöhe bewegt sich unter dem Leder der Lehne ein phallusartiges hartes Ding und massiert einem den Nacken, das ist äußerst angenehm. Bernie, rufe ich, hier kann man sich von einem versteckten Schwanz massieren lassen, setz dich mal zu mir! Bernie gluckst und zieht mich aus dem Laden. Du bist sexfixiert, sagt sie. Aber das finde ich gar nicht, ich sage nur, wie's ist.

Bernie und ich sind sehr zufrieden mit unseren Einkäufen, wir fahren zu mir nach Hause, essen ein paar mit Honig zusammengeklebte, knusprige holländische Waffeln, trinken Tee und puzzeln das Atomium-Puzzle zu Ende. Dann besprühe ich es mit einem Puzzleklebstoff und hänge es neben das große Foto von meinem Auto. Ich finde es zwar recht peinlich, ein Foto von seinem Auto aufzuhängen, aber seit ich in einer Wohnung mal eine Fotocollage aus Bildern vom Familienhund gesehen habe, ist mir das ein ganzes Stück weniger peinlich. Bernie findet das ohnehin nicht peinlich, sie lästert nur über die Qualität des Fotos.

Dann mach doch ein besseres, schlage ich vor, und sie sagt, na gut, wir müssen nur meinen Apparat holen! Wir fahren also nach Friedrichshain, stellen das Auto so auf die glücklicherweise unbelebte Straße vor ihrem Atelier, als ob es sich gerade ein paar Mal richtig amtlich gedreht hätte, und Bernie macht Steve-McQueen-Action-Bilder mit mir als Steve McQueen drin. Zum Glück habe ich echte Knöchelloch-Handschuhe dabei, das ist beim Sportwagenflitzen die halbe Miete. Jetzt musst du noch einen Überschlag mit dem Wagen machen, verlangt Bernie, und ich überlege, wen ich als Stuntman einsetzen könnte. Schließlich möchte ich ja noch so lange leben, bis die Fotos entwickelt sind. Außerdem fände ich es sehr lustig, wenn ich eine Fotoreihe mit dem Sportwagen hätte, auf der plötzlich ein riesiger Fremder in meiner Kleidung, mit Dünne-Haare-Perücke und mit meinen Knöchelloch-Handschuhen auftaucht, der so tut, als sei er ich.

Aber natürlich würde ich meine Freunde nicht um etwas so Gefährliches bitten. Ich fahre wieder nach Hause und fange mit der Cherrie-Currie-Biographie an. Sie ist so schrecklich geschrieben, dass sie nur echt sein kann, und ich erfahre auf den ersten Seiten alles über mit Papier ausgestopfte BHs und wie man sich töfte Außenwellen föhnt. Mit dieser Außenwelle geht Cherrie so lange in die Los Angeleser Discotheken, bis sie von dem schmierigen Kim Fowley entdeckt und als Star aufgebaut wird. Um dieses furchtbare Buch nicht in einem Rutsch durchlesen zu müssen, mache ich es kurzerhand zum Klobuch. Für Klobücher eignen sich meiner Meinung nach am besten kurze, dumme Geschichten, in die man schnell reinkommt und schnell wieder raus. Scheißbücher, sozusagen.

Als ich gerade Isaac Hayes auflege, um ein wenig in eine samtene, sexy Partystimmung überzugleiten, kommt Franz vorbei und erzählt mir von seinen und Gerdas Urlaubsplänen. Die beiden wollen irgendwo ins Sauerland fahren, denn da trainieren die Nachwuchsspieler von Schalke ein paar Wochen lang. Aber da ist es doch total langweilig, sage ich, was hält Gerda denn davon? Dem habe ich nicht gesagt, dass ich nur wegen Fußball dorthin möchte, und er kennt sich in Deutschland ohnehin nicht aus, sagt Franz. Habe einfach so getan, als sei das Sauerland ein tolles Naherholungsgebiet, mit guter Luft und urigen Trachten und so.

Das ist aber gemein, sage ich. Ja, isses auch irgendwie, gibt Franz zu, aber andererseits: Wie kann man besser ein Land kennen lernen, als in seine durchschnittlichste Ecke zu fahren? Ich sage nichts, überlege aber, ob ich Gerda heimlich Bescheid geben soll, mal sehen. Dann will Franz wissen, was ich heute Abend anziehe, und ich sage, mach mir doch nicht so einen Eu-Stress! Eu-Stress ist die positive Variante von Stress, die negative heißt Dis-Stress, so wie in der ersten Silbe von Diskrepanz, oder Disput, oder Dissens. Dis-Stress hat man, wenn der Stress nie zu Ende geht, wie mein «Morgenstund»-Job: purer Dis-Stress. Eu-Stress dagegen, Eu wie in Euphorie, Eudämonie, Euroscheck, na ja, ist der Stress, der sich nach einer Zeit in Wohlgefallen auflöst. Ich bin zum Beispiel doch ein kleines My aufgeregt wegen der Party heute Abend, weil ich erst mal schnell fahren und dann auch noch flirten möchte, aber am Ende des Abends ist der Eu-Stress vorbei, im besten Falle wird geküsst, und das ist immer überhaupt keine Art von Stress, finde ich, sondern reine Entspannung.

Franz sieht ein, dass das Herumreiten auf Äußerlichkeiten überflüssig ist, und sagt: Du weißt ja, Judith, eine schöne Frau kann nichts entstellen. Also ich ziehe mein Schalke-T-Shirt an. Als ob ich das nicht auch sonst immer anhätte.

Prima, sage ich, das Blau schmeichelt deinen Augen. Soll ich auch ein T-Shirt mit was drauf anziehen, so eins mit einem Pfeil nach oben und «Bier rein» und einem Pfeil nach unten und «Bier raus»? Oder eins mit «Zicke» oder «Blöde Kuh» oder so?

Mach, was du willst, meine kleine Motorbiene, sagt Franz und geht wieder nach unten, weil er uns noch ein paar schnuckelige Hors d'œuvres machen will, vornehmlich Milchprodukt auf Mehlprodukt, Käsestullen. Damit wir eine feste Basis für die stabile Kurvenlage beim Fahren und für den Siegerschnaps danach bekommen.

Den späten Nachmittag verbringe ich damit, das Atomium-Bild, das ich auf meine Autofahrerjacke gebügelt habe, noch zusätzlich anzunähen, sicher ist sicher, und da ich leider überhaupt nicht nähen kann (es macht mich verrückt, mit so klitzekleinen piksigen Dingen zu hantieren), dauert das sehr lange. Fast verliere ich die Geduld und überlege, das Ding einfach anzutackern. Aber ich habe sehr schlechte Erfahrungen mit Antackern gemacht. Habe mir nämlich mal eine Lederschlaghose in Oberschenkelinnenseitenhöhe zusammengetackert, weil ich mich außerstande sah, diese friemelige Naht anders zu bearbeiten. Und als die Metalltackerklemmen abends aufgingen, gab das ein großes Hallo. Einen so lustigen Tanz habe ich, glaube ich, nie wieder hinbekommen, vor allem nicht in der Öffentlichkeit.

Isaac Hayes, der im Hintergrund immer noch «Hmmhmmmhmmm, precious, precious» murmelt und auf seinem Klavier herumhämmert, als ob er es für die Stiftung Warentest testen müsste, schafft es, mich trotz der Näherei bei bester Laune zu halten. Und so tänzel ich um 21 Uhr im Wiegeschritt die Treppe hinunter und klopfe bei Franz, der mich erst einmal noch kurz in die Küche bugsiert und mir einen Teller allerliebster Schnittchen anbietet. Und um halb zehn sausen wir mit unseren eigenen Helmen und Hasskappen zur Hundekehle.

Da ist der Bär los, im wahrsten Sinne des Wortes, am Nachmittag gab es schon eine Kinderparty mit ganz langsamen Rennen und Matschbrötchen (= Schokokuss in Weißmehlschrippe, buäh), aber jetzt fahren die Mütter und Väter ihre Blagen nach Hause, um als Frauen und Männer wiederzukommen. Außerdem hat Thomas die ganze Rennstrecke mit Gasluftballons geschmückt, auf denen ein ziemlich unniedlicher Bär aus einem benachbarten Einrichtungshaus zu sehen ist. Werdet ihr gesponsert, frage ich ihn, oder wieso der doofe Küchenbär? Nee, sagt Thomas, nun schimpf ma nich, die haben uns die Ballons gestellt mit Gas und allem Drum und Dran, und da konnt ick doch nicht nein sagen! Kiek ma, wat es als ersten Preis für die Kinder gab! Er zeigt mir einen Einrichtungsbären aus Hartplastik, der noch unniedlicher aussieht als die Bären auf den Luftballons, und drückt dem Ding auf den Bauch. Wir fahren ins Küchenland Hartmann, plärrt das Ding los, das ist so nah! Wir sind gleich da!

Oh Mann, sage ich, da haben sich die Kinder bestimmt drum gerissen. Na ja, richtig kuschelig is das Ding nu nich, sagt Thomas und drückt dem Bären aus Versehen nochmal auf den Bauch, der gleich wieder loslegt: Das ist so nah! Wir sind gleich da!

Franz und ich gehen zu der Bar an der Rückwand der Halle und trinken eine Club Mate. Alkohol gibt's auch erst nach dem Erwachsenenrennen, sagt Thomas' Freundin bestimmt, die ihre Wedding-Palmen-Frisur (ein mitten auf der Fontanelle aufgetürmter Zopf) hinter der Theke schüttelt. Macht uns doch gar nichts, sagt Franz, als ob wir uns nicht auch nüchtern amüsieren könnten?! Nicht, Judith!? – Klar!, rufe ich und stoße mit Thomas' Freundin und Franz an. Neben der Bar steht ein noch unbemanntes DJ-Pult mit zwei Plattenspielern, zufällig röhrt schon wieder Isaac Hayes, aber nur eine Best-of-CD mit Unmengen «Shaft»-Versionen, und Franz schubst mich in die Seite und sagt: Tz, tz, tz! Ich bin schon so gespannt!

Wir strolchen ein bisschen herum und plauschen mit Thomas' Freundin, führen Benzingespräche mit eingeborenen Schmargendorfern, und da kommen Reintraut und Ulf herein, Hand in Hand und mit glänzenden Augen. Huhu, rufe ich laut wie eine Tante auf Besuch und winke, und die beiden nähern sich und sehen dabei aus, als ob sie lachend und in Zeitlupe über einen Sommerrasen liefen. Ihr kennt euch ja schon, sagt Reintraut, und ich sage, hi Ulf, das ist mein Freund Franz. Alle stoßen mit Club Mate an, dann macht sich Reintraut von Ulf los und sagt, komm jetzt, Judith, das erste Rennen für Frauen fängt gleich an. Wie, sage ich, sind die nach Geschlechtern getrennt? Nur ein paar, sagt Reintraut, es gibt eins für Frauen, eins für Männer und zwei große Abschlussrennen für die Geschlechter-Schnellsten.

Reintraut und ich gehen zu Thomas, um uns in die Liste der Starterinnen eintragen zu lassen. Reintraut nennt sich Häschen Häkkinen, und ich nehme Mrs. Niki Lauda, ich weiß auch nicht, irgendwie habe ich eine Schwäche für diesen verbrannten Mützenkopf. Außer uns gehen noch sieben Damen an den Start, komm, die lassen wir unseren Staub fressen, diese Boxenluder!, raune ich Reintraut zu, als wir uns die Hasskappen aufsetzen. Reintraut hat Kart Nummer drei, ich habe Nummer sieben.

Dann sagt Thomas das erste Erwachsenen-Rennen des heutigen Abends an, winkt mit seiner Fahne, und wir brausen ab durch die Mitte. In den ersten zwei Runden muss ich mich wie immer erst an das Vibrieren gewöhnen, aber dann komme ich. Ich schieße an Reintraut vorbei, die vor mir gestartet ist, und rufe ihr zu, na Schwester, hast du deine Tage oder was? Häschen Häkkinen kann mich über das Prötprötpröt der Karts kaum verstehen, guckt aber wild und drückt so auf die Tube, dass sie sich an der engen Schlangenkurve einmal um sich selbst dreht, hihi, und von Thomas wieder ins Rennen gewinkt werden muss. Aber eines der Boxenluder holt auf, Thomas winkt mit der «Achtung, jemand will überholen»-Fahne, und schon prescht eine Dame mit flatterndem Blondinen-Haar vorbei, und eine Brise Chanel oder so etwas streift mich über dem Benzinduft. Parfüm ist ja überhaupt nichts für mich. Ich habe das Gefühl, dass Menschen, die Parfüms benutzen, immer einen schlimmen Gestank überdecken müssen. Das Einzige, was ich wirklich einmal sinnvoll fände, das wäre ein Parfüm für Berlin. Wenn man nämlich Berlin aufkratzt, und das tun die gewitzten Regierenden immer wieder, um noch ein paar marode Bauvorhaben mehr in den Sand zu setzen, dann stinkt es sofort so, als ob Berlin ein Haufen uralter Tümpelschlamm wäre, über den sich nur notdürftig eine ganz, ganz dünne Asphaltdecke spannt.

Aber die dufte Blondine ist fix, sie überholt mich sogar noch einmal, und obwohl ich in der zehnten und letzten Runde das Gefühl habe, meine Nackenmuskeln seien vom anstrengenden Lenkradfesthalten bei 35 Stundenkilometern schick angeschwollen, bin ich sicher, eher so eine Art dritte oder vierte Siegerin geworden zu sein.

Nach dem Rennen drängeln wir Rennfahrerinnen uns um den Bildschirm mit den Wertungen: auf den ersten drei Plätzen, den Qualifikationsplätzen fürs Abschlussrennen, die Karts fünf, zwei und sieben (ganz knapp), ha! Aber Häschen Häkkinen ist nicht drin. Macht nichts, kannste dich eher betrinken, sage ich zu ihr, und sie sagt, tja, man kann ja nicht alles haben. Und so schlingern Reintraut und ich zurück zu Franz und Ulf, die an der Strecke gestanden und herumgebrüllt haben: Wir wollen Reintraut sehen, wir wollen Reintraut sehen, beziehungsweise: Wir wollen Judith sehen, wir wollen Judith sehen. Und natürlich nach der Melodie von «Da Doo Ron Ron»: Mädchen, du bist zu schön zum Kartbahnfahrn, fahr Busse und Bahn, Busse und Bahn.

24. Kapitel. *In dem etwas Schreckliches, Furchtbares, Grausames, Unglaubliches, Widerwärtiges passiert und Judith versteinert, verzweifelt, erschrocken, geschockt, vom Schlag getroffen ist. (H.P. Lovecraft hat auch immer viel zu viele Adjektive benutzt)*

Um 22.45 Uhr soll das letzte Rennen stattfinden. Für die besten Fahrer und Fahrerinnen, die Entscheidung!!!, schreien Reintraut und Ulf und produzieren Geräusche, die entfernt an die Filmmusik vom «Weißen Hai» erinnern. Jetzt machst du noch schnell den ersten Platz, flüstert Reintraut mir zu, obwohl sie nur glaubt zu flüstern, in Wirklichkeit trompetet sie den Satz laut heraus, sie ist nämlich schon angeschickert, und dann lernt Doktor Bob dich als strahlende Gewinnerin kennen, und es gibt erst mal eine amtliche Champagnerdusche!

Bernie kommt, schön aufgebrezelt in ihrem neuen Lätzchen, und Rainer klemmt sich gleich an ihre Seite und zeigt ihr sein Gebiss mit den vielen Windkanälen. Aber nur kurz, denn jetzt geht es Schlag auf Schlag. Außer mir haben sich noch Franz und selbstverständlich Thomas und Rainer qualifiziert, die anderen Finalisten kenne ich nicht. Ungefähr ein Drittel Frauen sind dabei, und die fixe Blondine aus dem ersten Rennen versammelt uns sofort um sich, um mit uns eine «weibliche Art des Gewinnens» zu besprechen. Wie, sagt eine der anderen Damen, so mit melodiösem Hupen und entschuldige meine Liebe, aber könntest du mich bitte vorbeilassen? Krchkrchkrch, mache ich, oder mit Ablenkungsmanövern, guck mal, da läuft ein kleines Kind auf die Fahrbahn! Das findet die Blondine gar nicht lustig. Ich meine doch nur, sagt sie, dass wir zusammenhalten sollen ... Ach, ich will lieber mit harten Bandagen kämpfen, sage ich und stupse meine Nachbarin an. Genau, sagt die, sonst erobern wir ja nie die Chefetagen!

Dann werden wir zum Start gerufen, sodass ich nur

schnell im Vorbeigehen ein paar Mini-Bulettenspießchen und ein Avocado-Toast-Dreieck einschieben kann. Möchte wirklich wissen, wer sich diese exotischen kleinen Schweinereien ausgedacht hat, ich würde Thomas und Rainer zutrauen, dass sie eine Avocado mit einer Kartoffel verwechseln und sie erst mal in einem Pott Wasser aufsetzen würden. Aber ich will nicht lästern, ich kann mich auch noch an meine erste Kiwi erinnern.

Franz klopft mir dreimal auf den Kopf und sagt: Ich klopf auf Holz, und ich tue so, als ob ich ihm in die Reifen steche, und sage: Gewinnwarnung, Achtung, Gewinnwarnung! Wir sind zu zwölft, und es ist ganz schön eng auf der Strecke. In der ersten Runde fahre ich ein paar Mal beinahe jemandem auf die Reifen, und in der vierten Runde verliere ich eine Menge Zeit, weil die Blondine in einer Haarnadelkurve, ausgerechnet!, so knapp an mir vorbeisaust, dass ich bremsen muss und mit sanftem Flutsch-Geräusch gegen die Gummi-Bande brettere. Ich berappel mich aber ganz gut bis zur achten Runde. In der neunten Runde sehe ich, wie Franz, der die ganze Zeit quasi nur ein schwuler Blitz außerhalb meines Gesichtsfeldes war, zwei Kurven vor mir die Blondine überholt. Die scheint sich richtig zu ärgern und fährt in der langen Eingangsgeraden zur zehnten Runde so nah an Franz heran, dass sie ihn berührt. Dann geht plötzlich ein Ruck durch die beiden Karts, man hört lautes, fieses Metall-auf-Metall-auf-Plastik-Gequietsche, und ich sehe meinen besten Freund, mit Helm und im Schalke-T-Shirt, wie einen eleganten blau-weißen Volleyball im Sinkflug über die Bande segeln und irgendwo in der Ecke aufknallen. Was mich so erschreckt, dass ich, ohne zu lenken, mitten in die nächste Kurve fahre und sanft an einem Pfeiler zu stehen komme, an dem ein paar Einrichtungsbär-Luftballons zittern.

Thomas und Rainer winken natürlich sofort mit den «Hilfe, Unfall, Stopp!»-Fahnen, und wir laufen zu Franz, der wie ein zusammengeknülltes, blau-weißes Stofftier auf dem harten Boden liegt. Aber immerhin atmet er, er guckt uns sogar mit einem komischen Grinsen an, als wir alle auf ihn zurennen. MannMannMann, sage ich zu ihm und weiß gar nicht, wie und wo ich ihn anfassen soll, MannMannMann, lebst du noch? Alles okay? Bist du verrückt, schreit Thomas Franz an, wir machen doch hier keinen Stunt-Dreh! Bei Franz scheinen noch alle Körperteile zumindest fürs Erste zu funktionieren, er nimmt sich den Helm ab und sieht im Gesicht ungefähr aus wie ein milder, französischer Brie. Oh Gott, sagt Franz, was für ein Finale! Tut dir was weh?, frage ich, und Rainer hat schon eine verstaubte Trage aufgetrieben, die er jetzt neben Franz legt. Ich rufe den Krankenwagen!, sagt er, ich rufe sofort die Malteser! Nee, schon gut, sagt Franz, ich hab mir, glaube ich, nichts getan, ein Malteser Aquavit wär mir lieber. Er wackelt mit den Armen und Beinen und sagt, ich bin nur ein bisschen geschockt.

Das bin ich allerdings auch, ich fühle mich, als ob ich aus einem warmen Adrenalin-Wellenbad steige. Mensch Franziskus, sage ich und muss kurz meinen Arm um ihn legen und ihn vorsichtig drücken wie ein Küken auf dem Hamburger Fischmarkt, das nächste Mal aber bitte nur einen Doppelaxel, keinen Toeloop.

Franz und ich stehen langsam auf und wackeln zu Bernie, Reintraut und Ulf, die besorgt am Fahrbahnrand stehen. Ulf geht los und holt eine Runde Wodka, und Franz erzählt von dem völlig neuen Fliegegefühl. Die fixe Blondine kommt zu uns und entschuldigt sich, das sei keine Absicht gewesen, sie wisse gar nicht, wie das passieren konnte, und der großherzige Franz sagt jaja, ich glaube, ich habe einfach aus Reflex zu stark gebremst, als du mir da plötzlich auf den Hacken hingst, und stößt mit ihr an. Thomas und Rainer rennen wie aufgescheuchte Hähne hin und her, sie organisieren noch eine Runde Schnaps für uns, dann schenken sie Franz einen Einrichtungsbären aus Hartplastik, und dann machen sie eine Durchsage, was Franz ganz furchtbar peinlich ist: Dem

Fahrer des Karts Nummer sechs ist nichts geschehen, ich wiederhole, er lebt noch. Aber langsam beruhigen sich wieder alle ein bisschen. Thomas fragt uns zerknirscht, was meint ihr, sollen wir das Rennen abbrechen?

Quatsch, sagt Franz, wieso denn, macht doch einfach das Entscheidungsrennen nochmal, aber ohne mich. Ich mache auch nicht nochmal mit, sage ich, ich will hier lieber neben meinem neugeborenen Freund stehen bleiben.

Franz und ich lehnen also an der Theke in der Ecke, das Finalrennen wird ausgerufen, und da sagt Franz plötzlich: Judith, mir ist schlecht, kannst du mich nach Hause bringen?

Klar, sage ich, und da ich weiß, wie unangenehm es Franz ist, in der Öffentlichkeit mit irgendwelchen Sperenzchen aufzufallen, schnappe ich unauffällig unsere Helme, und wir machen die Polnische durch die Hintertür neben den nach brackigem Wasser stinkenden Toiletten. Obwohl ich nicht weiß, warum man das Sich-heimlich-Davonstehlen nicht als Amerikanische bezeichnet. Schließlich sind es die Amerikaner, die am Telefon nie tschüs sagen, sondern einfach auflegen, wenn alles geklärt ist.

Als wir schon im Fiat sitzen und Franz sich an die Rückenlehne schmiegt und leidend guckt wie Zarah Leander, fällt mir ein, dass der Verlauf des Abends eigentlich ein anderer hätte sein sollen. Judith, sagt Franz in dem Augenblick, jetzt hätte ich fast die Doc-Bob-Geschichte vergessen! Bleib doch hier, ich nehme mir einfach ein Taxi.

Eine kurze Schrecksekunde lang überlege ich, ob Franz durch den Unfall vielleicht Gedankenleser geworden ist. Nicht dass ich ihm nicht vertraue, aber ich möchte meine Gedanken lieber in der kleinen spinnerten Bude lassen, in der sie geboren wurden, ich bin doch etwas zu genant.

Aber natürlich werde ich meinen besten, angeschlagenen Freund niemals wegen eines eventuell, ganz eventuell tollen Mannes einem Ick-werd-das-Kind-schon-schaukeln-Taxifahrer ausliefern. Schon gar nicht, wenn er sich seinen schlauen

Kopf verletzt haben könnte. Schließlich weiß ich bei Franz definitiv, dass er toll ist, während ich es bei Doc Bob nur hoffe. Nö, sage ich, macht mir überhaupt nix, ich bin so selbstlos! Ich habe schließlich auch auf dein Studium gespart, mein Sohn, habe jahrelang zu Hause Kreuzstichdecken gestickt und sie morgens früh vor der Arbeit auf dem zugigen Marktplatz verkauft, nur damit du es mal besser hast …

Franz grinst, aber er sieht aus, als ob es ihm nicht gut geht. Er ist außerdem noch weißer als vorhin. Mir ist so schlecht, sagt er. Und irgendwie tut es beim Schlucken weh.

Ich fahr jetzt mit dir ins Urban-Krankenhaus, sage ich. Quatsch, sagt Franz. Doch, jetzt halt die Klappe. Dann brause ich los. Der verdammte Einrichtungsbär fliegt beim Ausparken gegen den Rücksitz, und herausgescratcht kommt: «Es ist so nah! Wir sind gleich da!» Ich wünschte, ich hätte so eine Kojak-Polizeileuchte, die ich mal eben auf das Autodach pappen könnte.

25. Kapitel. *In dem Franz eiligen Schritts den Weg der Genesung betritt (ein Glück! Puh!), teure Katzenzungen verputzt werden, ein Live-Eklat im Live-Fernsehen stattfindet und Schalke 3:1 gegen den HSV gewinnt (das steht nur hier, nicht unten!)*

Das habe ich gerade gerne. Franz liegt mit einem Schleudertrauma, «Beschleunigungstrauma Schweregrad zwei» sagt der Jungspund von einem Arzt, und so genannten vegetativen Begleitsymptomen in einem Sechserzimmer mit zwei schnarchenden Opis, einem anatolischen Vier-lärmende-Blagen-Familienvater und zwei Walkman-Kids. Der eine hört vernehmlich deutschen Hip-Hop, zum Glück den aus Hamburg, nicht den aus Süddeutschland, der andere Break Beats.

Oder Heart Beats. Oder wie die heißen. Und ich alte Hypochonderin hocke an Franz' Bett und habe alles, was er auch hat, und auch alle anderen Dinge, die in dem Raum herumschwirren: Meine Hüfte ist angeknackst, mein Ellenbogen verrenkt, ich habe Augen-Migräne, einen Schlüsselbeinbruch und bestimmt auch noch was an der Prostata. Lach nicht, sage ich zu Franz, das nennt man Phantom-Prostata-Schmerzen. Es ist Sonntag, und ich habe Franz drei Jules-Verne-Bücher mitgebracht («Auf Außenposten im Land der Pelze», «Reise durchs Sonnensystem» und «Die geheimnisvolle Insel»), eine Schachtel Katzenzungen (unverschämt teuer zu Tankstellenpreisen) und einen Apfel, wegen der Vitamine. Übertreib mal nicht, sagt Franz, ich komme morgen wieder raus. Arbeiten kann ich aber diese Woche noch nicht, sagt der Arzt.

Na ja, bis morgen kann man einiges lesen, das Land der Pelze ist noch weitgehend unerforscht, sage ich und muss an einen von Franz' Exliebhabern denken, den Franz und ich auch mal im Krankenhaus besucht haben. Er hatte sich mit einem dieser dämlichen Motor-Tretroller auf die Klappe gelegt (kleine Sünden straft der liebe Gott sofort, hat Franz sich damals geschadenfreut) und lag nun in Gips in der Westend-Klinik. Franz brachte ihm meine Nabokov-Biographie «Sprich, Erinnerung, sprich!» mit, weil er in der Eile kein Geschenk gefunden hatte, und mein Nabokov-Buch sah noch halbwegs neu gekauft aus. Wir rissen also die erste Seite mit der Widmung heraus («Du stehst doch auf Biographien, also alles Gute zum 34., Judithmaus! Tine und Andy»), bügelten die zweite Seite bei warmen 25° etwas glatt, damit man die von der ersten Seite durchgedrückte Widmung nicht mehr mit einem Bleistift abpauschen konnte, und packten das Buch ein. Natürlich musste Franz versprechen, es mir neu zu kaufen. Das war aber gar nicht nötig, der Exliebhaber entpuppte sich nämlich als totaler Lesemuffel, ach wisst ihr, sagte er, ich finde Lesen so anstrengend, und außerdem habe ich mein Stickzeug dabei. Ich weiß auch nicht, aber wenn ich erst mal angefangen hab, dann kann ich stundenlang durchsticken. Franz hatte noch drei Tage lang einen blauen Fleck auf der Stelle am Schienbein, wo ich ihn daraufhin anstieß, und das «stundenlang durchsticken» wurde eine Zeit lang zu einem begehrten geflügelten Wort zwischen uns.

Franz wirft sich also in einen schmutzigen Bademantel und geht mit mir den Gang hinunter, so wie all die anderen Patienten mit ihrem Besuch. Sind wenigstens ein paar scharfe Pfleger am Start?, frage ich ihn. Nö, sagt Franz, es gibt eine Nachtschwester für die ganze Station, und die würde mir nicht mal gefallen, wenn ich allein auf einer einsamen Insel mit ihr wäre. Ich würde den nettesten Gorilla vorziehen.

Wir stellen uns auf einen Balkon und gucken auf den mageren Park rund um das Krankenhaus, in dem zwischen schütteren Bäumen immer wieder krankenhausweiße Kittel aufblitzen und auf den Bänken Menschen mit Gebrechen leiden. Der arme Park, sage ich, wahrscheinlich hat er die größte Bakteriendichte Berlins, und wenn es hier einen Apfelbaum gäbe, dann würde der bestimmt Ebola oder so übertragen. Stimmt, sagt Franz und fragt: Musst du nicht nachher arbeiten?

Klar, sage ich, aber ich sag nur so viel: Sieh dir morgen früh mal die «Morgenstund» an, dann kannst du was erleben!

Was er erlebt hat, erzählt mir Franz am nächsten Tag, als ich ihn zur Kaffeezeit besuche. Was war denn da los?, fragt Franz, ich liege im Bett und gucke die «Morgenstund», schön ab sieben Uhr, und um halb acht, mitten auf einer grässlichen Anmoderation zu dem bekloppten Gewinnspiel, läuft plötzlich ein Crawl durchs Bild: Hilfe! Holt mich hier raus! Ich bin ein letzter Rest Verstand, gefangen in den Körpern zweier als Moderatorinnen verkleideter Nullen! Es ist so einsam hier drin ... Und danach, sagt Franz, kam anstatt des Telefonspiels und des Zuschauergesprächs ein Filmbeitrag nach dem anderen, ohne Moderationen dazwischen.

Tjaha, sage ich, also: Ich habe mich früh am Morgen, kurz vor Sendebeginn, nochmal mit Gina und Ina über diese blöde Nummer mit dem Geld-für-Pfunde gestritten, und die wurden richtig pampig: Ich könne ja ohnehin froh sein, dass ich diesen Job habe, und es gäbe auch noch andere Dinge, die zu bemängeln wären. Und dann habe ich den Crawl für Notfälle aus meinem Computer geholt und ihn mal eben durch das Bild geschickt. Bis die das gemerkt haben, ist er viermal gelaufen, dann wurde ich sofort zur Sendeleitung zitiert, und aus die Maus. Aber das Lustige: Ich habe den Crawl-Ablauf so programmiert, dass kurz vor acht nochmal einer über den Bildschirm flimmerte: Der Ausschalte-Knopf befindet sich unten rechts an Ihrem Gerät.

Was soll das heißen, aus die Maus?, fragt Franz.

Gekündigt, sage ich, ich habe mich hochkant rauswerfen lassen, zum alten Eisen! Hurra!

Ach Mensch Judith, sagt Franz und guckt ungläubig. Abgesehen davon, dass ich die Crawl-Aktion ein wenig verkopft finde, wer soll denn jetzt dein Knäckebrot zahlen? Und deine Autowaschrechnungen?

Ich wollte eh auf billige kernige Haferflocken umsteigen, sage ich. Ehrlich, ich war doch die ganze letzte Zeit unzufrieden mit meinem Job, und man kann doch nicht ewig lange irgendwo arbeiten, wenn einen das unglücklich macht.

Du hast schon Recht, sagt Franz, ich würde das mal Tacheles nennen, auch wenn ich mich erstens ärgere, dass wir nicht mehr zusammen arbeiten, und zweitens glaube, dass es gerade nicht unbedingt die einfachste Zeit ist, um so einen Job mutwillig zu kündigen und sich ins Arbeitslosen-Nichts zu begeben.

Ich will mich gar nicht ins Arbeitslosen-Nichts begeben, sage ich, ich will keine glückliche Arbeitslose sein. Eine der freien Autorinnen der «Morgenstund», die öfter mal Filmbeiträge macht, die bereitet gerade einen Dokumentarfilm über die Geschichte der Brille vor, und was meinst du, wen sie wegen Recherche und Hilfe gefragt hat? Deine Freundin und Sehhilfen-Spezialistin Judith. Das würde mich zumindest für ein halbes Jahr vor der Platte bewahren …

Und dann kannst du ja immer noch eine Basilikum-Zucht aufmachen, sagt Franz, oder was?

Genau, sage ich, oder ich mache eine Geschlechtsumwandlung, werde Mitglied bei diesen dämlichen Rosenkreuzern und lasse mir von ihnen ganz einfach irgendwelche Chef-Jobs in fremden, aufregenden Ländern mit Logen-Anbindung vermitteln. Die Welt steht Judith Herzberg offen! Vielleicht spare ich auch auf einen Pulitzer.

Ich denke, du stehst auf Fiat, höhö, sagt Franz, und an dem blöden Witz merke ich, dass es ihm schon viel besser geht.

Ich weiß ja, man könnte sagen, dass ich überreagiert habe, gebe ich zu und esse dem Kranken die letzte Katzenzunge weg. Aber du hättest mal sehen sollen, wie lustig Gina und Ina im Dreieck gesprungen sind, als sie das mit dem Crawl gehört haben! Und wie viele Zuschauer plötzlich angerufen haben! Das war genau das Feedback, das alle immer wollten.

Tja, Judith, sagt Franz, wer hätte das gedacht!

Und ich sage, siehste, in dieser Zitrone ist noch viel Saft, oder wie das heißt.

Franz und ich reden noch ein bisschen über meine Zukunft ohne die «Morgenstund» und kommen zu dem Schluss, dass Veränderungen meistens gut sind und dass ich mit dem Zeugnis, das die Redaktion mir schreiben wird, wahrscheinlich mit fliegenden Fahnen sitzen bleiben würde. Aber die interessantesten Menschen sind sitzen geblieben. Sogar so lange, bis sie die Lehrerin heiraten konnten.

Wir beobachten, wie ein weiß bekittelter Kranker draußen im Park Besuch von einem Freund bekommt, der einen riesigen, schmuddelig aussehenden Hund dabei hat. Der Hund freut sich über das Wiedersehen mit dem Weißkittel und springt ihn erst mal an, worauf der Hundebesitzer befiehlt: Virus, hierher! Und das verbessert unsere Stimmung.

Was war denn nun eigentlich mit Doc Bob, fragt Franz, ist der vorgestern noch aufgetaucht? Klar, sage ich, Reintraut hat mich vorhin angerufen, er kam gegen zwölf und hat auch noch drei Stunden aufgelegt, war alles prima, behauptet Reintraut, sie hat die ganze Zeit Mach's wie Hans gespielt. Beziehungsweise Mach's wie Ulf.

Mach's wie Hans ist ein Tanzspiel, bei dem immer einer in die Mitte muss und irgendeine Bewegung vortanzen, und die anderen machen es nach. Noch lieber spiele ich allerdings Tanzroulette, dabei muss man einfach nur vorher ausmachen, dass jeder abwechselnd tanzen muss, einer beim ersten, einer beim zweiten, der Nächste beim dritten Song und wieder von vorne. Wenn die Musik beschissen ist, und das ist sie leider oft, kann es zum Wegwerfen komisch sein. Ich erinnere mich, wie Franz einmal zu «Take Five» tanzen musste, rhythmisch fast unmöglich, außerdem gehen natürlich nur Idioten bei solchen Stücken auf die Tanzfläche. Ich musste dafür schon einmal zu «Sex Machine» tanzen, und das bei meinen Problemen mit dem Godfather. Das Schlimmste war aber, als ich zu «Iiiiiiiiii Will Always Love You» tanzen musste, bei einer «Morgenstund»-Weihnachtsparty, die natürlich grässlich war, doch Franz und ich hatten uns lecker mit Dim-Sum-Häppchen voll gestopft und so viel Zapfbier getrunken, dass wir uns anhörten wie U-Boote, wenn man uns aus Versehen anstieß. Wir spielten Tanzroulette, es war schon spät, und fast nur noch neue und alte Pärchen schwankten um die Tanzfläche herum, und ausgerechnet bei diesem schlimmen Lied, auch noch in der Version von Whitney Houston, musste ich mich in die Mitte stellen und alleine dazu tanzen. Beziehungsweise mich hin und her wiegen, eigentlich ist das ja ein Klammerblues. Vor lauter Peinlichkeit krümmen sich immer noch meine Fußnägel hoch, wenn ich daran denke.

Hat dein Moderator denn wenigstens Bedauern geäußert darüber, dass diese heiße Frau, die immer so viel Atmosphäre zwischen ihre Mail-Zeilen packen kann, nicht da ist?, fragt Franz.

Klar hat er nach mir gefragt, Reintraut sagte es jedenfalls so, aber sie haben ihm erzählt, dass es einen Notfall gab, erkläre ich Franz. Das macht mich doch irgendwie auch interessant: Kann Komplimente mailen, hat dufte Kartbahn-Freunde, kann Leben retten.

Habt ihr den Mail-Kontakt denn schon wieder aufgenommen?, fragt Franz.

Ich habe noch nicht geguckt, sage ich, das mache ich nachher vielleicht. Ist gerade nicht so wichtig.

Dann setzen wir uns auf zwei Rollstühle, die wir verbotenerweise vom Gang auf den Balkon herausrollen, und machen das kleine, alte Taschenradio an, das Franz sich von dem anatolischen Familienvater geliehen hat, denn heute spielt Schalke. Und es gibt kaum etwas Schöneres, als mit seinem besten Freund in der Sonne zu sitzen und die Konferenzschaltung zu hören, wenn Schalke gewinnt (3 : 1 dank Ebbe Sand). Auch und gerade weil man sich darüber freuen kann, dass diesem besten Freund nicht mehr passiert ist und dass er noch jahrelang da bleibt und für einen kocht und einem zuhört und mit einem dummes Zeug faselt. Finde ich jedenfalls.

26. und letztes Kapitel. *In dem tatsächlich schon wieder ein Blindenwitz gemacht wird, man fasst es nicht, ein paar große, kaputte Aluminiumkugeln sich auf Zärtlichkeit freuen können und Judith für ihre Zukunft mindestens rosarot sieht*

Soooooo viel hat sich nun auch nicht geändert in meinem Leben. Natürlich, mit meiner Gesichtshautfaltenentwicklung geht es rapide abwärts, wenn man mal ein paar Wochen lang nachts schläft und tags trinkt, besser noch nachts schläft und tags nicht immer trinkt, dann scheinen sich eine Menge der schönen Falten, die mich hoffentlich von jungen Erstsemester-Disco-Mäusen unterscheiden, einfach wieder in das Gesicht zurückzuziehen, so eine Frechheit. Als ob man wieder ein bisschen jünger wird, nur um später noch mal zu altern. Aber in Wirklichkeit fällt das nur mir auf, und nur in dem kurzen Augenblick, in dem ich morgens meine zauberhaften Linsen einsetze und darum das Auge nah an den Spiegel bringe. Ansonsten bin ich allerschwerstens mit der Recherche zu dem Brillenhistorienfilm meiner ehemaligen «Morgenstund»-Kollegin beschäftigt. Nicht nur, dass mir das großen Spaß macht und ich zwischenzeitlich stundenlange Referate über Stäbchen, Zäpfchen, Gerstenkörner, Dinkelkissen und die Gefahren des Minipümpels bei weichen Linsen halten sowie eine hydrophile UV-blockende Präzisions-Qualitätslinse quasi aus zwei Kilometer Entfernung auf der Pupille eines schlafenden Eskimos ausmachen kann – ich kann sogar momentan ganz gut davon leben. Ich spare wieder mehr, das ist wahr. Neulich habe ich den ganzen Nachmittag im Bahnhof verbracht, weil dort «Tag des Butterbrotes» war und sieben aufgeregte Schülerpraktikanten auf einer kleinen Bühne einen Lappen Weißmehlbrot nach dem anderen mit Käse belegten und an die Passanten ausgaben, während über ihnen eine Leuchttafel verkündete: «Schon 3721 geschmiert! Schon 3722 geschmiert!» und so weiter. Ich ging ungefähr sechsmal dort vorbei und bediente mich, und zwar das erste Mal ganz normal, das zweite Mal mit Sonnenbrille, das dritte Mal mit meinem schicken Stewardess-Halstuch nach islamischer Art und Weise um den Kopf gebunden, das vierte Mal mit meinem schicken Stewardess-Halstuch in Putzfrauenmanier im Nacken zusammengeschnürt, das fünfte Mal mein schickes Stewardess-Halstuch zu einem extrem peinlichen Stirnband gerollt, und das sechste Mal wollte ich das Tuch eigentlich wie ein Western-

Gangster vor den Mund binden, das kam mir aber selbst zu bedrohlich vor, schließlich weiß man heutzutage (nach Erfurt) nie, wie Schüler so etwas auffassen. Also machte ich den alten Geheimagenten-Trick mit der Wendejacke. Solche Jacken gibt es meistens in Klein- oder mittelgroßen Städten zu kaufen. Meine ist aus einem halbstündigen Umsteige-Aufenthalt in Essen.

Was ja wieder zu den Butterbroten passt. Die zwölf Stullen packte ich in mein Auto und machte ein schniekes Picknick mit Franz, und schon hatte man wieder einmal einen ganzen Tag lang billigen, gesunden und ungefährlichen Spaß gehabt.

Ansonsten ist alles beim Alten, heute früh habe ich mir schon zum dritten Mal mit Doc Bob gemailt, wir schicken uns gerade Spekulationen darüber, warum auf den Platten der Five Blind Boys of Alabama, die er in seiner letzten Sendung gespielt hat, nur vier lustige alte Schwarze mit Sonnenbrillen drauf sind, meine neueste Theorie ist ja, dass der fünfte, ein tiefer Bass, schon seit Jahren nicht mehr dabei ist, denn er hat bei einem Konzert irgendwo in Mississippi einen Herzinfarkt erlitten und ist einfach auf der Bühne liegen geblieben. Und weil der Bass eh ein sehr zurückhaltender und ruhiger Gesell war, haben die anderen es einfach nicht bemerkt, vielleicht hat der Manager es ihnen auch nicht sagen wollen, um die Jungs auf ihre alten Tage nicht so aufzuregen. Doc Bob glaubt stattdessen, dass der Manager der Band nicht zählen, also auch nicht rechnen kann, sonst würden die Männer in diesem Balkan-Alter (und das ganz ohne Kefir) wohl nicht mehr auftreten müssen.

Außerdem bin ich in meiner «Woher stammt eigentlich ... dieser Doktor Bob?»-Recherche schon viel weiter gekommen, habe entdeckt, dass das Kochlöffel-Netz aus 110 Filialen besteht, auch in viel versprechenden Städten wie Lingen und Wilhelmshaven. Allzu schwer kann es also nicht sein, aus jenen 110 Möglichkeiten mit ein bisschen genauem Zuhören die richtige herauszufinden, schließlich bin ich bekannt für meinen James-Bond-artigen Ansatz beim Lösen von unlösbaren Problemen. (Wobei man beachten muss, dass die Kochlöffel-Kette seit 1995 ihren optischen Auftritt verändert hat: Man kocht jetzt in Türkis statt in Rot.) Falls ich Doc Bob je nochmal von Angesicht zu (rotem, verschwitzem, aufgeregtem) Angesicht gegenüberstehen sollte, werde ich ihn mit meinem Wissen über seine Heimatstadt bestimmt verblüffen können. Aber das hat keine Eile.

Franz ist gerade mit Gerda im Sauerland, Reintraut ist mit ihrem neuen Pfälzer-Gspusi zur Ostsee gefahren, Pärchen-Luft atmen, Tine will dort am nächsten Wochenende ebenfalls mit Randy Andy eintrudeln, vielleicht machen die vier ja endlich mal einen zünftigen Partnertausch mit allem, also mit späterem Geschreie und Geheule und Getrenne und Peinlichkeitserlebnissen, von denen man noch seinen Urenkeln nicht erzählen mag. Und ich habe vorhin im Supermarkt ein absurdes Erlebnis mit einem dunkelhaarigen, großen Mann mit nur einer Augenbraue (also einer, die wie eine Cut-here-Markierung quer über die Stirn geht) gehabt. Er grinste mich nämlich vor dem Kühlregal an und sagte: Bloß nicht den mit den längst ausgestorbenen Joghurtkulturen kaufen! Dabei zeigte er mit einer Packung Anmachholz auf meinen Lieblingsvanillejoghurt. Ich sagte natürlich: Oho, wie soll ich denn die Geste mit dem Anmachholz verstehen? Und er guckte kurz in meinen Wagen und konterte: Ich dachte eben, du stehst auf Rohlinge!

Damit meinte er die Packung CD-Rohlinge, die ich mir kaufen wollte, um das Musikbusiness etwas zu schröpfen. Das war, fand ich, zwar irgendwie ein in die Moderne übertragener Peter-Kraus-Connie-Froboess-Dialog, aber trotzdem lustig. Vielleicht sollte ich demnächst ein bisschen die Kontaktanzeigen der Stadtmagazine lesen, wer weiß, ob der Rohling mich nicht sucht. Obwohl ich gar nicht sicher bin, ob ich auf so etwas antworten würde, denn eigentlich finde ich, dass man mit Anzeigen in Stadtmagazinen einzig und allein versteckte Nachrichten für Entführer, Terroristen und andere Untergrundsaktivisten weitergeben sollte, der Rest gehört an schwarze, weiße und korkfarbene Bretter und Pinnwände oder auf kleine Zettel mit Abrissfitzelchen an Laternenpfählen und alten Bäumen.

Eine Sache hat sich noch zum Guten gewendet: Franz hat mir kurz vor seiner Abfahrt stolz eine Videokassette übergeben, die er beim Herumzappen auf der Suche nach einem interessanten Dokumentarfilm mit pädagogischem Effekt neulich Nacht für mich aufgenommen hat: «Top Job – Diamantenraub in Rio», mit Janet Leighs Brille als Symbol für schlaue, hinterlistige Frauen. Endlich!

Morgen habe ich ein Treffen mit meiner Filmredakteurin, sie muss wahrscheinlich einen recherchebedingten Flug nach Brüssel machen, denn dort gibt es einen uralten Experten für Brillen und Augenkorrekturen, einen Mann, der schon Kurzsichtige operierte, als woanders noch am Rad geschliffen wurde. Wenn ich Glück habe, kann ich sie überreden, mich mitzunehmen. Vielleicht als Kugelschreibserminen-Roadie oder so etwas. Und während sie dann versucht, das schwierige Flämisch des weisen Greisen zu verstehen, werde ich mich davonstehlen und einen Ausflug zum Atomium machen. Dort werde ich jede Kugel dieses wunderschönen Chemiemodells für Riesenkinder einzeln abküssen, das verspreche ich. Und wenn ich mich von außen mit einer Luftmaschenkette abseilen muss.

Ende